secession

Jakub Małecki

Saturnin

Die Veröffentlichung dieses Buches wurde durch
©Poland Translation Program unterstützt.

BOOK INSTITUTE
©POLAND

Die Arbeit der Übersetzerin am vorliegenden Text wurde vom Deutschen Übersetzerfonds gefördert im Rahmen des Programms NEUSTART KULTUR der Beauftragten der Bundesregierung für Kultur und Medien.

Deutscher Übersetzerfonds

NEU START KULTUR

Die Beauftragte der Bundesregierung für Kultur und Medien

Die Originalausgabe erschien unter dem Titel *Saturnin.*

Erste Auflage

Übersetzung: Renate Schmidgall
Lektorat: Christian Ruzicska
Korrektorat: Peter Natter
www.secession-verlag.com

Umschlagentwurf: Eva Mutter, Barcelona
Bild: Omer Salom, Unsplash
Umschlag und Inhalt gesetzt aus Crimson Text und Blaak
Satz: Eva Mutter, Barcelona
Herstellung: Daniel Klotz, Berlin
Druck und buchbinderische Verarbeitung:
Friedrich Pustet, Regensburg
Papier Innenteil: 90 g/m² Werkdruck
Papier Vor- und Nachsatz: 120 g/m² Peyer Surbalin
Einband: 115 g/m² Peyer Surbalin perleffekt
Printed in Germany
ISBN 978-3-907336-13-7

Für Marta

Ich weiß nicht viel – nur dass mein Bruder eine Schlange ist, dass ich selbst nicht mehr lebe und ein paar andere Dinge. Alles vermischt sich, vielleicht muss das so sein.

Mein Name war Irka, den Nachnamen erinnere ich nicht, ich glaube, er fing mit »M« an. Und ich war wohl ganz hübsch. Manchmal trug ich einen Zopf, ich lachte gern, und eine Frau, die lacht, kann sogar mittelmäßig aussehen und ist trotzdem hübsch.

Ich nahm im Leben kaum etwas ernst, es erschien mir nicht notwendig. Natürlich hätte ich einiges ernst nehmen sollen – das sollte jeder. Ich hatte dazu bisweilen mehr Gründe als andere, scheint mir.

Ich bin wie ein falsch eingestelltes Radio, das Signale von verschiedenen Stationen empfängt. Da ist ein braungebrannter Junge, der um eine Frau mit blau-weißer Tasche herumtanzt. Ein korpulenter alter Mann mit einer großen Karte auf dem Schoß. Eine verstrubbelte brünette Frau, die kniend an einem Briefkasten zerrt. Ein verschwitzter Soldat, der durchs Fenster in ein Auto kriecht. So könnte ich weiter aufzählen. Die Bilder sickern hierher durch, ich betrachte sie, was soll ich sonst tun.

Es gibt auch Momente, in denen ich mich an viele meiner Leben erinnere, nur kann ich nicht sagen, welches das wirkliche war. Ich weiß nicht viel. Nur, dass ich Irka heiße. Und dass dies eine Erzählung über mich ist.

TEIL I

Kapitel 1

Mama trägt anderthalb Kilo Sonne in der großen blauen Stofftasche mit den weißen Streifen, und ich tripple nebenher, ungeduldig, mit schmerzendem Kiefer. Meine Haut ist gebräunt – wie Milchkaffee, sagt Großvater manchmal. Es ist der glücklichste Tag meines Lebens.

Mama hat gesagt, wenn ich es tapfer ertrage, dass mir zwei Zähne gezogen werden, wird sie mir kaufen, was immer ich will. Ich verstehe durchaus, dass die Formulierung »was immer du willst« in Wirklichkeit eine Verkürzung des Satzes »was immer du willst, sagen wir, bis zu fünfzehn Zloty« ist, doch das ändert nichts, denn ich kann mir nicht vorstellen, was man für mehr als fünfzehn Zloty wollen könnte.

Natürlich wollte ich anderthalb Kilo Sonne. Ich wäre zwar nicht imstande gewesen, mehr als eine Packung auf einmal zu essen, doch da ich spürte, dass sich mit Mamas Erklärung die Möglichkeit ergab, Vorräte anzulegen, wollte ich die Chance nutzen. Also kauften wir Vanille, Schokolade und Toffee. Ich trippelte neben Mama her, legte hin und wieder einen Hüpfer ein und erörterte die Frage, welche Geschmacksrichtung ich nach der Heimkehr zuerst essen würde. Ich weiß nicht mehr, wie das Eis damals hieß, ich erinnere mich nur, dass die Becher aus hartem Plastik waren und auf dem Etikett eine lächelnde Sonne prangte.

Auf der Kurve meines Lebens würden sie, die Verpackungen von Eis und anderen Süßigkeiten, alle wichtigen Momente anzeigen. Leistungen, Erfolge, Niederlagen und Schwierigkeiten. Herausforderungen, Wettkämpfe, Krankheiten und Überraschungen. Manchmal denke ich, ich hinterlasse nur diese belanglose, unsichtbare Spur: Verpackungen von Produkten mit hohem Zuckergehalt.

Ich bin jetzt dreißig, und von dem Jungen, der auf der Straße um Mama herumhüpfte, ist wohl nichts mehr übriggeblieben. Wir schreiben das Jahr 2014, ich arbeite als Vertreter und wohne in Warschau. Leute wie mich nennt man »Singles«, aber ich bin kein Single, ich bin einfach nur einsam.

Heute ist Dienstag, am Abend werde ich mir ein Fußballspiel ansehen, und bevor ich schlafen gehe, werde ich wie immer ein bisschen Zeit im Internet verbringen. Jetzt stehe ich auf dem Balkon und schaue, wie mein Nachbar, Herr Andrzejczak, mit einem Schwamm sein Auto wäscht. Er taucht den Schwamm geduldig in den roten Eimer voller Schaum und hebt ihn dann schnell über die Motorhaube, wobei er offensichtlich fürchtet, einen Tropfen auf den Beton zu verschwenden. Vielleicht ist er der letzte Mensch auf der Welt, der so etwas noch macht – er wäscht sein Auto vor dem Wohnblock.

Ich winke ihm zu über dem Wäscheständer mit den ausgebreiteten Flügeln, von denen einer seit einiger Zeit verbogen ist, damit ich mir endlich einen neuen kaufe, was ich immer noch nicht getan habe; und der Nachbar winkt zurück, aufgerichtet, als befände ich mich nicht auf dem Balkon, sondern in einem Zug, der den Bahnhof verlässt, und da ruft Mutter an.

Ich nehme ab, während ich noch ein T-Shirt glattstreiche und einen Socken richte, der herunterrutschen will, und die Sonne brennt mir auf Nacken und Unterarme. Herr Andrzejczak ist mit der Motorhaube fertig und macht sich, gebückt, an die Tür auf der Fahrerseite.

In diesem Augenblick, nachdem ich die nassen Kleidungsstücke auf den Ständer gehängt habe, erfahre ich, auf dem Balkon mit dem

Telefon am Ohr meinen Nachbarn betrachtend, dass mein Großvater verschwunden ist.

* * *

Mutters Ton ist ruhig, als wäre dieses Verschwinden etwas ganz Normales, das hin und wieder einfach passiert.

»Morgens, das heißt, in der Nacht, verstehst du, weil morgens war er schon nicht mehr da, Satek, ich ruf nur an, damit du's weißt, ich dachte mir, verstehst du, er ist vielleicht auf dem Feld oder am Teich, du weißt ja, dass er da gern hingeht, aber zum Mittagessen war er auch noch nicht da, da hab ich mir langsam Sorgen gemacht, verstehst du, aber ich sage mir immer wieder, vielleicht ist er ja bei einem der Nachbarn.«

Sie leidet an Satzlosigkeit, das war immer so, sie leidet an fehlenden Punkten und anderen Satzzeichen, die es erlauben würden, in ihren Aussagen einzelne Teile zu unterscheiden, daher fällt die Last, diesen Wortschwall zu bremsen, in der Regel auf den Gesprächspartner, das heißt, auf mich.

»Mama, hast du die Pieczabas angerufen?«

Das hatte sie.

»Die Karmowskis?«

Auch die.

»Papa?«

Den auch.

»Ich hab überall angerufen, na ja, warten wir noch ein bisschen, weißt du, und dann muss man wohl zur Polizei, er ist ja noch nie einfach so verschwunden, ohne alles, kein Wort, verstehst du, und morgens hätte er ...« Und so weiter, ohne Ende.

* * *

Ich heiße Saturnin Markiewicz, wiege hundertachtzehn Kilo, habe leichte Geheimratsecken, benutze die Wörter »grauenvoll«, »immer« und »Freund« nicht übermäßig, würde gern weniger Süßigkeiten essen und habe eine Einzimmerwohnung in der Karmelicka-Straße in Warschau gemietet; im Dezember wurde ich am Knie operiert, manchmal nervt mich der kleine, zottelige Hund des Nachbarn aus der Nummer drei, ich mag gern Abenteuerromane, kaufe bei Carrefour in der Anielewicz-Straße ein, spiele *Football Manager* und bin in die Pharmazeutin der nahegelegenen Apotheke verliebt.

Ich weiß wirklich nicht, woher ich diesen idiotischen Vornamen habe.

Natürlich habe ich oft schon gefragt, Mama, Mama, warum haben alle ganz normale Namen wie Wojtek, Radek, Przemek oder Karol, und ich muss Saturnin heißen?

»Saturnin ist ein schöner Name! Gefällt er dir nicht?«

Was hätte ich darauf erwidern sollen?

* * *

Mit dem Geruch der Wäsche in der Nase, das Telefon zwischen Schulter und Kopf geklemmt, von der Sonne geblendet und hungrig wie immer, gehe ich vom Balkon in die Wohnung, der Geruch verschwindet, ich nehme den Apparat in die Hand, setze mich endlich hin, höre zu.

Ich frage, wohin Großvater gegangen sein könnte. Mutter sagt eine Weile nichts, als müsste sie die Feder aufziehen, die die nächste Wortserie in Gang bringt.

»Gegangen, weißt du, genau, eben, Satek, weißt du, er ist eben nicht zu Fuß gegangen, er hat mein Auto genommen, genau.«

Ich stehe auf.

»Wie bitte? Opa?«

* * *

Er hat mich selten wahrgenommen, aber manchmal kam es vor.

Damals wohnte ich noch in Kwilno und ging in die siebte Klasse. Ein Samstagnachmittag, mitten im Sommer. Mutter beim Einkaufen in der Stadt, Großvater mit irgendwas beschäftigt, wie immer. Ich kann mich nicht erinnern, dass er sich irgendwann eine Pause gegönnt hätte, ein passives Dahingleiten zwischen zwei Arbeiten oder auch nur eine Tätigkeit, die kein bestimmtes Ziel gehabt, keinen konkreten Zweck erfüllt hätte. Selbst wenn er abends mit uns die Nachrichten schaute, stopfte er in dieser Zeit Socken, säuberte das Messerchen für die Pilze oder inspizierte zumindest den Kasten mit den Tabletten auf der Suche nach denen, deren Verfallsdatum abgelaufen war.

An jenem Samstagnachmittag hatte er beschlossen, die Wurzeln in dem Wäldchen wegzumachen, das hinter der Ruine des Schweinestalls wild wucherte. Ein paar der ältesten Bäume hatte er schon vorher gefällt, eigentlich hatte er dort gar nichts verloren, doch anscheinend störten ihn die Wurzeln, irgendwie. Der dicke, verschwitzte Herr Słodkiewicz, der Vater von Bartek, mit dem ich zur Schule ging, sollte ihm dabei helfen.

Ich war gerade damit fertig, mir heimlich die alte Nummer des *Playboy* mit Frau Kasia Figura anzuschauen, die einen meiner wertvollsten Schätze darstellte, aber da die Gedanken an Frau Kasia mir geradezu physische Schmerzen bereiteten, beschloss ich, mir ein bisschen die Füße zu vertreten, denn ich wusste, dass das in fünfzig Prozent aller Fälle hilft. Ich blieb am Rand des Wäldchens stehen und sah zu, wie Słodkiewicz die Kette an einem Stumpf befestigte, aus dem schon junge grüne Triebe wuchsen, und wie er in den Traktor stieg, um in einer Abgaswolke diesen kümmerlichen Rest von

Baum herauszureißen, der sich an die Erde klammerte wie ein Zahn ans Zahnfleisch. Doch einige ungezogene Tentakel blieben an ihrem Platz, und der Stumpf ließ sich nicht weiter herausziehen, weil der Schweinestall im Weg war. Das heißt, die Reste des Schweinestalls.

Also machten sich die beiden, Großvater und Herr Słodkiewicz, der einige Jahrzehnte jünger war, mit den Händen an die Arbeit: Sie zogen an »diesem blöden Scheißding«, zerrten daran herum, verfluchten sich gegenseitig sowie die Wurzel, schließlich richtete Słodkiewicz sich auf, holte Luft und schlug vor:

»Tadek, verdammt, lassen wir das jetzt. Du kannst das ja später mal machen.«

Aus der Erinnerung an die heimlich betrachteten Bilder der Zeitschrift gerissen und andererseits etwas gelangweilt, hungrig nach Eindrücken, denn in Kwilno passierte ja nie etwas, ging ich näher heran.

»Darf ich's probieren?«

Großvater reagierte auf die für ihn typische Art, das heißt, er sagte nichts, sondern trat zur Seite, als wäre das eine mehr als ausreichende Antwort. Ich ergriff den Stumpf mit beiden Händen – er war kühl, feucht – und riss ihn mit der ersten Bewegung heraus.

* * *

Eine Woche später hatte Großvater in der Scheune einen abgetrennten Platz für mich geschaffen, wo ich Übungen mit Gewichten machen konnte. Es gab eine Kugel mit einem angelöteten Griff, eine zwischen Balken befestigte Stange und eine Hantel, die er aus einem dicken Rohr und zwei Zahnrädern montiert hatte. Ich weiß nicht mehr, was er damals sagte, sicher nicht viel, doch er präsentierte mir das alles auf eine Art und Weise, dass kein Zweifel bestehen konnte: Es sollte ein Geschenk für mich sein.

Mutter nahm ihm das übel und war der Meinung, ich werde mir das Rückgrat brechen oder zumindest den Arm. Alle paar Tage schaute sie in meinen kleinen, dunklen Trainingsraum und gab beim Anblick der provisorischen Hantel einen langgezogenen Seufzer von sich, als hätte sie das Ding nicht vorher schon zwanzigmal gesehen.

* * *

Den Arm brach ich mir nach sechs Monaten Training.

Ich hob die Hantel über den Kopf, wie viele Male zuvor, aber diesmal benutzte ich, statt mit dem Daumen das Rohr zu blockieren, den Affengriff, bei dem alle Finger auf derselben Seite sind. So war es mir einfach manchmal bequemer. Das Gewicht entglitt mir, als ich es umzusetzen versuchte, ich verstauchte den Arm, das Handgelenk knallte gegen die Schulter, und im Ellbogen knirschte es so laut, dass mich das Geräusch mehr erschreckte als der Unfall selbst.

Ich schmierte mich mit einer Salbe ein, die ich in Mutters reichem Arsenal fand, und verbrachte den Rest des Tages damit, mir selbst – mit mehr oder weniger Erfolg, eher mit weniger – einzureden, dass alles in Ordnung sei. In der Nacht hatte der Arm schon die Ausmaße meines Schenkels und die Farbe einer Aubergine angenommen. Beim Notdienst erfuhr ich, es sei »ein ekelhafter Bruch«. Mutter saß im Warteraum und schaute Großvater an, als hätte er sich nachts persönlich in mein Zimmer geschlichen, um mir den Ellbogen zu zermalmen. Großvater sagte nichts, aber offensichtlich war er enttäuscht von mir.

Ich bekam einen Gips um den Arm.

* * *

Ich bin dreißig, weder jung noch alt, eigentlich fände ich es besser, wenn ich schon etwas älter oder meinetwegen auch jünger wäre, um irgendwie konkreter zu sein; doch so bringe ich wie ein Hamster im Laufrad immer weitere einförmige Tage hinter mich, die aus Arbeit, Fahrt zur Arbeit, Rückkehr von der Arbeit, einkaufen, essen, Computer schauen und Abendspaziergang bestehen.

Ich sollte wirklich aufhören, Süßigkeiten zu essen.

Bald werde ich den Zeiger der Waage über die peinliche Marke von hundertzwanzig Kilo treiben, und mir scheint, ich bin genau auf halbem Weg zwischen einem muskulösen und einem dicken Mann, was umso lästiger ist, als ich weder das eine noch das andere je sein wollte. Ich habe einfach Gewichtheben betrieben.

Beim Abnehmen hilft es überhaupt nicht, dass ich mich für so vieles schäme, und sei es für den Einkauf billiger Produkte im Lebensmittelgeschäft. Ich brauche zum Beispiel eine Tomate, alles andere habe ich in ausreichender Menge. Aber hineingehen und eine Tomate kaufen? Das grenzt ja an Belästigung. Ich sehe der Kassiererin in die Augen, und die denkt sich in meinem Kopf: »So ein Rindvieh, jetzt muss ich dem eine Tomate wiegen … Als hätte ich nichts anderes zu tun.«

Und so kaufe ich in der Regel, um meine Anwesenheit im Geschäft zu rechtfertigen, noch etwas Zusätzliches, das ich, so denke ich mir, irgendwann später brauchen kann – zum Beispiel Eis mit Salzkaramell-Geschmack. Oder Toffee-Kekse. Oder Milchschokolade mit Trockenfrüchten und Nüssen. Oder Rosinen im Schokoladenmantel. Oder Ptasie Mleczko, Dominosteine mit Vanille-Geschmack. Oder Milchreis. Oder ein paar Riegel. Cookies, Waffeln, Delicje-Kekse, Joghurt, Karamellbonbons, Erdnusspralinen. Und so weiter.

* * *

Eine Zeitlang dachte ich, alle Großväter seien so. Schweigsam. Sehnig. Wenn sie sich in der Sonne halbnackt über die bestellte Erde beugen, sehen sie aus wie ein Knoten. Sie stehen um vier auf, trinken in der dunklen Küche einen Kaffee und arbeiten dann den ganzen Tag. Am Abend gehen sie an einen mit Unkraut überwucherten Ort, wo früher angeblich ein Teich war, stehen dort wie angewurzelt herum und starren vor sich hin.

Großvaters Körper ist nicht imstande, Annehmlichkeiten zu empfinden, das einzige, was er kann, ist arbeiten, er muss permanent in Bewegung sein, als fürchtete er, was geschehen könnte, wenn er für einen Moment langsamer würde oder innehielte.

Nur einmal kam ihm sein Tempo abhanden. Ich erinnere mich, wie er in der Küche am Fenster saß, in der Hand eine nicht angezündete Zigarette. Das war nach Großmutters Tod, er war gerade vom Bestattungsunternehmen in Radziejów zurückgekommen, wohin er unbedingt allein hatte fahren wollen.

Er saß einfach da.

»Soll ich vielleicht einen Tee machen?«, fragte ich.

Jäh drehte er sich um, als hätte er gedacht, das ganze Haus sei leer. Er sah mich kurz an und richtete dann den Blick wieder aufs Fenster.

»Was mach ich bloß, Bub, wenn mich auch das Alter nicht umbringt?«

* * *

Ich war wirklich stark. Nach diesem Unfall in der Scheune dachte Mutter, sie könne jetzt beruhigt sein, denn sicherlich sei mir der Spaß vergangen; doch als ich sah, wie gefährlich das Gewichtheben sein konnte, bekam ich nur noch mehr Lust zu üben.

Sie gipsten mir den Arm ein – bis zur Hochzeit ist es wieder gut, so der Spruch. Wie viele Male der mich behandelnde Arzt das wohl schon gesagt hatte? Er klopfte mir auf die Schulter und schickte mich heim.

Kurz nachdem ich wieder gesund geworden war, trieb Großvater irgendwo Geld auf und kaufte mir eine Trainingsbank, eine richtige, glänzende Stange und Hantelscheiben. Ich kann mich nicht erinnern, mich je so gefreut zu haben wie damals. Ich trainierte zwei- bis dreimal täglich. Wenn ich morgens aufstand, tat mir alles weh, und ich aß wie ein Scheunendrescher. Im Alter von sechzehn Jahren konnte ich auf der Bank hundertsechzig Kilo stemmen.

* * *

Ich weiß gar nicht, warum das Mädchen aus der Apotheke mir so gefällt. Sie hat eigentlich ein Durchschnittsgesicht, ihre Figur ist ständig unter der Schürze verborgen, ihr Haar enganliegend, zum Pferdeschwanz gebunden, und manchmal sieht sie aus, als hätte sie im Gesicht unter der Haut überhaupt keine Muskeln.

Der Zeitplan meiner Apothekengänge ist ausgefeilt, damit die Besuche – trotz ihrer hohen Frequenz – eher zufällig erscheinen. Ich weiß schon lange nicht mehr, was ich noch kaufen soll, zumal die meisten der dort angebotenen Produkte meine Position in den Augen des Mädchens erheblich schwächen könnten; ich werde mir ja keine Tabletten gegen Mundgeruch und keine Salbe gegen Hämorrhoiden kaufen. Vitamine, Ohrstöpsel, Elektrolyte in Pulverform oder Schmerzmittel dagegen sind gute Lösungen.

In meiner Schublade habe ich etwa hundertfünfzig winzige Plastikpackungen mit Ohrstöpseln.

* * *

Die ersten – mindestens ein Dutzend – Wettkämpfe im Kraftdreikampf gewann ich, ohne auch nur in die Nähe meiner privaten Leistungen in der Scheune zu kommen. Doch dann knickte mein Ellbogen beim Bankdrücken in die falsche Richtung. In meinem Kopf explodierte etwas, ich wurde ohnmächtig.

Die drei mich absichernden Männer konnten gerade noch rechtzeitig reagieren – die Stange hätte mir angeblich fast den Kehlkopf zerquetscht. Sie sagten später, es habe wirklich dramatisch ausgesehen. Hätte es damals schon YouTube gegeben, wäre ich sicher für einen Moment der König des polnischen Internets geworden.

Im Krankenhaus zeigte sich, dass nach dem ersten Bruch, damals vor Jahren, der Arm nicht richtig wiederhergestellt worden war, was zu einer ernsthaften Degeneration des Gelenks geführt hatte. Ich brachte zwei lange Operationen hinter mich, und wieder bekam ich einen Gips.

Der Arzt hatte einen Vogelnamen – Drossel, Schwalb, ich weiß nicht mehr – und einen komischen Dreitagebart, der aussah wie ein Knäuel Staubflocken. Auf die Frage, wann ich wieder mit dem Training beginnen könne, erwiderte er: nie.

* * *

Eigentlich geht es wohl um das Lächeln.

Ich erinnere mich, ich kaufte damals etwas gegen Husten, und als ich ihr die Karte reichte, lächelte sie auf eine Art und Weise, als wollte sie das gar nicht, als hätte sie gegen dieses Lächeln angekämpft und schließlich verloren. Ein paar Tage später träumte ich von ihr in einem ganz und gar nicht apothekenhaften Kontext, und dann kam die Phase der Vitamine, Elektrolyte und Ohrstöpsel.

Irgendwann stellte ich mir eine Armee vor, die aus Menschen wie mir bestünde. Man könnte sie mit einem einzigen Lächeln entwaffnen und dann blitzschnell abschlachten.

***

Hätte an jenem Samstagnachmittag Großvater nicht beschlossen, die Wurzeln loszuwerden, wäre ich wohl nie zu irgendeinem Dreikampf angetreten, hätte nie die Hoffnung auf eine große Sportkarriere gehegt und hätte mich nicht hassen müssen, als sich herausstellte, dass von einer Karriere keine Rede sein konnte. Ich hatte etwas bekommen, das sofort wieder zerstört worden war. Doch all die Träume, die in meinem Kopf gekeimt hatten, verschwanden nicht in dem Moment, als der Drucker im Krankenhaus den Ausdruck ausgespuckt hatte, auf dem mein lebenslängliches Urteil stand. Nachts ging ich nach wie vor zu den Gewichten, setzte mich hin, riss sie hoch, stieß sie nach oben, und dann stand ich auf dem Podium und hob den Pokal in die Höhe, mit schmerzenden Gelenken, die davon zeugten, wie schwierig es war.

Ich habe nie jemand anderem als mir die Schuld gegeben. Ich war es, der damals die Hantel über den Kopf hob, ich war es, der den Affengriff statt des richtigen benutzte, und schließlich war ich es, der den zunehmenden Schmerz ignorierte, der mich begleitete, wenn ich meine Rekorde beim Bankdrücken aufstellte. Mit jedem weiteren Heben der Hantel habe ich die Chance, irgendwann im Leben etwas zu erreichen, immer weiter von mir weggestoßen.

***

Ich spreche noch ein paar Minuten mit Mutter, stelle verschiedene Fragen, doch sie weiß auf keine eine Antwort. Großvater war immer schon seltsam, mit der Zeit ist sein Leben zu dem einer gut programmierten Arbeitsmaschine geworden. Keinerlei Spontaneität, keinerlei Abweichung vom Zeitplan des Tages, der Woche, des Jahres.

Mein Ohr ist schon ganz heiß vom erwärmten Telefon, Mutter, fortgerissen vom eigenen Wortschwall, bremst endlich, und ich frage, ob ich irgendwie helfen kann.

»Nein, Satek, ich wollte dir nur, weißt du, ich wollte dir das nur sagen, ich melde mich, wenn er wieder auftaucht.«

Später sitze ich da, drehe das Telefon in der Hand und starre auf den abgeschalteten Fernseher. Mein Großvater ist sechsundneunzig.

Kapitel 2

Ich habe eigentlich nie viel über Großvater nachgedacht. Auch nicht über die Ruinen des Schweinestalls auf der anderen Seite unseres Hofs in Kwilno. Sie waren schon immer da, und nichts deutete darauf hin, dass sich das ändern sollte.

Und Großvater? Er ist sechsundneunzig, groß und hager, legt keinen Wert auf seine Kleidung, mag Zigaretten, schwarzen Kaffee und seinen alten Hund Bezo, er ruht nicht gern aus, schläft nicht gern, hasst Musik. Das war's auch schon.

* * *

Ja, angeblich konnte er früher einmal Trompete spielen, was ich allerdings nicht glaube. Der Ausdruck »Trompete spielen« und der Name »Tadeusz Markiewicz« im selben Satz ergeben einen Missklang. Ich habe es laut ausprobiert.

Mutter hat in einem Album irgendwann ein Schwarzweißfoto entdeckt, eines mit gezackten Rändern, die sich gut anfühlen, wenn man mit der Fingerspitze darüberstreicht. Unser Haus, noch vor dem Umbau. Eine dunkle Stube, die als Küche diente, und ein paar Leute um einen massiven Tisch herum. Großvater, der noch kein Großvater ist, steht an die Wand gelehnt und bläst in die Trompete, wobei er sich leicht nach vorne beugt. Herr Pieczaba, an den ich mich nur sehr vage erinnere, sitzt mit dem Rücken zum Tisch, die Beine gespreizt, mit einem großen Akkordeon unter dem Kinn. Er lacht und schaut seinen Kumpel auf eine Art und Weise an, wie die Leute in der Regel schauen, wenn es niemand sieht.

Als ich das Foto betrachtete, konnte ich kaum glauben, dass der fröhliche Mann mit dem Akkordeon und der dicke Pieczaba mit den

Zahnlücken, der immer vor der Tankstelle in Skibin saß, irgendetwas miteinander zu tun haben könnten. Der dicke Pieczaba macht seit zehn, vielleicht fünfzehn Jahren an der Tankstelle keine Nachbarn mehr an, um ein bisschen zu quatschen, weil er seit zehn, fünfzehn Jahren tot ist, doch der fröhliche junge Typ im Album in einer der Schubladen des großen Schranks in unserem alten Haus spielt weiterhin Akkordeon.

Großvater kneift auf dem Foto die Augen zusammen, und unter der offenen Jacke sieht man die hellen Streifen eines Stoffs, mit dem man ihm den Bauch verbunden hat. Angeblich war er damals für ein paar Tage aus dem Krieg nach Hause gekommen, verwundet und abgemagert, und ging dann wieder zurück, obwohl ihn die Eltern, die Schwestern und Brüder davon abhalten wollten. Ja, das verstehe ich: Krieg und Schwarzweißfotos passen zu Großvater wie angegossen.

Aber die Trompete? Die Musik? Der freudige Blick des jungen Pieczaba?

* * *

Als ich aufs Lyzeum ging, fuhr ich mit dem Bus nach Radziejów. Der Bus war eine echte Schrottkiste, die bei jeder Unebenheit rasselte wie ein riesiger Geldbeutel voller Münzen, und die Fahrt selbst barg ein eigentümliches Geheimnis. Und zwar betrug die Strecke zwischen Kwilno und Radziejów laut der Angabe, die auf das längliche Ticket gedruckt war, sieben Kilometer, die gleiche Strecke von Radziejów nach Kwilno dagegen neun Kilometer. Diese Tatsache war Gegenstand zahlreicher Scherze unter meinen Freunden, und Mutter sagte einmal mit trauriger Stimme, dieser Unterschied sei ein unbestreitbarer Beweis für den Alkoholmissbrauch der Polen bei der Arbeit. Doch ich wusste, dass es hier um etwas anderes ging. Ich vermutete, dass unser Bus auf dem Rückweg von Radziejów eine andere Welt berührte und dort, in diesem magischen Reich, die zusätzliche Distanz von zwei Kilometern zurücklegte.

Diese Frage beschäftigte mich eigentlich die ganze Zeit, als ich aufs Lyzeum ging. Während eines meiner Besuche bei Vater zeigte ich ihm die zwei Tickets, weil ich dachte, das werde ihn vielleicht erheitern, aber er verstand überhaupt nicht, was ich von ihm wollte. Ich grinste und sagte, kein Thema, nicht so wichtig.

Auf dem Rückweg versuchte ich immer, einen Fensterplatz zu bekommen, doch selbst wenn es nicht klappte, beobachtete ich aufmerksam alle Einzelheiten der Landschaft draußen und hielt Ausschau nach der Stelle, an der die beiden Welten – unsere und die fremde – fließend ineinander übergingen, ohne dass einer der Fahrgäste es bemerken würde. Bisweilen hatte ich den Eindruck, es jetzt zu wissen: Es musste beim Bildstock gegenüber dem Feldweg sein. Oder nein. Eher an der Tankstelle, wo wir immer tankten. Nein. Es war bestimmt in der Nähe des Schildes, das die Abfahrt zur Stadt anzeigte. In der Regel erwiesen sich meine Entdeckungen schon am nächsten Tag als voreilig und falsch, und ich musste mich mit dem Gedanken abfinden, dass der zwei Kilometer lange Abschnitt der Strecke für mich weiterhin ungreifbar blieb.

Ich weiß nicht warum, doch es erschien mir offensichtlich, dass zu der geheimnisvollen Wirklichkeit, mit der ich auf der Strecke Radziejów – Kwilno jeden Tag in Berührung kam, auch mein Großvater gehörte. Und wenn ich im richtigen Moment aus dem fahrenden Bus springen und es schaffen würde, dorthin zu gelangen, würde ich auf einen ganz anderen Großvater treffen als zu Hause – er wäre fröhlich und gesprächig wie andere Großväter.

Einige wenige Situationen, in denen Großvater sich verhielt, als wäre er aus einer anderen Welt, schienen meine Theorie zu bestätigen. Am besten erinnere ich mich an den Tag, als Mama mir zum ersten Mal Frühstücksflocken mit Schokoladengeschmack gekauft hatte. Ich saugte sie eher auf, als dass ich sie aß, und war mir sicher, das Erwachsenenleben würde wunderbar, ganz toll werden, wenn es solche Dinge gab. Dabei überlegte ich, wie oft Mama mir die Flocken wohl kaufen werde und ob es Leute gebe, die sie jeden Tag essen konnten. Da drehte Großvater sich jäh zu Mama um, die am Kühlschrank stand, und sagte:

»Guck mal, Hania! Guck, wie schön er die Deutschen frisst! Hab ich's nicht gesagt? Hab ich nicht gesagt, das ist ein guter Name?«

Ich schaute auf.

»Was?«

Großvater lächelte und drohte mir mit dem Finger.

»Wie oft hab ich in den Baumkronen nach dir Ausschau gehalten! Dabei bist du hier.«

Ich guckte zu Mama, Mama guckte zu ihm, dann zu mir und wieder zu ihm.

»Vater?«

Doch er war schon ganz woanders, weit weg, er sah und hörte nichts, auf dem Stuhl in der Küche saß nur sein braungebrannter, ausgemergelter Körper, der vor sich hin brummte, wie es manchmal seine Art war:

»Hm, hm.«

Ich wandte mich wieder meinen Schokoflocken zu, doch mit der Zeit kam ich zu der Überzeugung, dass Großvater, wenn er gedankenverloren dasaß und brummte, eben in jener anderen Welt unterwegs war, von der ich nur wusste, dass dort jeden Tag unser Bus durchfuhr.

* * *

Ich versuche Mutter klarzumachen, sie müsse zur Polizei gehen. Großvater hat das Auto genommen und ist verschwunden, er ist sechsundneunzig, er stellt eine Gefahr für sich und andere dar, Mama, stell dir vor, er fährt ein Kind auf dem Zebrastreifen an, erkläre ich, und sie verfällt in eine Taktik, die ich einerseits nicht ausstehen kann und andererseits bewundere, das heißt, sie stimmt mir absolut zu, unternimmt aber nichts.

Sie überschüttet mich mit Wörtern, und es ist unmöglich, diejenigen herauszufischen, die sie wirklich sagen will, denn sie sind mit dem ganzen Rest vermischt, mit all den Ausstopfwörtern, die ihr, seit ich denken kann, dazu dienen, sämtliche Ritzen und Risse zu schließen, all das, was sie nicht sehen will. Sie hat den jungen Karmowski gebeten, ihr zwanzig Aushänge mit einem Foto von Großvater auszudrucken, und diese an Laternenpfählen auf der Straße angebracht, mehr habe ich nicht verstanden.

»Mama.«

Sie verspricht, anzurufen, falls Großvater am Tag darauf noch nicht da sein sollte. Weißt du, Satek, vielleicht werde ich einfach noch mal, weißt du, irgendwo nachfragen, oder jemand ruft an, und wenn was sein sollte, auf jeden Fall melde ich mich morgen, weißt du, ich hab richtig Angst.

»Mama, morgen kann Opa schon …«

Doch sie weiß es besser.

* * *

Mein größter Traum ist – war – es, beim Dreikampf tausend Kilo zu schaffen. Das ist nicht ganz unmöglich. Ich müsste beim Kreuzheben vierhundert stemmen, beim Kniebeugen dreihundertfünfzig und beim Bankdrücken zweihundertfünfzig. Ein unmenschliches Gewicht – aber zu machen.

Beim Training hob ich mehrmals vierhundertfünfzehn vom Boden. Auf der Bank schaffte ich zweihundertzwanzig bis zweihundertdreißig. Am schlechtesten war ich beim Kniebeugen: Es gelang mir kein einziges Mal, dreihundert Kilo zu stemmen, ganz zu schweigen von dreihundertfünfzig. Doch träumen darf man schließlich, ich war jung, das ganze Leben lag vor mir. Konsequenz ist das Wichtigste, ein Ziel zu haben ist schon der halbe Erfolg, du wirst dich entwickeln, man darf nicht aufgeben und so weiter. Unter der Haut kicherte heimlich mein verletzter Ellbogen, wenn er die ganzen Beteuerungen und Floskeln hörte.

* * *

Einmal, kann ich mich erinnern, hatte ich vor Großvater Angst.

Ich saß auf einem Baum und kämpfte den ewigen Kampf gegen die Langeweile – der konnte verschiedene Formen annehmen, meist bestand er im scharfen Ausschauhalten nach einem großen Abenteuer –, da hörte ich ein Rascheln direkt unter mir. Großvater war in das Wäldchen gekommen, lehnte sich mit dem Rücken an den Baumstamm und steckte sich eine Zigarette an. Ich hörte ein tiefes, lautes Stöhnen, als bereitete er sich auf eine Ansprache vor.

Mir war klar, dass ich nicht hier sein sollte, aber es war zu spät – ich konnte nicht hinunterklettern, ohne dass er mich bemerkte.

Er schien anders zu rauchen als sonst, seine Bewegungen erschienen weniger steif. Langsam zog er an der Zigarette, zweimal spuckte er einen Krümel Tabak aus und gab dabei einen leisen Laut von sich. Ich presste die Finger der rechten Hand so fest um den Ast, dass sie allmählich taub wurden. Als er zu Ende geraucht hatte, steckte er die Hände in die tiefen Taschen der sackartigen beigen Hose und blieb weiter so stehen, durch die Blätter hindurch konnte ich ihn von oben sehen. Ich wartete und wartete.

Mein ganzer Körper wurde steif. Momentweise hatte ich den Eindruck, dass ich meine Beine nicht mehr spürte, als hätte man ihnen soeben eine Betäubung verpasst. Wenn er doch bloß gehen würde, flehte ich in Gedanken, in dem Gefühl, dass ich gleich etwas Schlimmes erfahren würde. Dass ich gleich sehen würde, wer Großvater wirklich war. Und er wäre keineswegs der schweigsame, braungebrannte Mann, den ich jeden Tag zu Gesicht bekam.

Ruhig stand er da und schaute in Richtung unseres Hauses, das durch die wenige Tage zuvor weiß erblühten Fliederbüsche undeutlich zu sehen war. Ich versuchte mir vorzustellen, worüber Großvater nachdachte – bisher war ich überzeugt gewesen, dass er nie über etwas nachdachte. Schließlich löste er sich mit einer jähen Bewegung vom Baumstamm und ging zurück. Ich saß noch lange auf dem Baum, bevor ich mich traute, hinunterzuklettern.

* * *

Mein Name ist Saturnin Markiewicz, und ich werde mir nie meinen einzigen Traum erfüllen können, werde nie Profisportler werden. Ich bin Handelsvertreter, wie der Rest der Welt. Ich sitze im Auto und nehme Telefongespräche entgegen. Ich denke mir witzige Sprüche aus, die nicht witzig sind. Zusammen mit einer Schar ähnlicher Menschen sorge ich dafür, dass so viele Kunden wie möglich eine bestimmte Art Kokoswasser kaufen. Eine konkrete Marke Wiener Würstchen. Einen ganz bestimmten Frühstücksquark. Makrelenpaste. Lutscher.

Ich bin dreißig, lebe allein und warte ständig auf etwas, das nicht passiert.

Ich bin ein ärgerlicher kleiner Junge, dem jemand befohlen hat, hundert Mal an die Tafel zu schreiben: »Es gibt eine Welt ohne Gewichtheben.«

Kapitel 3

Die Einzimmerwohnung, die ich gemietet habe, trennen zweihundertsieben Kilometer von dem Haus in Kwilno, wenn ich die weniger frequentierte Landesstraße Nummer 62 nehme, oder zweihundertfünfunddreißig Kilometer, wenn ich mich für die Autobahn entscheide, was in der Regel der Fall ist – so auch heute.

»Warte, Mama.«

Sie rief um fünf Uhr morgens an, ich nahm noch halb im Schlaf ab, überzeugt, es werde eine der beiden Informationen sein: Großvater ist tot, oder Großvater ist zurück. Zu hören bekam ich:

»Hör zu, Satek, ich weiß nicht, ob das wichtig ist, aber weißt du, weil ich nicht schlafen konnte, bin ich ums Haus herumgegangen, und in dem Wäldchen, du weißt, da wo du immer gerne gespielt hast, da ist jetzt ein Loch ausgegraben, nicht besonders tief, und daneben liegt Großvaters alte Trompete, verstehst du, ich hab sie gerade hier vor mir, auf dem Tisch, Ehrenwort, ich dachte, die sei im Krieg gestohlen worden, tja, und jetzt weiß ich nicht, was das zu bedeuten hat.«

Ein paar Minuten lang versuchte ich sie zu beruhigen, und dann sagte ich, was ich schon am Tag zuvor hätte sagen sollen:

»Ich bin in drei Stunden bei dir.«

»Wirklich?«

Ich atmete aus und sah auf die Uhr.

»Wirklich.«

Dusche, die Tasche über die Schulter, Frühstück auf der Treppe. Über Warschau ein verfilzter grauer Zottelkopf statt eines Himmels.

Das Verlassen meines mit immer größeren Schwierigkeiten errungenen Parkplatzes fügt mir in letzter Zeit echtes existentielles

Leid zu. Ich fühle mich, als hätte ich wirklich etwas verloren. Das Parken in meiner Gegend ist eine mühsame Jagd: Ich fahre endlos durch immer dieselben kleinen Einbahnstraßen, halte nach Lücken zwischen den Autos Ausschau und zweifle daran, je eine zu finden, und wenn es dann doch geschieht und ich einen wundersam freien Platz sehe, hat ihn in der Regel auch jemand anders gesehen, der zwei Meter näher dran ist. Ich schlucke die schmerzliche Niederlage und drossle zugleich das Tempo, um dem anderen einen traurig-verächtlichen Blick zuzuwerfen und ihm so zu verstehen zu geben, das sei eine Schweinerei.

Wenn ich unseren Nachbarn in Kwilno sagen würde, dass ich manchmal mehr als eine Stunde nach einem Parkplatz suche, würden sie das wahrscheinlich gar nicht verstehen.

* * *

Die Stadtlandschaft hinter der Fensterscheibe dünnt schnell aus und flacht schließlich fast vollkommen ab. Ich mochte es immer gern, große leere Felder anzuschauen. Unter den Rädern verschwindet der glatte Asphalt im Tempo von hundertvierzig Stundenkilometern, und meine sechzigjährige Mutter sitzt irgendwo weit da vorne, in unserem Haus in Kwilno, und betrachtet die vor ihr liegende Trompete, die sie gefunden hat – ausgegraben und hingeworfen. Wenn man Mutter glaubt, lag diese Trompete fünfundsiebzig Jahre lang an einem Ort, über den ich Hunderte, Tausende Male gegangen bin, den ich immer wieder festgetreten habe während meines ewigen Kampfes gegen die Langeweile.

Wie viele Male hätte ich auf die Trompete stoßen können. Zum Beispiel damals, als ich beschloss, nach Kohle zu suchen. Es waren Ferien, und ich dachte mir, wenn ich mich um Brennmaterial für den Winter kümmere, würden Mutter und Großvater mich für ein nützliches, geschicktes, vielleicht sogar erwachsenes Familienmitglied halten. Ich war mir sicher, die größte Wahrscheinlichkeit, Kohle zu finden, wäre in dem kleinen Wäldchen. Zwei bis drei Minuten, nachdem die Idee, uns einen sicheren Winter zu gewährleisten, in meinem Kopf aufgetaucht war, machte ich mich ans Werk.

Der erste Tag meiner Ausgrabungsarbeiten verlief unter größeren und kleineren Enttäuschungen, doch am zweiten Tag fand ich drei Stück Kohle, drei echte Brocken Kohle, mit denen ich ins Haus einschlug wie eine Kanonenkugel, schreiend und die Beute hochhaltend. Auf Großvater machte das kaum Eindruck, und auch Mama – o Wunder – war nicht besonders begeistert von meiner Entdeckung. Sie lächelte freundlich und gratulierte mir mit einer abgegriffenen Floskel im Stil von: »Sehr schön, Satek!« oder »Super, bravo, mein Sohn!« Erst als ich wieder auf den Hof hinausging, wobei ich kaum wusste, wohin mit den Emotionen, bemerkte ich, dass die Brocken erstaunliche Ähnlichkeit mit denjenigen hatten, die in einem riesigen Haufen bei uns in der Scheune lagen. Mama hatte sie wohl dort hingelegt.

Der Blinker misst die Sekunden, während ich – hinter einem Lastwagen gefangen – mit dem Blick den aggressiven Motorhauben folge, die im linken Spiegel näherkommen und wieder verschwinden. Wenn ich damals das Loch ein paar Meter weiter gegraben hätte, in die eine oder andere Richtung, hätte ich Großvaters Trompete finden können. Den unmöglichen Beweis dafür, dass Großvater früher ein anderer war.

* * *

Als mich die nächsten Lärmschutzwände immer mehr von den Wäldern und Feldern abschneiden und die durchbrochenen weißen Linien zwischen den Fahrspuren mich allmählich hypnotisieren, kehrt das Gefühl zurück, das mich während der ganzen Studienzeit begleitete.

Jedes Mal, wenn ich nach einem in Kwilno verbrachten Wochenende wieder nach Warschau abfuhr, fühlte ich mich wie in einem Jetlag. Es kam meist unerwartet, in der Regel im Bus, wenn ich meinen Platz eingenommen hatte, der Fahrer aber noch stand: In mir brach der heftige Wunsch aus, hinauszuspringen, zurückzulaufen und mich zu Hause zu verbarrikadieren. Genauso fühlte ich mich, wenn ich in die andere Richtung, von Warschau nach Kwilno fuhr: Die beiden Welten waren einfach zu unterschiedlich, als dass dieselbe Person sie bewohnen könnte.

Genau so fühle ich mich jetzt. Ich weiß nicht, was mich zu Hause erwartet, doch es wird eine Welt sein, die schmerzlich anders ist als meine Welt in Warschau: Statt der Einwegmöbel von Ikea der alte Küchentisch, statt der anonymen Gesichter bei der Arbeit und auf dem Bildschirm des Laptops meine echte Mutter, wieder etwas älter als das letzte Mal, sicher mit dem gleichen Tee wie immer, auf dem Tisch vor Mutter die alte, angelaufene Trompete, dieses Bruchstück von Großvaters anderem Leben, an das so schwer zu glauben ist. Großvater selbst würde ich nicht antreffen, nein.

Ich mache das Fenster ein Stück auf und lasse das gleichförmige Dröhnen der von meinem Honda durchschlagenen Luftmasse herein. Ich versuche, an etwas anderes zu denken.

* * *

Es ist das Jahr 1993, vielleicht 1994, ich klettere auf eine der blau-gelben Leitern hinter der Schule in Radziejów und versuche, Marcin und Radek zu überholen, von denen ich damals dachte, sie würden ein Leben lang meine Freunde sein und mit denen ich seit Abschluss der Grundschule vielleicht drei Sätze gewechselt habe. Wir machen nichts Konkretes, es ist einfach so ein Spiel, das keine Regeln hat und fließend in ein anderes übergeht, das ebenfalls keine Regeln hat. Meistens machen wir Quatsch. Der dünne Radek, der immer zu viel Energie und zu viel zu erzählen hat, verkündet, am Tag zuvor hätten sich seine Tante und sein Onkel scheiden lassen, richtig scheiden lassen, und zwar: weil der Onkel sich in eine Tussi vom Laden verknallt hat.

»Kapiert ihr?«

Und gleich darauf, direkt an mich, nicht an Marcin gewandt:

»Und deine Eltern?«

»Meine Eltern?«, frage ich und versuche das rechte Bein über das Ende der Leiter zu bringen, um mit dem Kopf nach unten zu hängen.

»Die haben sich doch auch scheiden lassen, oder?«

Die akrobatische Übung gelingt mir nicht, wahrscheinlich unterlasse ich sie sogar bewusst, um nicht kopfüber eine Antwort geben zu müssen, sondern ganz normal. Ich will Radek im Blick behalten.

»Ja, stimmt.«

»Und warum?«

Ich zucke mit den Schultern und versuche zu tun, als interessierte mich das gar nicht.

»Wegen dir?«, fragt Marcin ernst, mit einer Miene, die zeigt, dass er soeben auf diese Idee gekommen ist.

Ich spüre deutlich, wie zwei Sekunden vergehen.

»Was?«

Als würde ich das Gesicht zu nahe ans Feuer halten.

»Wegen ihm!«, greift dieser Blödmann, Schwachkopf, Vollidiot, Schwachkopf Radek den Satz auf und wendet sich an die Jungs, die ein Stück weiter versuchen, mit einem Stock eine weggeworfene

Streichholzschachtel zu treffen. »Seine Eltern haben sich wegen ihm scheiden lassen!«

Zum Glück ertönt in diesem Moment Gebrüll: Justyna ist gerade so auf den Beton geknallt, dass beide Knie und beide Ellbogen abgeschürft sind, und die Nase hat auch etwas abgekriegt, also rennen alle hin, denn das ist seit vergangenem Montag entschieden das Interessanteste, und ich renne ebenfalls hin und bin ebenfalls ganz aufgeregt, schreie herum, zeige mit dem Finger und versuche, alles so zu machen wie die anderen.

* * *

Seit dieser Zeit bemühe ich mich, brav zu sein.

Ich helfe Mama in der Küche, lächle Großvater an, frage am Telefon Papa nach Dingen, von denen ich weiß, dass sie ihm angenehm sind.

Im Allgemeinen bin ich selten bei ihm, und er kommt selten zu uns. Ein paarmal im Jahr nimmt er mich mit zu sich nach Hause, über Nacht, und wir gucken Filme, aber reden tut er nicht gern, eigentlich überhaupt nicht. Normalerweise ruft er auch nicht an, eher rufen wir ihn an: Mama wählt die Nummer und gibt mir den Hörer, wobei sie klarmacht, bitte nicht zu lange, denn das kostet.

Seine Stimme ist immer so ungeduldig, als müsste er sich gleich über etwas aufregen oder wäre von etwas genervt. Einmal, als ich bei ihm war, sagte er mit dieser Stimme, er müsse etwas erledigen, und ging ins Zimmer nebenan, ein paar Minuten später musste ich pinkeln, und auf dem Weg zur Toilette sah ich, dass er gar nichts tat, sondern nur auf dem Stuhl saß und aus dem Fenster starrte.

Nun ja, in der Regel mied er meine Gesellschaft, doch ich glaubte immer, das käme daher, dass er Mama nicht mehr so liebhatte. Erst nach der Situation auf der Leiter begriff ich, worum es wirklich ging: Bevor ich geboren wurde, waren sie schließlich zusammen und vielleicht auch glücklich. Jetzt war alles klar.

Ich dachte mir: Sie reden über diese ganze Sache nicht, weil es ihnen peinlich ist; wahrscheinlich sind sie enttäuscht von mir, vielleicht sogar sauer auf mich. Das wunderte mich nicht, es tat mir nur leid, dass ich mich nicht daran erinnerte, was ich verbrochen hatte; sonst wäre es vielleicht leichter gewesen, ich hätte dann zum Beispiel um Verzeihung bitten können.

Hatte ich vielleicht etwas kaputt gemacht, als ich ganz klein war? Vielleicht bin ich ein schreckliches Kind gewesen? Vielleicht ging es um die Sommersprossen? Oder vielleicht mochten sie mich von Anfang an nicht, weil ich irgendwie missraten war? Ich lernte ja auch nicht besonders gut, im Fußball war ich eher schwach, und für einen Jungen weinte ich ziemlich oft.

Sommersprossen hatte ich immer schon, aber erst als ich in die Schule kam, wurde mir das bewusst. Andere hatten keine. Na ja, ein paar Mädchen vielleicht. Auf der Nase oder auf den Wangen, aber ganz andere, blasse, fast rosafarbene, nicht solche wie ich. Ich hatte braune Sommersprossen, geradezu schwarzbraune, furchtbare, wie Punkte, mit einem Filzstift auf die Haut gemalt und nicht auszuradieren.

Eigentlich hat nie jemand besonders gelacht oder so – okay, manchmal schon –, aber manche guckten oft recht seltsam, als wären sie überrascht, als wollten sie gleich unter Gelächter sagen: »Hey, geh das mal abwaschen!«

Vielleicht ging es also doch um die Sommersprossen.

* * *

Der Unterschied zwischen Warschau und Kujawien besteht darin, dass ich mich in Kujawien nicht schämen würde, wenn mir plötzlich das Auto kaputtginge. Man spürt hier die allgemeine Erlaubnis, ein echter, wirklicher Mensch zu sein, dem ein Haar aus der Nase wächst, das Hemd aus der Hose rutscht oder das Auto kaputtgeht. Warschau gibt einem diese Freiheiten nicht, und ich kann mir vorstellen, wenn ich dort auf der Straße sterben würde, hielte man das für ziemlich taktlos.

Ich fahre auf engen Straßen, in Korridoren hoher Bäume, die sich nachts in Fallen für unvorsichtige Fahrer verwandeln. Der Raps auf den Feldern sieht so gelb aus, als hätte man die Gegend mit einem Grafikprogramm bearbeitet.

Ich kann nicht aufhören, mir vorzustellen, dass mein seit gestern abwesender Großvater in diese andere Welt umgezogen ist – die Welt, die wir während meiner Schulzeit auf der Strecke von Radziejów nach Kwilno mit dem Bus gestreift haben. Dass er dorthin geflohen ist, weil er das Leben satt hatte, in das er sich vor Jahren freiwillig hineingeritten hat: Schweigen und Arbeit.

Die einzelnen Elemente passen nicht zueinander: Großvaters Abwesenheit, das Verschwinden des Autos, das er nie gefahren hat, die ausgegrabene und hingeworfene Trompete aus der Kriegszeit. An der Tankstelle kaufe ich einen Hotdog und esse ihn im Auto, wobei ich mich schmutzig mache wie ein Kind. Von der ganzen Angelegenheit, von Kwilno, Mutter und der Trompete auf dem Küchentisch, trennt mich etwa eine Dreiviertelstunde.

Kapitel 4

Raps. Akazien. Gemauerte Haltestellen. Ich fahre langsam und beobachte die Gegend, als sollte ich gleich irgendwo Großvater sehen, der rüstig über die Felder marschiert. Ich komme an dem leeren Platz vorbei, wo die Tankstelle war, und an dem Ort, von dem ich früher dachte, hier würde der Bus in die fremde Welt hineinfahren.

Von der eingeschalteten Klimaanlage tut mir schon der Ellbogen weh, rhythmisch pulsiert er: wup-wup, wup-wup, wup-wup, wup-wup. In meinem Körper hat sich jedes Stemmen der Hantel abgelagert. Ich bin dreißig. Manchmal fühle ich mich älter als Großvater.

Ich komme an einer weiteren Haltestelle vorbei, dicht bedeckt mit vulgärem Gekritzel. Das Stoppschild. Das Wegkreuz. Ich kenne hier jeden Baum.

* * *

Ich versuchte, nicht zu viel an all das zu denken. An Großvaters Schweigen. An Mutter, die manchmal wütend auf mich war, wobei ich spürte, das war echte Wut. Daran, wie Vater damals ins andere Zimmer ging, um auf dem Stuhl zu sitzen und aus dem Fenster zu starren. Und an diese furchtbaren Sommersprossen.

Das gelang nicht immer. Einmal nahm ich bei einem abendlichen Bad den Bimsstein, den Mutter für die Fersen benutzte, und begann, langsam an einer der Sommersprossen auf dem Bauch zu reiben. Ich dachte, wenn es mir gelingt, sie abzukratzen, werde ich allmählich auch alle anderen wegkriegen und irgendwann normal werden, so dass Großvater mit mir redet und Vater mich am Wochenende zu sich einlädt, und wir könnten die ganze Nacht zusammen Filme gucken, lachen, Quatsch machen und reden.

Zuerst färbte sich die Haut rund um die Sommersprosse rosa, und es erschienen kleine rote Punkte; es wurden immer mehr, und schließlich floss Blut. Die Punkte vereinigten sich, und ich hatte jetzt einen großen roten Fleck unter dem Bimsstein, die Haut rundherum schwoll an und wölbte sich ein bisschen. Es tat furchtbar weh, ich nahm den Bimsstein weg, dann drückte ich fest die Augen zu und rieb wieder, mit raschen Bewegungen, bis der Schmerz mich stoppte.

Am nächsten Tag erwachte ich mit einer großen, schmerzhaften Schorfstelle. Ich passte auf, dass ich mir nichts anmerken ließ, denn bei jeder größeren Bewegung hätte ich mich krümmen können, aber Mutter und Großvater hatten ja sowieso ihre eigenen Dinge. Jeden Morgen schaute ich nach dem Aufwachen die Stelle am Bauch genau an und hob mit dem Fingernagel den Schorfrand ein Stückchen hoch. Nach etwa einer Woche war der Schorf weg. Ich wollte sterben: Die Sommersprosse war immer noch da!

Das war das Ende, ich gab auf, seither tat ich nichts mehr gegen die Sommersprossen, offensichtlich waren sie stärker als ich. Zum ersten Mal wurde mir voll bewusst, dass ich sie mein ganzes Leben lang haben würde, bis zum letzten Tag. Der einzige Ausweg war, nicht daran zu denken. Ich bemühte mich, immer jede Menge anderer Dinge im Kopf zu haben. Schule. Arbeit auf dem Hof. Training.

Ich weiß nicht, was aus mir geworden wäre, wenn Großvater mir damals nicht die Hanteln gekauft hätte.

* * *

Ich biege in einen sandigen Weg ab, der zwischen länglichen Buckeln von Gräsern und Unkraut verläuft. Durch die Lüftungsklappen schlägt mir der Geruch von Kwilno entgegen. Ich komme an den einzelnen Bauernhöfen vorbei und sage mir in Gedanken die

Namen der Nachbarn auf; ich kenne jeden Opa und jede Oma, die Väter und Mütter, die Namen aller Kinder, ich weiß, wie man die Hunde lockt, und in den meisten Fällen weiß ich auch, wo welche Tiere gezüchtet werden.

Die Reihe der Birken am Wegrand. Der Bildstock. Großvaters Lieblingsort – die Stelle, wo früher der Teich war. Von Weitem sehe ich das Dach unserer Scheune, den grauen Eternit in der Sonne.

Als ich in den Hof einbiege, dreht Bezo verrückte Kreise ums Auto, wobei er hinkt. Er muss immer noch eine gute Nase haben, denn der Tierarzt hat festgestellt, dass er fast blind ist.

Mutter tritt vors Haus, schaut zuerst eine Weile zu, wie ich im Auto herumzappele, bis ich alle lebensnotwendigen Prothesen gefunden habe – Smartphone, Kabel, Portemonnaie, Powerbank, Schlüssel, Ladegerät –, dann durchmisst sie den Hof, wobei sie die Beine anhebt wie ein Reiher, und als ich endlich aussteige, beginnt sie ihre aus unnötigen Wörtern bestehende Litanei:

»Weißt du, Satek, ich hab einfach, schließlich, na, du weißt schon.«

Ich sage nichts, drücke sie nur fest an mich, als wäre sie das Kind und nicht ich.

* * *

Der Tee schmeckt wie nirgendwo sonst. Es gibt Dinge, die ich – wieder zu Hause in Warschau – präzise wiederholen kann, auf jedes Detail achtend, und doch kommt der Geschmack auch nicht annähernd ans Original heran. Wie bei diesem Tee.

Mutter ist tatsächlich älter geworden. Ihre Haare sind kürzer als letztes Mal, heller gefärbt. Weite Bluse mit Pailletten am Ausschnitt. Trainingshose, ihre Lieblingshose, die sie trägt, bis sie von ihr abfällt; und dann kauft sie sich bei Pepco wieder genau die gleiche.

Wir betrachten die verdammte Trompete, alt, mit Erde beschmutzt. Ich erinnere mich an Herrn Pieczaba auf dem Schwarzweißfoto im Familienalbum und an Großvater, nach vorne gebeugt mit dieser Trompete.

»Vielleicht war das Bezo?«

Mutter schüttelt den Kopf, aus dem Wortschwall fische ich etwas von einem Spaten heraus, von einem Spaten, der am Baum lehnt. Also nicht Bezo.

Ich schließe die Augen und strecke die Beine aus, reibe mir mit den Händen übers Gesicht. Diese Küche hat ihren eigenen Geruch. Eine Mischung aus Feuchtigkeit und Zimt. Aus getrockneten Blumen und der Mehlsuppe, die am nächsten Morgen aufgewärmt wird. Meine Wohnung im Block hat keinen eigenen Geruch. Ich öffne die Augen und nehme noch einmal die Trompete in die Hände, drehe sie vorsichtig hin und her, suche irgendwelche Hinweise, die es natürlich nicht gibt, dann lege ich das kalte Ding aus einer anderen Welt weg und sage:

»Gut, rufen wir die Polizei an.«

* * *

Sie sind zu zweit, beide sehr freundlich. Wir reden im Zimmer. Sie lassen uns nicht spüren, dass es ihrer Meinung nach Blödsinn ist, womit wir ihnen die Zeit stehlen. Sie schreiben alles genau auf, ein paarmal bitten sie uns, etwas zu erklären oder zu wiederholen. Die ganze Prozedur dauert eine halbe Stunde, sogar das Loch in der Erde wollen sie sich ansehen – ich gehe mit.

Das Wäldchen war früher dicht und undurchdringlich, fast ein Wald. Ich durchquerte ihn in der Erwartung, gleich einem Tiger oder einem Bären zu begegnen oder auf ein Indianerlager zu stoßen.

Jetzt nimmt es genau denselben Raum ein, doch es gibt gerade mal ein gutes Dutzend Bäume und Sträucher dort.

Und das Loch in der Erde. Gleichmäßig an den Seiten, drinnen die fleischfarbenen Stümpfe von Wurzeln, gekappt von der Spitze des Spatens. Zwei grasige Brocken Erde liegen in den Brennnesseln. Mutter sagt, als wäre das nötig:

»Hier ist es.«

Die Polizisten fahren sehr langsam weg, vielleicht fürchten sie, dass ihr Streifenwagen auf dem löchrigen Weg Schaden nehmen könnte. Mutter wirft einen Blick zum Himmel, wie man einen Blick auf die Uhr wirft; ich muss mich ums Mittagessen kümmern, und du, Satek, na ja, wie du magst. Dann tippt sie mir auf die Schulter und stakst durch das Gras zum Haus wie ein Reiher.

* * *

Auch die Scheune erscheint mir kleiner. Ich stehe in ihrem Schatten und schaue am Tor nach den Spuren der Nägel, mit denen ich damals – im Wunsch, Robin Hood zu sein – eine Scheibe befestigt hatte. Mit den Fingern hebe ich den mit Rost überzogenen Haken an, er bewegt sich nur mühsam und quietscht. Ich öffne die hölzerne Tür.

Es riecht nach Holz, Heu, nach dem feuchten Boden. Links die schwarze Kohlenhalde, wie früher. Meine alten Gewichte sind nicht mehr hier, an der Stelle des provisorischen Fitnessstudios befinden sich jetzt zwei Fahrräder und das Schränkchen, das früher bei uns in der Diele stand. Von meiner alten Welt ist nur die Stange geblieben, deutlich matter an den Stellen, wo ich sie mit den Händen anfasste, und in der Mitte gebogen vom vielen Hochziehen.

Ich greife die Stange mit den Händen. Ich bin nicht aufgewärmt, wiege fast hundertzwanzig Kilo, und der Arzt hat mir entschieden verboten, die Gelenke zu belasten.

Ich ziehe den Körper hoch, das bekannte Gefühl erfüllt meine Schultern, verwandelt den Rücken in eine harte, durchfurchte Masse. Langsam lasse ich mich herunter, die Luft entweicht aus meinen Lungen.

* * *

In meinem ganzen Leben bin ich keiner einzigen Person begegnet, im Vergleich zu der ich nicht schlechter gewesen wäre. Darüber habe ich mir nie große Gedanken gemacht, und es hat mich nicht erstaunt. Natürlich kam es vor, dass ich bessere Noten in Physik hatte als andere, auf der Bank mehr Gewicht stemmen oder besser Fußball spielen konnte und so weiter. Doch nichts war imstande, die Tatsache zu verdecken, dass ich war, wie ich war, und angesichts dessen verloren alle anderen Dinge – Physiknoten, das Ergebnis auf der Bank, Fußballspielen – ihre Bedeutung.

Ich übte Gewichtheben. Täglich, mehrmals täglich, manchmal auch nachts. Wenn du zweihundert Kilo in den Händen hältst, existiert nichts auf der Welt außer diesen zweihundert Kilo. Der Körper kämpft, um nicht zu zerreißen, nicht zu zerbrechen, da gibt es keinen Raum zum Denken.

Ich vernichtete bei vielen Wettkämpfen gnadenlos meine Rivalen, indem ich ihre Ergebnisse gegenüber meinen lächerlich aussehen ließ, und doch war jeder von ihnen in absolut allem besser als ich.

* * *

Zum Mittagessen graue Kartoffelklöße mit Quark und Grieben – ich esse so viel, dass ich mich danach fühle wie nach einer leichten Narkose. Mutter präsentiert mir lächelnd den leeren Topf – in ihrem Wortschatz sind »satt« und »glücklich« nahezu Synonyme. Wir sprechen über Großvater, ich frage sie nach Einzelheiten, die etwas bedeuten könnten. Am Tag zuvor hat er sich völlig normal verhalten: Er stand im Morgengrauen auf, brachte Eier aus dem Hühnerstall und Tomaten aus dem Gewächshaus, begrüßte den Briefträger, ging bei den Karmowskis Milch holen, aß zu Mittag, jätete Unkraut, goss den ganzen Garten und ging dann schlafen. Am Morgen war er nicht da.

Nach dem Mittagessen mache ich den Abwasch, Mutter beobachtet mich vom Tisch aus, vermutlich sucht sie nach milden Worten, mit denen sie mir sagen könnte, ich sei zu dick. Doch dafür gibt es keine milden Worte. Danach kreisen wir umeinander wie zwei Planeten, die zu weit voneinander entfernt sind, als dass ihre Bewohner einander hören könnten.

In meinem Zimmer hat sich nicht viel verändert. Das Schränkchen, auf dem das immer schmutzige Aquarium mit den Guppys stand. Der Schreibtisch, unter der Schicht von Aufklebern mit den Helden von *Star Trek, König der Löwen* und *Akte X* kaum zu sehen. Zwei Plakate mit dem angespannten Dorian Yates, der ich gerne sein wollte. Mein Bücherregal.

Farbige Rücken und farbiger Inhalt, an manche kann ich mich gut erinnern. Schon als Kind verschlang ich massenweise Abenteuerromane, Krimis und Fantasy, alles, was uns erlaubt, während der Lektüre ein anderer zu sein. Mama freute sich natürlich, dass ich außer den »schrecklichen Gewichten« noch etwas anderes hatte. Ich habe ihr nie gesagt, woher dieser Drang nach Literatur kommt, ich wusste es selbst nicht, ich dachte immer, ich mag diese Bücher einfach.

Mit jedem Helden jedes von mir gelesenen Buches hätte ich gern das Leben getauscht. Ich lege mich aufs Bett und schließe die Augen. Ich habe mich wirklich überfressen.

* * *

Dass mich jemand einfach dafür mögen könnte, wie ich bin, konnte ich mir nicht vorstellen. Ich dachte, ich müsste mich darum bemühen. Also begann ich zu erraten, was die entsprechende Person wollen könnte, dass ich sagte und täte, wenn ich in ihrer Gesellschaft war – und ich sagte und tat dann genau das. Mit der Zeit wurde ich darin immer besser, und ich stellte fest, dass man mich sehr mochte. Die ganze Sache war nicht einfach, denn jeder Mensch mag etwas anderes, hat andere Ansichten über die Welt, einen anderen Geschmack, deshalb musste ich mich jedes Mal neu auf jemanden einstellen. Die größten Probleme machten gesellige Situationen, an denen mehrere Personen beteiligt waren. Ich legte mir im Kopf eine Karte der Erwartungen jedes Gesprächspartners zurecht, bezeichnete gemeinsame Punkte, setzte Prioritäten und schuf komplizierte Schemata, die ich dann erfüllte, wobei ich mich bemühte, so natürlich wie möglich zu wirken; danach ging ich nach Hause, völlig erschöpft von der Anstrengung, und dachte mit Schrecken an die nächste Situation dieser Art.

Ich hatte jedoch nicht erwartet, dass meine komplizierte Strategie, resultierend allein aus der Angst, nicht akzeptiert zu werden, zu einem noch größeren Abgrund zwischen mir und den anderen Menschen führen würde. Nachdem ich jahrelang die Erwartungen von Verwandten, Kollegen, Bekannten und Unbekannten erraten hatte, wurde mir klar, dass ich in jeder beliebigen Situation den Satz jedes beliebigen Gesprächspartners beenden konnte. Und die Menschen bewegten und unterhielten sich wie in Zeitlupe. Ich wusste im Voraus, wie ich mich bei und nach einem Treffen fühlen würde. Es ging nur darum durchzuhalten, ohne jemanden zu verletzen oder zu irritieren, und nur das zu sagen, was die anderen hören wollten.

Damit mich nach dem Treffen alle mindestens noch so gern mochten wie vorher. Doch dieser verzweifelte Kampf um Anerkennung bewirkte, dass die Gespräche mit anderen mir keinerlei Freude mehr machten, und so hatte die Tatsache, dass ich gemocht wurde, eigentlich gar keinen Sinn mehr. Es war, als wollte man mit einer Abrissbirne ein Haus bauen.

* * *

Und dann ruft diese Frau an.

Kapitel 5

Sie heißt Daria Tomczyk, wohnt in Osięciny und behauptet, ihr Schwiegervater sei früher der beste Freund von Tadeusz Markiewicz gewesen. Der Schwiegervater ist seit über zehn Jahren tot. Weder ich noch Mutter haben jemals von ihm gehört.

Ja, ja, es gehe bestimmt um denselben Markiewicz, sagt Mutter, die Frau habe einen der ausgehängten Zettel gesehen, deshalb habe sie angerufen. Und obwohl sie nicht viel sagen wollte, habe sie behauptet, sie wisse etwas Wichtiges, sie wisse, wo mein Großvater eventuell sein könnte. Ich versuche, Mutter den genauen Wortlaut des Telefongesprächs aus der Nase zu ziehen, aber sie wird vom Strom ihres nervösen Geplappers hin- und hergeworfen und ist schon müde und gereizt, wie ein Mensch nach einem Schlaganfall, der dringend etwas sagen möchte, aber von seinem Körper daran gehindert wird.

»Sie wird uns alles erklären, aber nicht am Telefon«, wiederholt sie. »Am Telefon will sie das nicht.«

Ich biege in die asphaltierte Straße ab, nach Osięciny sind es nicht ganz zwölf Kilometer. Ein Freund von früher. So ein Blödsinn.

Ich sage das laut, und Mutter nickt nur. Im Auto sieht sie aus, als müsste man sich um sie kümmern. Zu Hause ist sie ganz normal, Mama eben, erst wenn man sie in einer anderen Umgebung unterbringt, ist zu sehen, wie hart sie in den letzten Jahren geworden, wie sehr sie mit Kwilno verwachsen ist. In der Polsterung versunken, von der Sonne geblendet, mit dem Sicherheitsgurt, der den Stoff ihrer Bluse knittert, und dem USB-Kabel, das an ihren Schenkel stößt, ist sie einfach eine Frau, die man fragen möchte, ob alles in Ordnung sei.

Ich erinnere mich, wie wir zwei Jahre zuvor im Kino waren. Sie besuchte mich damals zum ersten Mal in Warschau, und ich hatte zu diesem Anlass eine ganze Reihe von Unterhaltungen geplant: Spaziergang durch den Łazienki-Park, Kaffeetrinken auf der Spitze des Kulturpalastes, eine romantische Komödie und Sushi in einem angesagten Lokal. Als wir im Kino saßen, war sie ziemlich angespannt, eher aus Höflichkeit als aus Lust griff sie nach dem Popcorn. Ich gab mich während der Werbung bewusst lockerer als sonst – ich wollte, dass sie sich wohlfühlt, dass es schön für sie wird. Im Laufe des Films, der ihr offensichtlich gefiel, wurde sie etwas entspannter. Etwa nach einer halben Stunde verhielt sie sich schon so, als sähe sie den Film bei sich zu Hause, kommentierte laut manche Szenen, und die Leute im Saal begannen in unsere Richtung zu schielen, mit dieser typischen Mischung aus Ungeduld und Verachtung. Ich beugte mich zu ihr und flüsterte:

»Ein bisschen leiser, Mama.«

Sie verstummte auf der Stelle und sagte bis zum Schluss kein Wort mehr, ich glaube, sie rührte sich gar nicht mehr. In dieser knappen Stunde empfand ich Ekel gegenüber mir selbst, weil ich ihr diesen seltenen Moment der Ungezwungenheit verdorben hatte.

Jetzt sieht sie ähnlich aus, wie eine aus einem Foto herausgeschnittene Gestalt, die in ein anderes Foto geklebt wurde, zu dem sie nicht so ganz passt. Unbewegt, steif. Ich drehe die Klimaanlage auf und stelle die Lüftungsklappe so, dass der Luftstrom ihr nicht ins Gesicht bläst, weil ich weiß, dass sie das nicht mag.

»Und was meinst du?«, fragt sie mich und dreht den Kopf.

Ich sage nichts.

* * *

Seit ich denken kann, musste immer alles gut sein. Wenn auf der Oberfläche unserer Welt ein Kratzer auftauchte, war Mutter sofort zur Stelle, um ihn heimlich zu polieren.

Als ich zum Beispiel die Prüfung für den Führerschein nicht beim ersten Anlauf schaffte, wurde darüber nicht laut gesprochen. Eigentlich wurde gar nicht darüber gesprochen. Als hätte jemand einen beim Masturbieren erwischt – es ist passiert, aber irgendwie auch nicht. Bis zu einem bestimmten Zeitpunkt erschien mir das völlig normal.

Mutter versuchte alles zu reparieren, ungeachtet dessen, ob jemand wollte, dass es repariert würde. Mit sieben Jahren fand ich unter dem Christbaum eine Packung Lego, es war eine kleine Schachtel, darin sechs Ritter, das war alles, aber ich fühlte mich, als müsste ich vor Glück gleich zerspringen. Den ganzen Abend spielte ich mit den Rittern, ich schlief mit ihnen, und an den beiden folgenden Feiertagen waren wir unzertrennlich. Auch das graue Papier, in das die Schachtel eingepackt war und auf dem »Satyś« stand, bewahrte ich auf. So nannte Papa mich manchmal, nur er.

Damals wusste ich schon die Wahrheit über den Weihnachtsmann, und weil ich meine Vermutung bestätigt haben wollte, fragte ich Mama unter vier Augen, von wem das Geschenk sei. Sie zog die Brauen hoch, aber ich sah, dass sie nur auf diese Frage gewartet hatte. Und sie flüsterte mir ins Ohr:

»Das kann ich nicht sagen, aber es war ein Weihnachtsmann aus Skibin.«

Während meines nächsten Besuchs bei Papa spielte ich demonstrativ mit den Rittern, um ihm meine Dankbarkeit für das tolle Geschenk zu zeigen, die ganze Zeit, er konnte es gar nicht übersehen. Und dennoch beachtete er es nicht, als wäre ihm meine Begeisterung unangenehm. Anfangs dachte ich, das sei ein absichtliches Spiel, wir wüssten beide, was los sei, müssten das aber nicht aussprechen. Wie erwachsene Männer. Erst am Abend, nach dem Essen, nahm er gelangweilt eines der Männchen in die Hand und sagte:

»Das sollen diese Lego-Sachen sein, von denen alle reden?«

Ich nickte und wartete, dass er sich dazu bekennen und loslachen würde.

»Und für diesen Kram so viel Geld? Ich habe gehört, was die kosten. Wer so was kauft, muss total dämlich sein!«

Manchmal war es so, dass allein die Tatsache, dass er sich geärgert hatte, seinen Ärger noch größer machte und er in eine Wutspirale geriet, ohne dafür einen anderen Grund zu brauchen als seine eigene Unzufriedenheit. Er stand auf und verließ das Zimmer, als hätte er sich mit jemandem gestritten. Ich kniete auf dem Teppich, eines der Männchen in der Hand, und begriff, was Mama getan hatte. Nach diesen Feiertagen mochte ich meine Eltern beide nicht mehr, für lange Zeit. Die Ritter packte ich in die Schachtel und rührte sie nie wieder an.

* * *

Mein Ellbogen tut immer noch weh. Mutter nagt an der Haut neben den Fingernägeln. Wahrscheinlich sollten wir diese Fahrt gar nicht machen.

»Und du kannst dich nicht erinnern, dass Opa irgendwann so einen Mann erwähnt hat? Wenn es stimmt, was diese Frau sagt, dann muss er doch …«

Aber Mutter schüttelt nur den Kopf.

»Nein, Satek. Nie.«

Ich gebe Gas. Bringen wir das hinter uns.

* * *

Mit den Mädchen war es immer schwierig. Ich gehörte nicht zu den Gutaussehenden, zu den Hässlichsten allerdings auch nicht; ich denke, ich speiste die große, graue Masse der Mittelmäßigen, die sich ihren Weg zu den Herzen der Mädchen durch etwas anderes als das Aussehen bahnen müssen. Aber ich hatte dieses undefinierbare Etwas in mir, und ich hatte diese blöden Sommersprossen.

Etwa in der siebten Klasse begannen in meinen Gedanken mit wachsender Intensität bestimmte Bilder aufzutauchen: das Lächeln der drei Jahre älteren Beata bei einer Begegnung auf dem Markt, der kurze Jeansrock des Mädchens, das als Verkäuferin im Gemüseladen neben der Ausleihe der Videokassetten arbeitete, die unglaublich schöne Bibliothekarin, Frau Rudnicka, mit ihrer Geste, sich das Haar aus dem Gesicht zu streichen, oder auch ein Stückchen von dem beigen Büstenhalter der eine Reihe vor mir sitzenden Iza, das ich einmal unverhofft in der Polnisch-Stunde zu sehen bekam und das meinen Puls beschleunigte. Nachts wälzte ich mich im Bett und sehnte mich nach etwas Unbestimmtem, das nicht mit einem konkreten Mädchen verbunden war, sondern mit der Existenz der Mädchen überhaupt.

Etwa zur gleichen Zeit, nach ein paar Jahren relativer Gelassenheit, begann mich wieder zu beunruhigen, was ich im Spiegel sah. Überall hatte ich Sommersprossen. An den Armen, am Bauch, sogar an »besagter Stelle«, doch ich spürte, ich spürte deutlich, dass noch etwas anderes mit mir nicht in Ordnung war. Dass der Widerwille von Opa, von Vater und sicher auch Mutters verborgene Enttäuschung mit meinem Aussehen zusammenhingen – mit irgendeinem schrecklichen Detail, das ich selbst nicht sah, weil ich daran gewöhnt war. Es musste irgendetwas an mir sein, etwas vielleicht schwer zu Greifendes, wie die Gesichtszüge von Menschen mit Down-Syndrom.

Ich verglich meinen Körper mit den Körpern dreier nackter Männer in einer Zeitschrift, die Wojtek einmal mit in die Schule brachte; aber ich vermutete, die seien wohl nicht so ganz echt – wie jemand im Film, der fliegen kann.

Eines Tages nach einem Basketballspiel zogen wir uns in der Umkleide aus, alle laut, noch voller Energie, und den Platz neben mir hatte Łukasz, der mit dem Fahrrad zur Schule fuhr und im Raufen gut war. Er schwitzte so, dass er sich nackt auszog.

Als ich ihn von oben bis unten anschaute, stellte ich fest, dass er anders aussah als ich. Er hatte hier und da andere Haare, eine andere Figur und natürlich null Sommersprossen. Ausgezogen, ohne die ganzen T-Shirts, Hosen und so weiter, war es, als gehörten wir zu zwar nahe verwandten, aber doch unterschiedlichen Tiergattungen. Außer den drei Männern in der Zeitschrift hatte ich noch nie jemanden so gesehen, und Łukasz war in jeder Hinsicht normal, er kam aus einer vollständigen Familie, er lernte gut, er war sportlich, und ich glaube, er gefiel den Mädchen. Man konnte ihn ohne Übertreibung als Musterbeispiel eines Teenies männlichen Geschlechts betrachten.

An jenem Tag im Umkleideraum der Kopernik-Grundschule in Radziejów wurde mir klar, dass es nicht nur um die Sommersprossen ging, dass ich mich tatsächlich von anderen Jungs unterschied, dass ich einfach insgesamt anders war. All die verschiedenen Defekte meines Körpers bewirkten wohl, dass ich für die Leute, unabhängig von ihrer Einstellung zu mir, so etwas war wie ein schlecht riechender Obdachloser. Diese Feststellung schlug allerdings nicht wie ein Blitz ein. Da ich Vaters und Großvaters Abneigung kannte, war ich darauf vorbereitet und erwartete nichts anderes. Ich wurde einfach traurig, wie jemand, der die Lottozahlen checkt und sieht, dass er nichts gewonnen hat. Obwohl er eigentlich gar nicht erwartet hat, dass er gewinnt.

Ich musste mich aufs Handeln konzentrieren. Mir war klar, dass ich mich nie jemandem nackt zeigen durfte, also achtete ich darauf, meinen Alltag so zu organisieren, dass ich nicht in eine Risikosituation geraten konnte. In die Umkleide ging ich in der Regel vor den anderen und tat, was zu tun war, dann suchte ich nach Ablenkungsmanövern, sagte etwas Witziges, stupste jemanden, lachte mit den anderen, wusste ich doch, wenn die Jungs merken, dass ich die Umkleide meide, werden sie misstrauisch.

Ins Schwimmbad ging ich nie. Was das Ferienlager betraf, so erfand ich Ausreden, denn da hätte ich mit anderen im Zelt übernachten und mit ihnen zusammen duschen müssen. Danach musste ich mir jedes Mal wochenlang die Geschichten darüber anhören, wie grandios es dort gewesen sei. Ich war im Sommer auch nie mit den anderen Kindern aus Kwilno am See, obwohl ich nicht nur einmal davon träumte, wenn es heiß war.

Mädchen mied ich. Aus den Erzählungen anderer Jungs wusste ich, was passieren konnte, wenn man ein paar Wochen miteinander ging, und das rief in mir eine Menge widersprüchlicher Gefühle hervor. Ich dachte mir zum Beispiel, dass es etwas Unglaubliches sein müsse, ein nacktes Mädchen zu küssen, etwas, wonach man dann das ganze Leben glücklich wäre – aber sich vor einem solchen Mädchen ausziehen? Beim bloßen Gedanken kam mir jede Lust abhanden. Ich stellte mir ganze Heerscharen von Mitschülerinnen vor, von Bekannten, Nachbarinnen, Verkäuferinnen, Schauspielerinnen, Lehrerinnen, Sängerinnen und Unbekannten, aber ich trieb meine Fantasien nie weiter als bis zur ersten Verabredung, danach verließ ich sie immer, sie blieben fasziniert von mir zurück, und ich brach auf in die Ferne, wie der harte tragische Held eines anrührenden Films.

Manchmal ging ich natürlich in meinen Träumen auch ein bisschen weiter, doch niemals, wirklich niemals gestattete ich mir, mich vor einer der Frauen auszuziehen. Ich fürchtete ihr Gelächter, und noch mehr fürchtete ich, dass sie sich fürchten könnten.

* * *

Das Training half. Zuerst in der Scheune, später im Sportsaal der Schule, wo ich zum ersten Mal eine richtige Ausrüstung und Übungsgeräte sah. Manchmal blieb ich nach dem Unterricht dort, dank einer speziellen Genehmigung, die der Sportlehrer Herr Koligot besorgte, nachdem ich vor seinen Augen ohne Absicherung beim Kniebeugen hundertachtzig Kilo gestemmt hatte.

Wenn ich mit dem Bus zurückfuhr und nach der Stelle Ausschau hielt, wo unsere Welt an diese andere, unsichtbare Welt grenzte, war es angenehm, mich in die Signale aus meinem Inneren zu vertiefen: das Brennen der Muskeln, die Stiche im Ellbogen, den Gesamtschmerz und die allgemeine Abgeschlagenheit. Ich schuf mir eine auf Anstrengung und Gelenkschmerzen gebaute, eine nach Eisen und Schweiß riechende Welt. Ungewollte Gedanken und riskante Bedürfnisse zermalmte ich mit immer neuen Rekorden im Kniebeugen, mit den Ergebnissen im Kreuzheben und Bankdrücken. Ich liebte es, die Hantel zu spüren, die mir in den Nacken schnitt, ich kannte die Spielregeln, hier herrschte Gerechtigkeit: Ob ich ein Gewicht stemmen würde, hing allein von mir ab.

Ich war bereit, zu jedem Wettkampf zu fahren und mit meinen hochgesteckten Zielen die Träume jedes anderen Teilnehmers zu zerstören, und zugleich hätte ich mit jedem von ihnen gern mein Leben getauscht.

* * *

Osięciny. Der Asphalt vor uns geschmolzen vor Hitze, die Ähren wie eine widerspenstige Frisur, an den Seitenstreifen Kies. Von einem Draht der Hochspannungsleitung hängen alte, blassblaue Tennisschuhe, von denen sich einer aufgelöst hat und uns die Sohle wie eine Zunge entgegenstreckt. Ich biege rechts ab, bis zum Ziel sind es noch 600 Meter, obwohl keiner von uns weiß, was für ein Ziel das ist. Mutter hebt plötzlich die Hände und fährt sich durchs Haar, als wollte sie es zu einem Pferdeschwanz binden. Laut atmet sie aus und bittet mich anzuhalten.

»Hör zu, Satek, ich hab dir das nämlich nicht gesagt, du hast mal gefragt, aber ich dachte, das ist ja auch schon ewig her, aber jetzt muss ich es dir sagen, das heißt, dein Opa, weißt du … Er war es, der mich gebeten hat, dir diesen Namen zu geben.«

Das Auto ist erfüllt vom gleichmäßigen Ticken des Blinkers. Ich verstehe nicht, was sie meint. Mutter wiederholt die Geste mit den Haaren, diesmal schneller, und stößt weitere Wörter aus:

»Gott im Himmel, Junge, es geht darum, verdammt noch mal, weißt du, diese Frau, diese Frau hat gesagt, ihr Schwiegervater hieß …«

Tock-tock, tock-tock, tock-tock.

»Tomczyk, oder?« Ich versuche zu begreifen, was sie will. »Du hast gesagt, sie heißen Tomczyk.«

Mutter nickt. Sie wirft einen Blick aus dem Fenster, dann wieder zu mir.

»Ja, aber der Vorname, weißt du, sie hat gesagt, das heißt, aus dem, was sie gesagt hat, hab ich verstanden, dass ihr Schwiegervater Saturnin hieß.«

Kapitel 6

Das entfernte Bellen eines Hundes. Saturnin, Saturnin. Ein zweistöckiges, unverputztes Haus aus Hohlblocksteinen. Mutters Worte wie etwas, das man vom Hemd schnipsen muss. Ich versuche, nicht ärgerlich zu sein und glaube, es gelingt.

Der Garten ergießt sich zu beiden Seiten der schmalen Zufahrt, das Gras gemäht, Sonnenblumen, Gemüsebeete, eine lustige Vogelscheuche, eine Schaukel, alt und schäbig, auf der Zufahrt Kies.

Ich parke den Wagen und sehe sie noch einmal an. Sie streicht mit dem Finger über den Türgriff, hin und her, hin und her. Eine irritierende Mischung aus Ärger und Mitleid. Wir steigen aus.

Direkt in den Geruch von feuchtem Heu, den besten, den es gibt. Jemand hat eine Kartoffelhacke so an die Frontseite des Hauses gelehnt, dass sie gleich umzufallen droht. Zwei Milchkannen aus Metall spiegeln die Sonne.

Eine Frau um die fünfzig begrüßt uns, schlank, mit glattem Haar bis zu den Schultern. Sie trägt eine schwarze Hose und eine rosa Bluse, deren Ärmel sie hochkrempelt, anscheinend unbewusst. Sie ist braungebrannt, am Handgelenk trägt sie eine silberne Uhr. Lachfältchen um die Augen.

»Bitte sehr. Kommen Sie herein.«

* * *

Hinter der Tür beginnt ein Reich der Holztäfelungen, Ölbilder und Pflanzen, die aussehen, als versuchten sie aus ihren großen Töpfen zu fliehen. Aus dem ersten Stock ist das nervöse Kratzen von Krallen auf dem Parkett zu hören und das Quietschen eines Tieres, das es nicht gewohnt ist, eingesperrt zu werden.

»Das ist Gloria.« Im Lächeln von Frau Daria sieht man ein junges Mädchen, das mit der Männerwelt früher sicher machen konnte, was es wollte. »Sie hätten keine Ruhe vor ihr.«

Auf dem Tisch eine Kanne Tee und Kekse, deren Marke ich sofort erkenne. Daria Tomczyk bittet uns, Platz zu nehmen, geht ihrerseits an das Bücherregal und holt ein gerahmtes Foto: ein Mann hinter leicht verstaubtem Glas. Sie reicht es mir. Mutter rückt näher, um es besser zu sehen.

Saturnin Tomczyk ist riesig, fett, und das Zimmer, in dem er sich befindet, wirkt, als hätte man es um ihn herum gebaut. Alles ist in seiner Reichweite; in einem großen Sessel halb sitzend, halb liegend, trägt er einen Pullover mit weiten Ärmeln, über ihm eine bunte Decke, und es ist schwer zu sagen, wo Saturnin aufhört und die Elemente beginnen, die nicht mehr zu ihm gehören. Auf dem Foto sieht er unruhig aus, als hätte man ihn gerade aus dem Schlummer gerissen. Überrascht schaut er ins Objektiv, das Gesicht verzogen.

»Er ist vor elf Jahren gestorben, nachts, an einem Herzinfarkt. Meines Erachtens hat er ein schönes Alter erreicht, wenn man bedenkt ...«

Sie betrachtet das Foto und stellt es zurück aufs Regal. Dann setzt sie sich mir gegenüber und schenkt Tee in die Gläser.

»Er war schwierig. Aber wer ist in diesem Alter nicht schwierig. Und obwohl er die Menschen nicht besonders mochte, mochte er es doch, ein Publikum zu haben. Der geborene Redner, Sie kennen sicher diesen Typ. Über den Krieg, über die Volksrepublik Polen, über Politik und die Ereignisse in der Welt, er hätte stundenlang reden können. Und in diesen Geschichten ...«

Sie lässt den Blick von mir auf Mutter, von Mutter auf mich schweifen, und die Fältchen um ihre Augen erscheinen etwas tiefer.

»In diesen Geschichten hat Tadeusz Markiewicz einen ganz besonderen Platz gehabt. Mein Tadzio, so hat Vater ihn genannt. Ich habe so viel über ihn erfahren, dass ich das Gefühl habe, ich kenne ihn persönlich. Mein Tadzio und wieder mein Tadzio, manchmal konnten wir es nicht mehr hören.« Während sie das sagt, schiebt sie wieder die Ärmel hoch. »Wissen Sie, ich hab manchmal sogar gedacht, dass er sich diesen Tadzio ausgedacht hat. Dass es ihn gar nicht gegeben hat. Denn wie kann das sein, dass er einmal der beste Freund war, und jetzt gibt es gar keinen Kontakt mehr? Niemand aus der Familie hat diesen Tadeusz je gesehen.«

Sie bricht ab, nimmt einen Keks und beißt gedankenverloren ein Stück ab. Ich suche Hilfe im Gesicht meiner Mutter, die im Umrühren des Tees Hilfe sucht.

»Sind Sie sicher … Sind Sie sicher, dass es um meinen Großvater geht? Vielleicht war das ein anderer Tadeusz Markiewicz?«

»Nein, bestimmt nicht, ich hab ihn auf der Anzeige sofort erkannt. Vater hatte ja Fotos von ihm.«

Sie stürzt zu einer riesigen Kommode und kramt in den Schubladen, blättert die Seiten von Alben um, holt Umschläge heraus, macht die farbigen Gummis ab, schaut hinein.

»Nein, ich finde es nicht …«

»Bitte suchen Sie nicht. Wir wollten …«

»Ah, hier ist es.«

Es landet auf dem Tisch, ein kleines Schwarzweißfoto. Das ist er. Mein Großvater ohne Falten. Ich spüre, wie Mutter neben mir unruhig wird, ich höre einen Seufzer, schließlich ihre Stimme, etwas zu laut:

»Und Sie wissen, wo er ist, oder? Das haben Sie gesagt.«

* * *

Sie behauptet, er sei nachts zu ihrem Schwiegervater gekommen, hierher, und habe draußen am Fenster gestanden. Mager, blutverschmiert. Aber den Schwiegervater habe er nicht herausgebeten.

»Er hat mit der Schulter an der Wand gelehnt und leise ans Fensterbrett geklopft, ganz leise. Vater hat ihm geraten, diese deutschen Fetzen abzulegen, doch Tadeusz hat nur den Kopf geschüttelt und Vater angeguckt, als würde der einfach nichts verstehen. So war er. Bestimmt steht ein Teil von ihm noch immer hier. Das sagte Vater gern über ihn. Er schaute zum Fenster raus und behauptete, er würde dort seine Spur sehen, den Schatten von seinem Tadzio.«

Mutter dreht sich zu mir um, und ihr Gesicht wirkt wie eine Leinwand, auf der gerade die Alarmmitteilung erscheint: »Verlassen Sie diesen Raum.« Ich hole tief Luft.

»Frau Tomczyk ... Wissen Sie, wo er ist?«

Sie nickt und geht ins Zimmer nebenan, sagt etwas von einer Karte: »Moment, ich hol sie schnell.« Dann beugt sie sich über die auf ihrem Schoß ausgebreitete Miniaturversion von Polen und fährt mit dem Finger darüber wie über einen Körper. Niemand sagt etwas, Mutter streicht sich nervös durchs Haar, ich bin schon ganz verschwitzt. Daria Tomczyk murmelt etwas, streckt die Hand nach einem Kugelschreiber aus und macht mit der Spitze ein winziges Loch in das alte, speckige Papier.

»Hier ist es.«

Eine namenlose Stelle auf grünem Hintergrund, an der Bzura, in der Gegend von Sochaczew, etwa hundert, hundertfünfzig Kilometer von Kwilno. Ich nehme die Karte, Mutter schaut von der Seite darauf. Der Hund im oberen Stockwerk hat sich beruhigt, jetzt ist nur noch unser Atem zu hören. Ich halte die nach Staub riechende Karte näher an die Augen, als könnte das helfen, irgendein Detail offenbaren, das ich nicht sehe. Aber es bleibt ein lediglich durch ein kleines Loch bezeichneter Punkt am Fluss Bzura, wahrscheinlich im Wald.

»Aber warum dort?«, fragt Mutter. »Was ist da, an der Bzura?«

Die Gastgeberin heftet einen Moment lang ihren Blick auf Mutter. Sie schluckt und schielt nach dem Bild des Schwiegervaters im Regal.

»Also … Ihr Vater hat behauptet, er wäre dort gestorben.«

* * *

Sie sieht zum Fenster hinaus, ihre Stimme ist monoton, gekrallt an eine Vergangenheit, die wir nicht kennen.

»Vater hat erzählt, wenn Tadeusz im Krieg zu ihm kam, hätte er erzählt, was er gemacht hat und noch machen wollte. Und er, das heißt Tadeusz, hätte davon geträumt, dass er irgendwann einmal zurückkehren würde, genau an diesen Ort, um sich zu überzeugen, um zu schauen … Sie haben im selben Regiment gedient, im dreiundsechzigsten, und beide haben sie überlebt, wenn ihre Schicksale auch ganz unterschiedlich verlaufen sind. Tadeusz wurde an der Bzura fast getötet, wie Sie wissen, irgendwo im Schlamm ist er zu sich gekommen, aber er dachte, das kann ja gar nicht sein nach diesem Schuss, den er abgekriegt hat. Er war der Meinung, dass er eigentlich gestorben sei, jedenfalls dass er hätte sterben sollen, irgendwas aber schiefgegangen ist … Ich weiß nicht, wie ich das erklären soll. Vater konnte das übrigens auch nicht. Aber er sagte immer wieder, dass danach, nach der Sache an der Bzura, sein Tadzio nicht mehr derselbe war.«

»Was soll das heißen?«, frage ich.

»Nach dieser Schlacht war er dann dieser … na ja, wahrscheinlich der Mensch, den Sie kennen. Doch von dem Freund meines Schwiegervaters war da nicht mehr viel übrig. Alles, was er noch konnte, war gehen, arbeiten, essen, so sagte es Vater. Ich weiß eigentlich auch nicht, was das heißen soll.«

Schweigend sitzen wir da, das war es wohl. Dafür sind wir hergekommen.

»Ich mache noch Tee.«

Ich lehne dankend ab, wir hätten es eilig. Wir müssen uns jetzt darum kümmern, um diese ganze Sache, verstehen Sie. Frau Daria lächelt entschuldigend und reicht uns die Karte.

»Falls Sie …«

Ich nicke.

»Danke.«

Beim Hinausgehen werfe ich noch einen Blick auf den Mann mit meinem Vornamen. Erstauntes Gesicht, der massige Körper unter einer Decke. Wir lassen ihn im Reich der Pflanzen und Holztäfelungen zurück, und Frau Daria geht mit uns vors Haus. Als ich den Motor anlasse, hebt sie die Hand. Mutter ist still. Wir biegen auf den Kiesweg ein, und im benachbarten Anwesen bellt wieder ein Hund.

Kapitel 7

Ich trage den Namen eines dicken, sonderbaren Menschen, der gern Publikum hatte, »obwohl er die Menschen nicht besonders mochte«.

Starker Kaffee, Schokolade, in ungleiche Teile gebrochen – diese Bestechung kenne ich. Erklärungen, die nicht viel erklären. Sätze, die plötzlich enden. Saturnin, Saturnin. Das habe ich nicht gewusst.

Kurzgefasst war es so: Ein paar Wochen, bevor ich auf die Welt kam, hatte Großvater Mutter gefragt, ob sie ihm einen Gefallen tun könne. Sie saßen beim Abendessen. Das war so außergewöhnlich für ihn, dass sie zustimmte: klar, Papa, natürlich. Da bat er sie darum, mich Saturnin zu nennen. Er erklärte es nicht, und auf die Frage, wie er darauf komme, womit das zu tun habe, gab er keine Antwort.

»Du machst das, wie du willst, Hania.«

Sie machte es, wie er es wollte. Im Krankenhaus in Radziejów, morgens um vier, als sie nicht schlafen konnte, hob sie dieses zappelnde, zornige Ding, das ich war, in die Höhe und flüsterte ihm in sein kleines Ohr:

»Guten Tag, Saturnin Markiewicz.«

Der Name war seltsam und selten, aber er gefiel ihr. Er hatte etwas Außergewöhnliches, etwas von den Sternen. Sie gewöhnte sich sehr schnell daran, und nach ein paar Monaten konnte sie sich gar nicht mehr vorstellen, dass ich anders heißen könnte.

Dreißig Jahre später sitzt sie in der Küche des alten Hauses in Kwilno, mit mir als – erneut zornigem – Dreißigjährigem und sagt, mehr wisse sie nicht. Sie trinkt ihren Kaffee und schwört es. Er hat darum gebeten und nichts erklärt. Du kennst ja Opa.

Die Schokolade verschmiert mir die Finger und zerfließt im Mund, beklebt den Gaumen, die Zähne. Ich trinke den heißen, zu heißen Kaffee, kleine Partikel bleiben mir im Mund.

Zwei Namen wie von den Sternen. Saturnin Tomczyk, ein Freund aus Kriegszeiten. Der auf der Karte bezeichnete Ort, Großvaters Bitte, sein Verschwinden.

Ich könnte noch einmal bei der Polizei anrufen, aber was sollte ich da sagen? Ein einziger Zirkus, diese Situation, wenn man sie in Worte packt. Während wir schweigen, fällt die Entscheidung. Ich gebe im Navi die namenlose Stelle an der Bzura ein. Mutter schmiert belegte Brote.

Noch werkeln wir herum, laufen von einer Ecke in die andere, Mutter schminkt sich die Lippen. Ein paar Minuten später brechen wir auf zu dem mit Kugelschreiber gebohrten Loch auf der alten Karte.

TEIL II

16. 4. 1983

Ich habe noch nie einen Brief geschrieben.

Liebe Terenia, so fängt man wohl an. Liebe Terenia, ich hoffe, dass es Dir gutgeht. Tante Jadzia hat gesagt, es läuft hervorragend in der Schule, die Kinder mögen Dich, und das ist das Wichtigste, also bin ich froh, schade, dass wir uns so lange nicht gesehen haben, aber ich hoffe, bei Dir ist alles gut.

~~Ich weiß nicht, wie ich Dir~~

Ich schreibe, weil etwas geschehen ist, wo ich nicht weiß, wie ich es sagen soll, ich bin glücklich, doch gleichzeitig schäme ich mich, aber Du wirst mich verstehen, hoffe ich, denn wenn nicht Du, dann weiß ich nicht.

Der Brief ist ungeschickt. Wie soll ich das sagen, das heißt schreiben? Ich kann ja nicht einmal richtig daran denken, geschweige denn es in wirkliche Wörter auf dem Papier verwandeln. Dann wird es die Wahrheit sein.

Es ist beim Tanzen passiert. In der Remise, weißt Du, bei uns, das heißt, das ist gar nicht mehr in Kwilno, aber man sagt, bei uns, weil es nicht weit weg ist. Du weißt wo, Du warst da schon. Und stell Dir vor, Du kennst mich ja, Du weißt, wie ich bin und was ich immer für Grundsätze hatte, aber so ist das wohl manchmal, das heißt, wie soll ich sagen …

So ein schöner Bursche. Schwarzhaarig, wie aus dem Märchen. Wie der böse Prinz, der später ein guter Prinz wird. Verstehst Du? So ein finsterer, nachdenklich, schön.

Und er hat mich ~~einfach~~ direkt angeguckt, das hat noch niemand vorher getan, aber er – guckt mich direkt an, als wäre ich ein Gegenstand, der ihm gehört, so hat er geguckt.

Terenia!

Ich kann nicht einmal sagen, ob es angenehm war. Ich weiß es nicht mehr, bei mir geht alles durcheinander, ich weiß nicht, was wirklich war und was ich danach in meinem Kopf erfunden habe.

Wir sind in den Obstgarten gegangen, nicht weit. Er hat mich so viele Dinge gefragt. Selbst hat er kaum etwas gesagt. Er hat nach Rauch gerochen, als würde er den ganzen Tag am Feuer arbeiten. ~~Seine Haut war~~ Mein Gott, warum schreibe ich Dir das? Ich schäme mich so. Ich will ihn unbedingt wiedersehen.

Damals habe ich ihn zum ersten Mal gesehen. Er heißt Witold, Witek, hier scheint ihn niemand zu kennen. Danach hat er mich heimbegleitet, und das war's. Das war vor zwei Tagen. Terenia, so habe ich mich noch nie gefühlt, noch nie. Morgens springe ich geradezu aus dem Bett. Alles duftet, die Farben sind schön … Du denkst sicher, ich bin verrückt! Meinst Du, dass er noch einmal … Dass wir uns wiedersehen? Ich weiß nicht.

Ich grüße Dich, entschuldige diesen seltsamen Brief, aber ich musste ihn schreiben, Du verstehst das bestimmt.

Deine Hania

---

19. 4. 1983

Terenia, liebste Terenia, ich schreibe, denn jetzt weiß ich gar nichts mehr. Als ich Dir den ersten Brief geschickt habe, war alles anders, hell, bunt, erfüllt … ich weiß nicht genau, womit, aber Du verstehst mich sicher, doch jetzt, mein Gott, jetzt weiß ich nichts mehr, vielleicht habe ich mir das alles eingebildet, vielleicht bedeutet das für ihn gar nichts und hat nie etwas bedeutet, ich weiß überhaupt nicht, was ich jetzt tun soll.

~~Ich schreibe das in der Nacht.~~

Stell Dir vor, es hat sich herausgestellt, dass er aus Skibin ist! Unglaublich, oder? Nur ein paar Kilometer von uns! Ich habe es zufällig erfahren, von Kasia Pieczaba. Er wohnt im letzten Anwesen vor der Straße nach Dobre, da, wo es mal in der Scheune gebrannt hat. Wie oft sind wir da mit den Fahrrädern vorbeigefahren, sicher Hunderte, Hunderte Male, Terenia!

Aber wenn es so ist, wenn er gleich hier um die Ecke wohnt, warum hat er dann nicht mal vorbeigeschaut? Ich hab ihm doch gesagt, wo ich wohne, er weiß es genau, er hat mich ja begleitet! Ist das alles ... ist das alles für ihn ... Gott, ich weiß es nicht mehr.

Und außerdem, Terenia, sag mal, warum habe ich ihn eigentlich nie gesehen, und warum kennt ihn hier keiner? Ich hab die Leute ja gefragt, hab mit einigen gesprochen, niemand kennt ihn. Einen Mann aus Skibin! Das ist alles sehr seltsam und lässt mich nicht schlafen. Vielleicht kannst Du, mit Deinem klugen Kopf, mir das irgendwie erklären? Ach, Terenia, jetzt tut es mir fast leid, dass das alles ...

Nein, so darf ich nicht denken.

Aber wie soll das weitergehen? Denn da er nicht vorbeigeschaut hat, nicht mal für einen Moment, damit ist wohl offensichtlich, dass ... Aber vielleicht gibt es einen Grund? Eine Reise, eine Krankheit? Terenia, Du verstehst sicher, was ich meine, auch wenn das alles ziemlich verworren klingt, chaotisch.

Ich schwebe auf Wolken, und kurz darauf bin ich deprimiert. Meine Eltern haben anscheinend nichts gemerkt. Und ich werde verrückt vor Scham, vor Unsicherheit, vor Angst, ich bitte Dich, schreib mir irgendwas, gib mir einen Rat, rette mich!

Deine Hania

19. 4. 1983

Ich schreibe das noch in derselben Nacht und lege es noch in den Umschlag.

Ich kann nicht schlafen.

Vielleicht ist er das gar nicht? Vielleicht hat Kasia Pieczaba sich geirrt? Es ist doch ganz unwahrscheinlich, unmöglich, dass ich einen Burschen aus Skibin noch nie gesehen habe und niemand etwas von ihm gehört hat. Ich bin abwechselnd aufgeregt und niedergeschlagen bei diesem Gedanken, wenn ich daran denke, wie überzeugt Kasia gewirkt hat, als sie auf meine scheinbar gleichgültige Frage geantwortet hat.

Ach, Terenia. Warum musste mir das passieren? Ich wollte das doch gar nicht!

H.

---

23. 4. 1983

Terenia, er ist gekommen.

Ich habe gerade die Milchkannen über den Hof getragen, war schlecht angezogen, und er ist hergekommen, als wäre er hier zu Hause, einfach so, ich sag's Dir, er hat dagestanden und gelächelt, genauso wie damals, ein süßer Teufel, mir ist ganz anders geworden, weißt Du, plötzlich war alles wieder da.

Er hatte Blumen dabei. Unterwegs gepflückt. Wir haben ein bisschen geredet, Mama kam raus, um zu gucken, wer das ist, und sie haben sich freundlich begrüßt, er sagte, dass es ihm eine Ehre ist, dass er sich sehr freut. Mama ist ganz rot geworden. Er war nur kurz da, aber er hat sich entschuldigt, dass er nicht früher gekommen ist, er würde mir das noch erklären, aber jetzt müsste er gehen, er würde aber bald wieder vorbeischauen. Und dann ist er langsam wieder Richtung Skibin zurückgegangen.

~~Am nächsten Tag~~ Ich dachte, dass ich Dir das gleich am nächsten Abend schreibe, aber das habe ich gar nicht geschafft, er ist schon wieder gekommen! Wir saßen hinter dem Haus, im Schatten, er hatte eine schwarze Hose und ein Hemd an, als würde er in die Kirche gehen oder so. Er hat mir direkt in die Augen geguckt, wunderschön und unverschämt.

Ich habe gefragt, was mit ihm war, er hat mir erklärt, dass er ernsthaft krank war, dass er tagelang gar nicht aufgestanden ist, verstehst Du, das heißt, es hat sich alles geklärt, er konnte einfach gar nicht früher kommen, aber jetzt ist er wieder gesund, jetzt ist alles wunderschön, Terenia.

Ich bin so glücklich, dass es mich fast zerreißt. Schreib mir bitte, wie es Dir geht, damit meine Gedanken wenigstens für einen Moment woanders sind! Ich liebe Dich und küsse Dich,

Hanka

---

15. 5. 1983

Meine Liebe, ich danke Dir für Deinen Brief. Es freut mich, dass bei euch alles in Ordnung ist.

Bei uns ist es unterschiedlich. Vater ist manchmal niedergeschlagen wie früher, und in letzter Zeit hat er öfter nachts geschrien, aber er will nicht darüber reden, wie auch nicht über andere Dinge. Er geht nachts um die Gebäude herum, als würde er etwas suchen, dann bleibt er ganze Tage auf dem Feld und kommt abends zurück wie ein Schatten. Mutter sagt immer wieder, ich soll nicht fragen, ich soll ihn in Ruhe lassen, das ist »seine Sache«.

Am meisten mache ich mir um Witold Sorgen. Ein paar Wochen lang war es wie im Himmel, ich schwöre, wir haben viel Zeit miteinander verbracht, die Eltern mögen ihn, er ist ein wunderbarer, wunderbarer und kluger Mensch. Und dann, zehn Tage ist das jetzt etwa her, ist er einfach verschwunden, wie vom Erdboden verschluckt, er kommt nicht, vier Mal bin ich extra mit dem Rad an ihrem Anwesen vorbeigefahren, aber im Hof habe ich nur zwei Erwachsene gesehen, sicher seine Eltern.

Am schlimmsten ist, dass ich in Radziejów die Karmowskis getroffen und ein bisschen mit Lidka geredet habe, die sind auch auf den Friedhof gegangen, weißt Du, und ich hab versucht, das Gespräch geschickt auf Witold zu lenken, und da sagt sie und grinst: »Ah, der Verrückte? Bei dem weiß man nie!«

Was soll das bloß heißen, Terenia? Was für ein schrecklicher Mensch muss man sein, um so etwas über einen anderen zu sagen? Ich hoffe, dass sich das alles aufklärt, so wie damals, denn man kann ja nicht einfach so verschwinden. Ich grüße und drücke euch herzlich. Du sollst wissen, wie viel Trost mir Deine Briefe geben in schweren Momenten!

Hania

---

25. 6. 1983

Ich bin schwanger.

Das ist das Ende.

Und er lässt immer noch nichts von sich hören. Es sind schon fast zwei Monate.

Terenia, schreib nicht zurück. Ich sollte mich wohl unter den Zug werfen, aber ich habe zu viel Angst. Ich werde mit dieser quälenden Scham leben müssen. Es ist alles meine Schuld.

H.

---

29. 7. 1983

Liebste Terenia,

Danke für Deinen Brief.

Er hat mir in schweren Momenten sehr geholfen, Du konntest die Dinge immer ruhig und sachlich ~~sehen~~ betrachten.

Ich habe Tage, an denen bin ich ruhig, und Tage, wo ich unter der Bettdecke sterben oder mit den Händen einen Baum ausreißen will.

Wie geht es denn Dir? Wie verbringst Du die Schulferien? Ich hoffe, dass es Dir mit Daniel gutgeht und dass alles in Ordnung ist.

Heute haben wir den ganzen Tag Kartoffeln rausgemacht, die Arbeit kann einem wirklich unnötige Gedanken austreiben.

Deine Hanka

PS: Den Eltern habe ich nichts gesagt. Das hab ich noch vor mir.

---

29. 7. 1983

Terenia,

bin ich dumm? Oder blind? Verliebt ganz bestimmt. Aber ich verstehe das alles nicht, ich verstehe es einfach nicht, hör zu, gestern bin ich zu Hause und schäle mit Mutter Kartoffeln, um Küchelchen zu machen, da klopft es an der Tür. Ich mache auf, er ist es.

Wieder ganz elegant und schön, und er lächelt, als wäre nichts passiert.

Wir haben einen Spaziergang gemacht ~~und ich habe gedacht~~. Zornig, ratlos habe ich gefragt, warum er nicht gekommen ist. Langsam und ruhig hat er geantwortet, und er hatte gar keine Angst vor den Fragen oder vor meinem Zorn. »Ich habe mich letztes Mal nicht richtig auskuriert, ich wollte so schnell wie möglich zu dir«, das hat er gesagt, verstehst Du, er wollte so schnell wie möglich kommen, mich treffen, und statt noch ein paar Tage im Bett zu liegen, ist er zu früh aufgestanden, daher der Rückfall, aber jetzt hat er sich schon richtig auskuriert, jetzt ist alles, alles gut.

»Witold, Dich kennt fast niemand in der Gegend!«, hab ich ihm gesagt, worauf er herzlich lachte und ebenso ruhig wie vorher erklärte, das kommt daher, dass sie so viel Arbeit auf dem Hof haben, und von der Krankheit, weil er in den vergangenen Jahren diese Probleme öfter hatte, mit denen jetzt aber Schluss ist, ganz bestimmt Schluss, aber deshalb hätte man ihn kaum gesehen.

Ich glaube ihm, ich weiß, dass er mich nicht anlügen würde. Ich bete nur in Gedanken, dass er jetzt wirklich gesund bleibt.

Was denkst Du von all dem? Und wie geht es Dir? Ich bin gespannt, was es bei Dir so gibt.

Ich küsse und drücke Dich

Hanka

15. 8. 1983

Grüß Dich, Terenia.

Was kann ich schreiben? Seit einer Woche nur Streit und Beleidigungen.

Ich fühle mich wie in einem Käfig gefangen, Feld, Stall, Haus, verstehst Du, und diese Briefe sind das Einzige, wo ich … ich weiß gar nicht, wie ich Dir das ~~sag~~ schreiben soll. Aber weißt Du, was das Schlimmste ist? Die Eltern sind nicht sauer. Sie sind TRAURIG. Das ist wohl die höchste Strafe.

Natürlich haben sie gefragt, was werden soll, was ich vorhabe, was ER vorhat, denn ETWAS wird er ja wohl vorhaben, aber woher soll ich das wissen? Bislang haben wir es niemandem gesagt, aber bald werden wir das tun müssen, man kann es ja schon sehen.

Mit Witold treffe ich mich zu Spaziergängen, manchmal im Garten der Pieczabas, aber nie bei mir und auch nicht bei ihm. Er liebt mich, das sagt er jedes Mal. Die Nachricht von dem Kind hat er mit großer Freude aufgenommen, er hat mich gedrückt und auf den Bauch geküsst, aber dann haben wir uns wieder getrennt, als wäre nichts geschehen, und er ist in seine Richtung gegangen. Aber die Nachricht muss doch Eindruck auf ihn gemacht haben? Die Männer sind in solchen Sachen manchmal ganz schön launisch, auch nicht besser als die Frauen!

Außerdem scheint Mutter ~~ernstlich~~ ernsthaft krank zu sein, sie hat stark abgenommen, zum Arzt will sie nicht.

Manchmal wache ich nachts auf und fasse an meinen Bauch, und das ist so unglaublich, dass ich alles andere vergesse. Dann lächle ich mich selbst an. Als wäre ich verrückt geworden.

Ich küsse Dich, Umarmung an Daniel,

Hanka

17. 8. 1983

Terenia,

was soll ich Dir schreiben? Und wie? Witold ist vorhin gekommen, im Anzug, und hat gesagt, er möchte mich heiraten. Ob ich einverstanden bin. Und die Eltern? Er hat lang mit Vater gesprochen, ich glaube, sie haben sich geeinigt, denn er ist dann zu mir zurückgekommen, hat mich gedrückt und versprochen, die Hochzeit wird wunderschön, und auch das Leben wird wunderschön.

Und erst als er weg war, ist mir bewusst geworden, dass ich ihm gar keine Antwort gegeben habe. Die Antwort war ganz von selbst da.

Ich muss mich beruhigen, ich bin ganz zittrig, während ich Dir das schreibe, was soll ich machen? Es ist alles so schnell gegangen, war alles so seltsam!

Gib mir einen Rat, schreib mir!

Deine H.

---

3. 9. 1983

Liebe Terenia, Du bist schon zwei Tage wieder in der Schule, ich hoffe, die Kinder sind anständig und Du bist zufrieden.

Bei mir ist es unterschiedlich. Manchmal bin ich morgens voll guter Gedanken, und nachher könnte ich den ganzen Tag Flaschen an die Wand schmeißen. Oder auch umgekehrt. Dann bin ich sauer auf mich, denn das bin gar nicht ich, diese Launen, diese Stimmungen, was sagst Du dazu?

Die Hochzeit ist schon in zwei Wochen, Vater bereitet in der Scheune schon alles vor, die Tische, Bänke, die Hängelampen und so weiter. Außerdem wissen es schon alle im Dorf, und es ist traurig und zugleich zum Lachen, wie penibel sie darauf achten, so zu tun, als wüssten sie es nicht, und wie sie ~~in der Schlange vor~~ im Gespräch mit mir in einem fort über den Besuch des Papstes reden, und wenn jemand meinen Bauch sieht, guckt er, als hätte er sich die Finger verbrannt.

Das Kind kommt im Januar, aber vielleicht auch schon Ende Dezember, das ist nicht ganz klar, aber eher im Januar, hat der Arzt gesagt.

Ich sehe, dass Papa mich schonen will, das ist manchmal sogar lustig, zum Beispiel wenn er mir die Teekanne abnimmt und sie selbst von der Küche ins Zimmer trägt.

Witold kommt vorbei, aber seltener, er hat selbst jede Menge Arbeit. Seine Eltern sind sympathisch, sein Vater ist so ein Riese mit Schnurrbart, die Mutter eine drahtige, sehr nett. Sie freuen sich sehr, haben sie gesagt. Gestern hat mein zukünftiger Schwiegervater den Wodka für die Hochzeit gebracht, wir lagern ihn jetzt in der Speisekammer. Terenia, das alles passiert wirklich!

Bei Mutter nichts Neues. Zum Arzt ist sie nicht gegangen, aber es geht ihr ein bisschen besser.

Und so geht alles weiter, siehst Du, ich dachte, die Schwangerschaft wäre der Weltuntergang, aber der Welt ist meine Schwangerschaft ganz egal.

Ich grüße und drücke Dich,

Hanka

---

20. 10. 1983

Liebste, liebste Terenia!

Auf der Hochzeit konnten wir nicht richtig reden, aber Du weißt ja, wie das ist, ständig wird getanzt, jeder spricht dich an, jeder will was von dir, jedenfalls hoffe ich, es hat Dir gefallen und es gibt bald wieder eine Gelegenheit, sich zu treffen. Ich lege zehn Fotos bei, Du und Daniel seid auch drauf, schön seht ihr aus.

Umarmungen und Küsse,

H.

---

12. 11. 1983

Terenia!

Das ist wunderbar, ich gratuliere! Jetzt sind wir beide in der gleichen Situation, das ist eine große Erleichterung und ein Trost für mich. Vielleicht ist das egoistisch?

Bei mir ist schon überdeutlich zu sehen, was los ist, und ich fasse so oft an meinen Bauch, dass mich das schon beunruhigt. Ist das normal? Vielleicht. Noch nie hat mir etwas eine so seltsame, weißt Du, sozusagen zärtliche und zugleich angstvolle Freude gemacht – ich kann es nicht besser und genauer schreiben, wie Du das sicher könntest.

Vorläufig wohnen wir getrennt. Witold richtet uns ein Zimmer im Haus seiner Eltern ein, Ende des Monats soll ich einziehen, ich kann es kaum noch erwarten, aber ich habe auch Angst, denn ein Zurück gibt es dann nicht mehr. Ich versuche, nicht daran zu denken.

Eine unserer Kühe hat gekalbt, es hat sehr lange gedauert, und sie hat gottserbärmlich gebrüllt. Natürlich habe ich dabei an mich gedacht … Und wir haben jetzt neue Kacheln in der Küche.

Wie immer im Herbst ist Vater in seine Melancholie verfallen. Seine Verrücktheiten nehmen zu, er schläft fast nicht, würde am liebsten rund um die Uhr arbeiten, und abends geht er zu der Stelle auf dem Feld der Karmowskis, wo früher der Teich war, und starrt vor sich hin. Er sitzt oder steht da und starrt, einmal hab ich ihn gesehen, es war kein schöner Anblick. Wie eine Vogelscheuche.

Und reden tut er gar nicht mehr.

Mutter war endlich beim Arzt, und leider sieht es danach aus, dass es etwas Ernstes ist. Sie untersuchen ihre Lymphknoten, haben eine Probe genommen, und jetzt warten wir auf die Ergebnisse, das heißt, wir beide, denn Vater zählt im Moment nicht.

Witold, Witold, Witold. Mein Mann. Kannst Du das fassen???

Ich kann es manchmal gar nicht glauben.

Gut, ich mache Schluss, es ist schon furchtbar spät, ich umarme euch, alle drei! Wie ich mich freue!

Küsse,

H.

---

20. 12. 1983

Liebste Terenia,

was kann ich Dir zu Weihnachten wünschen? Dass Du viel und laut lachen, Süßigkeiten essen, Musik hören kannst – und dass Daniel immer auf Dich hört.

Weißt Du, ich bin schon so dick … Das kannst Du Dir gar nicht vorstellen. Ich lege ein Foto bei, das Mutter vor dem Haus von mir gemacht hat. Ja, dieses riesige und unattraktive Wesen neben unserem Hund, das bin ich.

Witold hat unser Zimmer immer noch nicht fertig, er wäre so beschäftigt, sagt er, er schaut übrigens in letzter Zeit nicht mehr so oft vorbei, so kommt es mir gerade vor, jetzt, während ich Dir schreibe, denn im Alltag denkt man ja nicht an solche Dinge. Ob ich mit ihm sprechen sollte? Oder eher nicht?

Immer mehr Sorgen mache ich mir auch um die Eltern, man weiß immer noch nicht, was Mutter fehlt, sie hat noch mehr abgenommen, sie hat fast gar keinen Appetit mehr. Mit Vater ist es auch schlimmer. Er steht in aller Herrgottsfrühe auf und arbeitet bis in die Nacht. Ich weiß nicht mehr, wann ich mit ihm mehr als ein paar Worte gewechselt habe. Von Zeit zu Zeit rasiert er sich abends und zieht sich eleganter an als für das Feld, dann macht er einen Spaziergang, immer zum gleichen Ort, zu dieser Mulde, wo der Teich war, die lange schon mit Bäumen zugewachsen ist. Er steht da, guckt nur und macht nichts, manchmal verbringt er dort bis zu zwei Stunden! Einmal habe ich Mama danach gefragt, aber sie hat nur gesagt, »jeder hat so was für sich«, mehr nicht. Was soll das denn heißen? Ich habe nie darüber nachgedacht, denn Vater macht das, solange ich denken kann, aber das ist doch wohl nicht normal?

Zum Glück gibt es auch schöne Momente. Tante Jadzia und Onkel Wogólan haben uns besucht, und entgegen meinen Befürchtungen war es ihnen völlig egal, dass gerade erst die Hochzeit war und bald das Kind kommt. Wir saßen bis spät abends und haben uns nett und unbefangen unterhalten. Nur hat sich Vater zu Onkel Wogólan leider wie immer sehr reserviert verhalten, hat alles in Frage gestellt, was der Onkel sagte und sich furchtbar benommen. Er kann ihn einfach nicht ausstehen. Ich habe den Onkel vor langer Zeit einmal danach gefragt, und er hat mir in seinem Stil, mit seinem ewigen »überhaupt, wie gesagt, Dingsda« verraten, dass es darum geht, dass Vater im Krieg war und der Onkel nicht. Aber er hat mich gebeten, das Vater ja nie zu sagen.

In der Nacht habe ich dann gehört, dass die Eltern sich gestritten haben. Scheinbar ging es um den Nobelpreis für Lech Wałęsa, weil Mutter das toll findet und alles darüber lesen will, Vater ihn aber für einen Dummkopf hält, aber es war klar, dass es eigentlich um den Onkel und Vaters Verhalten ging. Sie haben schrecklich darüber gestritten.

Es ist seltsam, wenn man einen Brief schreibt, fallen einem viele Dinge ein, die man gar nicht erzählen wollte, und andere, über die ich schreiben wollte, vergesse ich dabei.

Weißt Du, manchmal wache ich nachts auf und muss an Witold denken, an uns und daran, wie sich das plötzlich entwickelt hat. Ach, es ist alles zu viel. Ich hoffe, dass es wenigstens Dir gut geht. Ich grüße und küsse Dich noch einmal. Umarmung für Daniel!

Deine Hanka

---

17. 1. 1984

Terenia …

Es ist so unglaublich, ich habe einfach keine Worte, Du weißt schon alles, aber ich habe mich so an diese Briefe gewöhnt, dass ich Dir schreiben muss, obwohl ich gar nicht weiß was, denn die Dinge, die ich, die von nun an, verstehst Du, das alles kann man gar nicht erzählen, jedenfalls kann ich es nicht!

Erinnerst Du Dich, wie nach der Sache im Obstgarten bei der Remise, wie ich dachte, es ist alles vorbei, da gibt's keine Hoffnung mehr, nur alles grau, und jetzt steht die Welt auf dem Kopf, die ganze Welt ist in diesen kleinen Augen, in diesen Händchen, ich freue mich so, dass Du das bald auch erleben wirst.

Die Eltern sind total aus dem Trott geraten, in dem sie bisher gelebt haben, Mutter weint vor Glück, wenn sie den Kleinen sieht, und Vater verwandelt sich in einen lebhaften, agilen Mann, wie ich ihn bisher nicht kannte. Ich habe den Eindruck, sie sind zum ersten Mal echt, so wie sie sein sollten.

Mit Witold ist es seltsam. Er freut sich natürlich, sozusagen aus der Ferne. Ich bin immer noch nicht zu ihm gezogen, und jetzt wird es schwierig, weil das Kind da ist. Witold versichert, erklärt dies und jenes, zu viel Arbeit und so weiter. Es ist erbärmlich. Vielleicht sind die Männer so?

Mit dem Namen für das Kind – das ist eine seltsame Geschichte, stell Dir vor, Papa hat mich gebeten, das heißt, er hat mich gefragt, ob ich damit einverstanden bin, wenn er den Namen aussucht. Den Namen für mein Kind, verstehst Du? Aber weißt Du was? Ich war einverstanden. Ich wollte ihm einen Gefallen tun, aber als sich herausstellte, was er ausgesucht hat, bin ich fast in Ohnmacht gefallen.

Also Terenia, setz Dich hin. Mein Sohn heißt … Achtung: SATURNIN. Papa liegt wirklich sehr viel daran. Und er will, dass das unser Geheimnis bleibt. Das heißt, ich soll nicht sagen, dass ER den Namen ausgesucht hat. Du kennst ja meinen Vater, er war ja immer etwas sonderbar. Ich habe Mama gefragt, was das soll mit diesem Saturnin, warum der Name für ihn so wichtig ist, aber Mama hat keine Ahnung.

Und was sagst Du? Gefällt er Dir? Ich bin anfangs ~~selts~~ ein bisschen erschrocken, denn der Name ist so merkwürdig, irgendwie fremd, aber je länger ich darüber nachdenke, desto besser gefällt er mir, er ist ein bisschen unheimlich, geheimnisvoll, mit so einem Namen kann man wohl kein ganz gewöhnliches graues Leben haben, oder?

Deine glückliche Hania

PS: Ach, noch etwas. Witold hat, als ich ihn nach dem Namen gefragt habe, nur mit den Schultern gezuckt, als wäre er beleidigt, und hat behauptet, das ist ihm egal. Und ich weiß nicht warum, aber als ich sein Gesicht gesehen habe, sagte ich ihm, das ist noch nicht alles, der

Junge wird meinen Nachnamen tragen, nicht seinen. Jetzt denke ich mir, wahrscheinlich wollte ich, dass er sich aufregt, dass er protestiert, verstehst Du, aber er hat nur noch mal mit den Schultern gezuckt.

---

2. 3. 1984

Terenia,

wie schnell das Leben jetzt vergeht … Es ist sehr seltsam, denn eigentlich geschieht ja kaum etwas, die meiste Zeit verbringe ich zu Hause, die Tage sehen alle gleich aus, und doch ist plötzlich wieder eine Woche vergangen, ein Monat!

Leider gibt es keine guten Nachrichten. Es geht um Witold. Weißt Du, irgendwie hab ich das gespürt, das heißt, ich hab was gespürt, aber nicht gewusst, was. Er hat plötzlich, es ist jetzt schon zwei Wochen her, aufgehört, sich zu melden. Er ist verschwunden, verstehst Du? Genauso wie früher. Vorgestern habe ich mit seiner Mutter gesprochen, wir haben beide geweint, und sie hat mir gestanden, dass er schon sein ganzes Leben unter Stimmungsschwankungen leidet, dann will er gar nicht aus seinem Zimmer gehen, egal, was los ist. Krank war er nie, verstehst Du, er hatte immer nur diese »Anfälle«, wie meine Schwiegermutter sagt, etwas hat ihn ans Bett genagelt und verhindert, dass er aufsteht. Nach diesem Gespräch ist es doch ein bisschen leichter für mich, ein bisschen verstehe ich jetzt endlich. Ich warte, was soll ich auch sonst machen?

Überhaupt bin ich in einem Zustand, als würde ich halb schlafen. Alles ist irgendwie ruhig und schwerfällig. Ich muss mich nur hinsetzen, dann fühle ich mich wohl. Es gibt keinen großen Unterschied mehr zwischen Tag und Nacht – ich muss die ganze Zeit wachsam sein.

Satek ist wunderbar. Es gibt kein süßeres Kind auf der Welt, ich sag's Dir, Du kannst mir glauben. Er lächelt viel. Wie ein lieber kleiner Schelm. Wenn ich ihn an mich drücke, diesen kleinen warmen Körper, dann ist alles andere plötzlich ... ich weiß nicht.

Terenia, wie viele Gäste wir in letzter Zeit hier empfangen ... Unglaublich, mir war gar nicht klar, dass wir so viele Bekannte haben. Allein in der letzten Woche: Krzysio Pieczaba mit seiner Schwester, die Karmowskis, Ewka und Judyta (sie lassen grüßen), die Großeltern aus Narkowo, Marcin Modzelewski und Onkel Wogólan (wieder). Sie schauen vorbei, um Satek zu sehen, jeder mit einem Mitbringsel, natürlich fragen sie nach Witold, ich denke mir immer etwas aus, er ist so beschäftigt, immer beschäftigt, wir trinken jede Menge Kaffee und Tee, ich glaube, ich esse nur noch Süßes. Ich mochte dieses Herumsitzen eigentlich nie, ich fand es langweilig und oft peinlich, und jetzt warte ich nur auf die nächsten Gäste, die Welt steht auf dem Kopf und ich auch. Jetzt fehlt nur noch mein Witold, wenn er doch bloß ...

Wie geht es denn Dir, und wann hast Du Deinen Termin? Das ist doch schon bald, oder? Schreib mir unbedingt, ich muss wissen, wie es Dir, wie es euch geht.

Deine Hanka

---

4. 3. 1984

Meine Liebe,

gestern habe ich dem Briefträger einen Brief für Dich mitgegeben, und heute muss ich zu meinem Leidwesen und ganz verweint einen neuen schreiben. Leider hat sich herausgestellt, dass mein Glück von schlechten Nachrichten begleitet wird. Mutter hat

Krebs, das ist jetzt sicher. Wir haben das alle schon vermutet, aber vermuten und wissen … Du verstehst sicher, ich mache mir jetzt große Sorgen um sie, obwohl sie vor uns so tut, als würde es ihr hervorragend gehen.

Der Arzt hat uns beruhigt und erklärt, dass manche damit nur noch kurz leben, andere aber sehr lang, »es kann sein, dass Sie uns alle überleben«, das hat er wörtlich gesagt, aber weißt Du, vielleicht müssen sie das halt sagen.

Witold schweigt immer noch, er ist immer noch in seiner schwarzen, hoffnungslosen Stimmung. Mutter sagt, so sollte ein Mann sich nicht verhalten: »Das wird nichts werden.« Zuerst war ich sauer, aber jetzt … ich weiß nicht. Es ist alles ein großes Durcheinander. Beim Anblick von Satek bin ich plötzlich froh, und gleich darauf hab ich Gewissensbisse, wie kann das sein, dass ich mich freue, wenn es Mutter so schlecht geht und Witold …

Wenn ich nachts aufwache, habe ich das Gefühl, ich sollte Witold verlassen, mich scheiden lassen, da unsere Ehe ja nie richtig bestanden hat. Es wäre der Horror, wirklich der Horror, aber manchmal glaube ich, das wäre das Richtige. So wie jetzt ist es schlecht, Terenia, und anders wäre es noch schlechter.

Jedenfalls grüße und umarme ich euch herzlich.

H.

---

30. 3. 1984

Liebste Terenia,

mit Mutter sieht es schlecht aus. Meistens gelingt es mir kaum noch, ihr ein bisschen Suppe oder ein paar Kartoffeln reinzuzwingen. Als ich sie nackt im Bad gesehen habe, bin ich erschrocken, sie sieht aus wie ein ganz anderer Mensch. Und das Schlimmste ist, sie behauptet, es täte ihr nichts weh. In ein paar Wochen hat sie einen Termin, drück die Daumen und bete vielleicht für sie.

Satek ist wunderbar. Wenn er mich sieht, strahlt er manchmal so, dass ich Dir hundert Briefe schreiben und das doch nicht zum Ausdruck bringen könnte, was ich dann empfinde.

Außerdem wird es draußen schön, die Tage sind sonnig, ich gehe mit Satek viel spazieren, wir haben uns angewöhnt, bei den Nachbarn vorbeizuschauen, und ich zeige ihm verschiedene Tiere, mal eine Kuh, mal ein Pferd, ein Huhn und einen Hund, ich weiß gar nicht, wem dieses Ritual mehr Spaß macht.

Witold ist einmal gekommen, abgemagert und als hätte er Angst vor etwas. Er hat langsam gesprochen, hat sich ängstlich umgesehen, Satek wollte er gar nicht richtig betrachten. Nachdem er sich verabschiedet hatte, war ich zuerst wütend, und dann habe ich lange geweint.

Schreib unbedingt, wie es Dir geht, was es bei euch gibt.

Mutter hat mich gebeten, Dich zu grüßen, also grüße ich Dich von ihr, ich drücke Dich und überhaupt.

Hania

---

27. 4. 1984

Terenia!

Vor ein paar Minuten habe ich Deinen Brief bekommen. Wunderbare Neuigkeiten! Es freut mich, dass mit Dir und Joasia alles in Ordnung ist. Daniel platzt sicher vor Freude und Stolz.

Bei uns ist alles unverändert, ich lege ein Foto bei, auf dem Satek verbissen mit seinem Lieblingsteddy kämpft, den ich Milifilek nenne. Wie ist mein Söhnchen nur so schnell groß geworden?! Schick mir unbedingt auch ein Foto von euch, sobald Du die Möglichkeit hast. Ich freue mich riesig über euer Glück.

Unsere ganze Familie umarmt euch, sogar Vater schickt Grüße!

H.

---

9. 10. 1984

Terenia,

es ist kaum zu glauben, aber seit Deinem letzten Brief ist EIN HALBES JAHR vergangen!

Das kommt von diesem täglichen Hamsterrad. Eigentlich passiert nichts, und gleichzeitig hat man nie Zeit. Ist es bei Dir auch so?

Ich muss Dir das endlich ~~sag~~ schreiben. Mit Witold ist Schluss. Es geht mir total schlecht, es ist mir peinlich – sich scheiden lassen, mein Gott, kennst Du jemand, der sich hat scheiden lassen? Und das nach so kurzer Zeit? Nicht mal ein Jahr, Terenia. Aber es ging nicht anders, er verbringt sein Leben in seinem Zimmer, ich war ein paarmal dort, nichts, dunkel, er liegt nur in Kleidern auf dem Bett und schaut sich ängstlich um, so verbringt er ganze Tage, Wochen, und dann dreht sich in ihm was um, und er kommt, schön angezogen und lachend, es zerreißt ihn fast vor Freude. Dieser glückliche Witold erinnert sich nicht an den unglücklichen, er verhält sich wie ein Kind, für Satek interessiert er sich überhaupt nicht. Er will spazieren gehen, schmusen, an ernsthafte Dinge denkt er nicht. So kann man nicht leben, Terenia. Ich habe Angst, was ihm noch in den Sinn kommen könnte, ich habe Angst um Satek, beide aufziehen kann und will ich nicht. Vater hat schon vor einiger Zeit gemeint, dass es wohl nicht anders geht, dass das der einzige Ausweg ist. Die Scheidung läuft, es wird bald soweit sein, Terenia. Wir werden getrennt leben, es ist schrecklich und seltsam, schließlich ist er mein Mann, der Vater meines Kindes. Aber wie ein Fremder.

Ich denke daran, ihm vielleicht in aller Ruhe einen Brief zu schreiben. Erklären, was erklärt werden muss, mich verabschieden, ihn meiner Gefühle versichern, weißt Du, man kann sich doch nicht einfach so trennen. Aber geradeheraus mit ihm zu reden, das geht auch nicht, er wird sich die Ohren zuhalten, weinen oder mich auslachen, was ich mir da wieder ausdenke. Aber einen Brief nach Skibin schicken? Verrückt. Ich denke noch mal drüber nach.

Zum Glück geht es Mutter besser. Seit ein paar Monaten schon ist es besser, in letzter Zeit geht sie sogar mit mir und Satek spazieren. Ich habe den Eindruck, dass sich alles beruhigt hat, dass die Tage jetzt immer und ewig so aussehen werden.

Die Ernte war hervorragend, also können wir jetzt gut leben, wir haben Kohlevorräte für den ganzen Winter. Von den unangenehmen Dingen: Ein Fuchs ist in unseren Hühnerstall eingebrochen und hat sechs Legehennen getötet. Als hätte er nicht mit einer zufrieden sein können. Vater hat das Loch im Zaun geflickt und die Tür verstärkt, die seit einiger Zeit nur noch an einem seidenen Faden hing.

Satek ist manchmal übermütig. Er scheint zu spüren, wenn ich besonders müde bin, dann wacht er nachts jede Stunde auf. Ach, manchmal hätte ich Lust, einfach mal einen ganzen Tag allein zu sein. Aber dann lacht dieser Schlingel mich an, und alles andere ist vergessen.

Vater ist leider wieder in seine alte Haut geschlüpft, er ist jetzt wieder still und deprimiert, geht wieder an diesen Ort, wo früher der Teich war. Was da wohl sein mag, dass es ihn seit so vielen Jahren dort hinzieht und ihm keine Ruhe lässt? Ich habe neulich noch einmal mit Mutter darüber gesprochen, aber sie behauptet weiterhin, nichts zu wissen.

Und einmal nachts ist etwas ganz Seltsames passiert: Ein Schrei hat mich geweckt, und ich dachte zuerst, das ist Satek, aber dann merkte ich, es war Vater. Bevor Mutter ihn beruhigen konnte, hat er noch zweimal den Namen »Irka, Irka« gerufen.

Irka? Welche Irka? Ich kenne keine Irka. Seither betrachte ich Vater etwas anders, als würde ich erwarten, plötzlich etwas in ihm zu bemerken, was ich vorher nicht gesehen habe. Jedenfalls schreibe ich Dir das, damit Du weißt, dass es in unserer Familie nicht langweilig wird.

Ich warte ungeduldig auf Neuigkeiten von Dir, ich hoffe, es wird nicht wieder ein halbes Jahr dauern! Grüße und Küsse

Hanka

PS: Ich habe endlich beschlossen, dass ich Witold schreiben werde. Das sollte ich tun, es wäre einfach richtig. Aber ich fürchte, dass – sobald ich den Kugelschreiber auf das Papier setze – nur Groll und Wut aus mir herauskommen. Drück mir die Daumen, meine Liebe!

---

11. 11. 1984

Witek,

ich weiß nicht, wie ich anfangen soll.

Es ist sonderbar, Dir nach Skibin zu schreiben, da ich doch vorbeikommen könnte, aber unsere Liebe scheint von Anfang an sonderbar gewesen zu sein, dann kann ich Dir auch einen Brief schicken, schaden wird es nicht. Die Scheidung ist, wie Du sicher weißt, schon erledigt – ich bin nicht mehr Deine Frau. Und Du nicht mehr mein Mann. Weißt Du, ich habe mich kaum daran gewöhnt, Dich so zu nennen, und jetzt muss ich es mir schon wieder abgewöhnen.

Entschuldige, ich bin so nervös, dass der Kugelschreiber in meiner Hand zittert, daher die unsichere Schrift.

Ich schreibe Dir, um mich von Dir zu verabschieden, es darf nicht sein, dass man sich einfach so ohne Worte trennt. Schließlich ging es uns auch manchmal gut zusammen? ~~Du bist ein wunderbarer, kluger Mensch, und ich bin glücklich, dass wir uns~~ Nein, das kann ich nicht schreiben. Nein, Witek, Du bist wohl kein wunderbarer Mensch, denn wunderbare Menschen tun solche Dinge nicht. Du hast mich und Satek behandelt, als gäbe es uns nicht. Du bist gekommen, wenn Du Lust dazu hattest, alle paar Wochen einmal. Ich werde nie wieder mein altes Leben haben, und ich schreibe das nicht, ~~damit~~ um mich zu beklagen, denn ich bereue es nicht, aber ~~Du solltest~~ das Schlimmste ist, dass Du das gar nicht weißt und es Dir auch egal ist.

Mach, was Du willst, lebe, wie Du willst und bedauere Dich selbst, das ist nicht mehr meine Sache, denn ich bin nicht mehr Deine Frau. Ich war glücklich, ja, einige Monate lang war ich glücklich, aber der Preis, den Du mich dafür zahlen lässt, ist ~~höh~~ viel zu hoch.

Ich hoffe, Satek wird so wenig wie möglich Ähnlichkeit mit Dir haben.

Ich grüße Dich, ich hoffe, Du wirst leben können, wie Du es willst.

Hania

Manchmal sehe ich mehr, sehr präzise, und ich habe viele Worte, die nicht meine eigenen sind. Es ist wieder wie bei dem Radio, es braucht nur einen Augenblick, und ich bin auf etwas eingestellt, wovon ich vorher gar nichts wusste. Ich sehe dann ganz deutlich, zum Beispiel dieses bisschen Fett, das auf dem alten, scharfen Messer verschmiert ist. Zack, zack gegen das Brett, gezeichnet von Hunderten zubereiteter Speisen, in der Regel von ihren Händen, von den Händen der vierundsechzigjährigen Marta Markiewicz, die am Küchentisch sitzt, das Haar rasch zusammengebunden mit einem grünen Gummi, und Wurst schneidet. Für ein Letscho.

Hania beobachtet sie durch die angelehnte Tür, in der linken Hand einen Briefumschlag und gleichzeitig die Klinke haltend, die rechte Hand an die flache Stelle unterhalb des Schlüsselbeins gepresst, was sie gerne tut, wenn sie nervös ist. Es ist die richtige Entscheidung, ja, die richtige und eine erwachsene Entscheidung, also steckt sie den Umschlag vorsichtig in die hintere Hosentasche, öffnet die Tür und geht auf ihre Mutter zu.

»Kannst du kurz auf Satek aufpassen? Ich muss ...«

Wohin muss sie?

»... in die Apotheke.«

Die Apotheke ist eine gute Idee, in der Apotheke kauft man Dinge, nach denen Mutter nicht fragen wird, Dinge, die unter dem Teppich des Alltags liegen, die mit dem Körper und seinen verschiedenen Anforderungen zusammenhängen, also fragt Mutter nicht, nickt nur, schneidet weiter Wurst – allein den Geruch könnte man schneiden – und antwortet ganz ruhig:

»Natürlich.«

* * *

Der Briefträger heißt Arek, ist etwas dicklich und in Hania verliebt, was er zu verbergen versucht, er hat ja schließlich eine Frau und drei Kinder, aber wie das mit dem Verbergen des Verliebtseins zu sein pflegt – es gelingt ihm nicht. Hania hat von ihm einen Vorrat an Umschlägen und Briefmarken bekommen, also muss sie nicht jedes Mal auf seinen Besuch warten, sondern kann einfach zu dem Briefkasten am Ende (am Anfang?) von Kwilno gehen, zu dem an der Ausfahrt zur asphaltierten Straße.

Der November ist in diesem Jahr irgendwie unentschlossen, die Pfützen hat er noch nicht gefrieren lassen, doch er drängt sich unter die Jacken und Hosenbeine, als hätte es minus fünfzehn Grad und nicht um die Null.

Hania setzt sich aufs Fahrrad, steigt wieder ab, schraubt den Sattel runter, dann noch ein Stückchen, schließlich holt sie den Brief aus der Hosentasche, wirft ihn in den Drahtkorb, setzt sich wieder aufs Rad und fährt los, und ihre Haare fliegen in der Luft – sie hat ganz vergessen, wie schön das ist.

In der Nähe der Stelle, zu der ihr Vater abends immer geht, macht sie langsamer. Es ist eine kleine Mulde am Rande des Feldes, das den Karmowskis gehört, eine mit Bäumen zugewachsene Mulde, in der es nichts gibt, was diese regelmäßigen Besuche erklären könnte. Ein Stück Erde mit Unkraut.

Hania stellt sich vor, dass beim Briefkasten alle Nachbarn auf sie warten werden, alle Tanten und Onkel, Cousins und anderen Verwandten, außerdem jede Menge Schaulustige, und sie kann ihnen nicht entgehen, sie werden sie erwischen und laut diesen schrecklichen, grausamen Brief vorlesen.

* * *

Am Briefkasten wartet niemand.

Der Wind fiedelt auf den Hochspannungsleitungen, und über die Straße rumpelt ein Lastwagen und nimmt für einen Moment alle Geräusche mit. Hania stellt das Fahrrad auf den Ständer, nimmt den Umschlag aus dem Korb, geht schnell zum Kasten und steckt den Brief in den waagrechten Schlitz an der Seite.

So. Das war's.

Der Kragen an der Jacke. Der Metallständer mit dem Gummi unten, der mit Erde verschmiert ist. Das Bein schwingt sich über den Rahmen. Hania fährt zurück, das war eine richtige, vernünftige Entscheidung, die Kette quietscht ganz leicht, und im Fenster der Pieczabas blitzt die Sonne, ja, eine richtige, vernünftige Entscheidung. Jetzt ist alles erledigt, jetzt mag geschehen, was will. Das Wichtigste ist, dass sie das getan hat. Der Wind pfeift, die Straße knirscht unter dem Druck der Reifen.

Sieben Minuten und zwanzig Sekunden später reißt sie, ganz außer Atem, das Knie auf das achtlos hingeworfene Fahrrad gestützt, an der Metallfront des Briefkastens und murmelt vor sich hin:

»Bittebittebitte!«

15. 11. 1984

Terenia,

ich schreibe Dir mitten in der Nacht, und ich weiß eigentlich selbst nicht, warum ich das gemacht habe, aber ich konnte nicht ... Ich hatte nicht den Mut, verstehst Du? Ich hatte Witold geschrieben und den Brief eingeworfen, und dann bin ich so darüber erschrocken, dass ich wie eine Verrückte, wie eine Wahnsinnige den Briefkasten mit der Fahrradpumpe kaputt gemacht habe! Ich hätte ihn sogar mit den Zähnen zerfetzt, nur um diesen Brief wieder herauszukriegen.

Ich kann nicht aufhören, daran zu denken, daran, was für ein Feigling ich bin. Wir sollten doch irgendwie ... Ich hatte furchtbare Angst, was der Brief hätte bewirken können, vielleicht Wut oder Hass zwischen uns, unter denen Satek leiden könnte. ~~Wozu ich das all~~ Der Brief liegt jetzt vor mir, ich werde ihn gleich zerreißen und verbrennen. Manchmal sind alle Auswege schlecht.

Ich hoffe, dass es wenigstens Dir gutgeht, dass Joasia gesund ist und ihr alle glücklich seid. Denk dran, ich warte auf ein Foto.

Deine verrückte Hanka

29. 11. 1984

Liebe Terenia,

das Foto ist wunderbar! Du siehst sehr hübsch aus, und Joasia ist schon eine kleine Prinzessin. Und was für Haare sie hat! Satek hat bis heute nur so Wuschelzeug auf dem Kopf.

Und bei uns? Da gibt es nicht viel. Ich denke immer noch mit Entsetzen an die Szene mit dem Briefkasten, aber ich gewöhne mich immer mehr an den Gedanken, dass ich nichts ändern werde, und dass ich Witold wohl einfach vergessen kann.

Er hat uns übrigens neulich besucht, in Begleitung seiner Mutter, ein erwachsener Mann mit seiner Mama, ich hätte am liebsten losgeheult bei dem Anblick, aber ich konnte mich dann doch beherrschen. Wir haben uns ein bisschen unterhalten, es gab Kaffee und Kuchen, wie bei einem Besuch aus der ferneren Verwandtschaft, und dann sind sie gegangen.

Ein großer Trost im Leben ist mein Sohn, was vielleicht für manche unverständlich erscheinen mag, denn schließlich ist er ja der Grund für viele meiner Sorgen. Der Ausdruck »ein Kind haben« ist eigentlich falsch, denn das Kind hat die Eltern, nicht umgekehrt. Ach, ich rede Unsinn.

Vor zwei Tagen ist etwas geschehen, was ich nicht verstanden habe. Am Abend, als ich Satek schon ins Bett gebracht hatte, kam Vater in mein Zimmer und blieb am Türrahmen stehen. Er stand einfach da und schaute nur, und als ich schon dachte, er wird nichts sagen, fragte er plötzlich wie aus heiterem Himmel: »Hanka, was glaubst du, ist ein Mensch, der böse Menschen tötet, selbst ein böser Mensch?«

Ich war so überrascht, dass ich nichts Vernünftiges sagen konnte, und Vater lächelte, als er den schlafenden Satek sah, und ging wieder. Er wird anscheinend immer sonderbarer.

So, das wär's für heute. Ich grüße und umarme eure fröhliche kleine Familie.

H.

5. 5. 1986

Meine liebe Terenia,

wie konnte das passieren, dass wir uns nicht mehr schreiben? Das ist ja schon fast zwei Jahre!

Es ist unverzeihlich, und ich habe beschlossen, es so schnell wie möglich zu ändern.

Ich weiß eigentlich gar nicht, was ich Dir erzählen soll. So viel Zeit, aber hat sich in meinem Leben wirklich etwas verändert?

Witold sehe ich alle zwei bis drei Monate, er verhält sich wie ein guter Freund, ein guter und verschämter Freund, aber ich weiß ja, dass unsere Treffen in diesen Pausen zwischen seinen Traueranfällen stattfinden, mit denen er leider bis heute zu kämpfen hat. Vielleicht muss das so sein?

Mutter fühlt sich gut, es ist, als wäre sie nie krank gewesen, sie arbeitet mit Volldampf, neulich hat sie sogar die Küche neu gestrichen, und zu unserer Überraschung hat sie sich für einen Kurs zum Sticken angemeldet.

Vater ist wieder der, der er früher war. Er steht auf, wenn wir noch schlafen, trinkt einen Kaffee, raucht eine Zigarette und verschwindet, um erst abends wieder aufzutauchen, er isst nicht einmal zu Mittag, nimmt nur ein Stück Brot und Wurst mit, das reicht ihm vollkommen. So sagt er. Er geht wohl noch öfter als früher zu seinem überwucherten Lieblingsort dort draußen. Das Einzige, was ihn aus seinem Schweigen reißen kann, ist Satek. In Sateks Anwesenheit wird Vater weich, er wird zu einem treuen Diener, und wann immer sein Enkel wünscht, geschaukelt zu werden, schaukelt er ihn, wenn er ein dummes Gesicht machen soll, macht er das, und er hält sogar seine Glatze hin, wenn das Kind ihn mit einem kleinen Holzhämmerchen auf den Kopf schlagen will.

Ja, Satek ist ein süßer Schlingel, ich liebe ihn über alles und kann mir keinen Tag ohne ihn vorstellen. Er spricht schon ganz schön und singt verschiedene Liedchen vor sich hin, bei denen der Refrain immer lautet: »Pika-pika, piikaa-piikaaaa.« Das müsstest Du mal hören!

Das wär's für heute. Schreib mir unbedingt, was es bei Dir und bei euch Neues gibt. Joasia ist sicher schon ein hübsches Fräulein.

Küsse und Umarmungen.

Deine Hania

TEIL III

Kapitel 1

Seit ich denken kann, hatte ich meine Rituale, die mir erlaubten zu glauben, dass die Welt letztendlich in Ordnung sei, selbst wenn alles ringsum dagegen sprach. Wenn ich zum Beispiel abends vor dem Schlafengehen an den nebeneinander liegenden Schlafzimmern von Mutter und Großvater vorbeikam, hielt ich kurz an und sagte laut:

»Ich wünsche euch schöne oder noch schönere Träume!«

Großvater antwortete in der Regel nicht, Mutter immer. Manchmal schaffte sie es sogar, den zweiten, mit »oder« beginnenden Teil des Satzes mit mir zusammen zu sprechen. Danach sagte ich ein Gebet auf, lernte bis spät in die "Nacht oder las einen meiner Abenteuerromane, was ich vor Mutter natürlich nicht zugab. Das ging viele Jahre so, und ich konnte mir nicht vorstellen, den Tag anders zu beenden als durch diesen in die zwei Schlafzimmer gerufenen Satz. Dann wurde ich erwachsen, fand eine Arbeit, zog nach Warschau um, und seither habe ich ihnen nie mehr auf diese Art und Weise gute Nacht gewünscht.

Jetzt sitze ich im Auto mit Mutter, die mir einst Eis gekauft hat als Belohnung für gute Noten in Klassenarbeiten oder für den Zahnarztbesuch, mit Mutter, die laut »oder noch schönere Träume« erwiderte, und die heute überhaupt keine Ähnlichkeit mehr mit der Mama von früher hat. Ich versuche zu begreifen, wann der Moment eingetreten ist, da die Frau, die glaubte, man könne im Leben Dinge verändern, zu der Frau wurde, die zugelassen hat, dass eben diese Dinge sie in jemanden verwandelten, der an nichts mehr glaubt als an den verkümmerten, schweigenden und verschreckten Gott, der sich in der reich verzierten Kirche von Radziejów versteckt, weil ihn sonst nirgends einer will.

Als ich in Kwilno lebte, fuhren wir zwar jeden Sonntag zur Messe, aber wir fuhren dorthin, wie man zu allen möglichen Geburtstagen, Taufen und Hochzeiten fährt, wo man eigentlich gar nicht sein möchte. Ich, Mutter und Großvater gehörten zu den Gläubigen, aber weit her war es mit diesem Glauben nicht.

Einmal habe ich sogar mit Großvater darüber gesprochen. Es muss eines unserer längeren Gespräche gewesen sein, denn Großvater hat damals bestimmt mehr als fünfzig Wörter gesagt. Wir standen auf dem Stoppelfeld, die grelle Sonne verwischte die fernere Landschaft, um uns herum waren nur die rechteckigen Heuballen, alle gleich.

Der Mähdrescherfahrer, den wir damals immer einstellten, hieß Piekarz und war mein größtes Idol. Ungeduldig erwartete ich die Ernte und seine Ankunft. Der stämmige, mürrische Mann wollte für einen ganzen Tag Arbeit auf dem Feld statt eines Mittagessens oder wenigstens eines Kompotts zum Trinken immer die gleichen Dinge: Er bat um zwei Flaschen Wein, zwei Päckchen Zigaretten und zwei Zitronen. Das alles tat er in eine Tasche und setzte sich auf den Mähdrescher. Ich beobachtete ihn stundenlang, und mein größter Wunsch war, ihm in dieser erhitzten, verstaubten Kabine Gesellschaft zu leisten. Bis heute weiß ich nicht, wozu er die zwei Zitronen brauchte.

Jedenfalls war damals die Ernte schon vorbei, Herr Piekarz war wieder in seiner eigenen Welt verschwunden, von der ich nichts wusste, und ich sammelte mit Großvater auf dem von der Augustsonne erhitzten Feld die Garben auf.

Unendlich gelangweilt und auf den Abend wartend, weil ich wusste, dass in der Tiefkühltruhe ein Waffeleis für mich lag und ich später den neuen Film mit Steven Seagal gucken könnte, fragte ich Großvater in einem Anflug von Mut, gemischt mit Müdigkeit, wie alt seiner Meinung nach Gott sei. Die Frage kam mir in den Sinn, weil wir eine Woche zuvor beim Geburtstag von Herrn Karmowski gewesen waren und ich mir nicht vorstellen konnte, dass jemand älter als er sein konnte.

Großvater ließ mich etwas auf die Antwort warten.

»Was weiß ich? Er hat es mir nie gesagt. Vielleicht weil ich mich manchmal ein bisschen über ihn lustig mache?«

»Über Gott?«

Er warf eine weitere Garbe auf den Anhänger. Seine Arme waren mager und braun.

»Irgendwann hab ich mir ausgedacht, dass ich ihm einen Namen gebe, einen ganz normalen Namen, Marek, Janusz oder Karol, verstehst du. Und ich hab mich für Karol entschieden.«

Ich nickte, obwohl ich es nicht so recht verstand, und wartete ein bisschen, aber Großvater war wohl der Meinung, das Gespräch sei zu Ende. Erst nach einer Weile getraute ich mich, noch einmal zu fragen:

»Ja – und dann?«

Er sah mich auf diese charakteristische Weise an, als wäre er enttäuscht von meiner Dummheit. Ich bin mir sicher, dass er das nicht bewusst machte.

»Und gar nichts. Manchmal rede ich mit ihm. Zum Beispiel, wenn wir mähen wollen und man sieht, dass Wolken aufziehen, dann schaue ich in den Himmel und sage: Karol, reiß dich zusammen, reg mich nicht auf!«

»Und das wirkt?«

»Nein.«

Er spießte mit der Gabel eine Garbe auf und fügte hinzu:

»Wenn es wirken würde, würde ich einen Schreck kriegen.«

* * *

Leise Musik von meiner Playlist erfüllt das Auto. Ich habe Mutter gefragt, ob es sie störe, sie erwiderte – nein, woher denn, sie spielen sehr schön. Ich frage mich, was passieren müsste, damit diese Frau zugäbe, dass etwas sie stört. Sie scheint mit allem einverstanden zu sein, als würde sie die Fortsetzung ihres Lebenslaufs genau kennen, und als könnte nichts sie überraschen.

Wir fahren, das Navi zeigt hundertzwölf Kilometer an, in der Ferne vor uns ballen sich Wolken, als rüsteten sie zum Angriff. Wir essen die belegten Brote, die Mutter gemacht hat. Mit Pastete und Tomate. Ein großer, blassroter Tropfen mit einem Samenkorn drin läuft mir über den Finger und fällt fast auf die Hose, doch in letzter Sekunde schnappe ich nach ihm und erwische ihn mit den Lippen, als hinge davon Gott-weiß-was ab. Als Mutter das sieht, bricht sie in Lachen aus, und ich hoffe, dass mir mindestens noch einmal ein Tomatentropfen über die Hand läuft und ich Mutter damit erheitern kann, aber natürlich passiert es nicht mehr.

Ich denke an Großvater, an den Mähdrescherfahrer Piekarz, der ich einmal sein wollte, an das heutige Gespräch mit der Schwiegertochter des angeblichen Freundes von Großvater und daran, dass wir in ein paar Stunden die gleiche Strecke zurückfahren und nicht mehr wissen werden als jetzt.

* * *

Gegen Ende des Lyzeums wurde mir bewusst, dass es eine ganze Menge Mädchen gab, denen ein Junge mit dem Aussehen einer Litfaßsäule gefiel. Ich war kahlrasiert, wog schon fast hundert Kilo, trug Jeans und weite T-Shirts, wirklich nichts Besonderes, und dennoch gelang es mir immer wieder, einen heimlichen Blick oder ein

Lächeln einzufangen. Ewelina wollte ein Physik-Projekt mit mir machen, Iza und Anka redeten gern in den Pausen mit mir. In der Schuldiskothek lag meine Erfolgsquote bei etwa 6,5 auf 10. Also beschloss ich, mich zu überwinden.

Die erste Phase bestand darin, ein Mädchen für mich zu interessieren, ihr klarzumachen, dass dieser Satek eigentlich ein ganz netter Typ ist – hier unterschied ich mich natürlich nicht von anderen. Jeder ficht diese Art von Kampf. Die Probleme begannen später, in der zweiten Phase. Die bestand darin, Gespräche so zu führen und SMS so zu schreiben, dass die Zielperson den Eindruck haben musste, dass Bettgeschichten und physische Nähe nichts sind, woran mir liegt. Dass diese Dinge eher blöd oder erbärmlich sind. Auf diese Weise bereitete ich mich auf eine eventuelle Katastrophe vor, falls ich mich irgendwann ausziehen würde. Ähnliche Maßnahmen ergriff ich, wenn ich in meinem Zimmer lag, der Unterleib wie eine Fackel. Ich wünschte mir nichts sehnlicher, als Sex zu haben, aber sobald ich mir diese Tätigkeit mit einem konkreten Mädchen vorstellte, war das Bedürfnis erloschen. Dann beruhigte ich mich, doch zusammen mit der Ruhe kam auch das Feuer im Bauch zurück. Und so weiter, immer wieder von vorn.

Wenn es mir dann gelungen war, eine der Freundinnen vorzubereiten, begann die schwierigste Etappe, das heißt das, was man wohl als Finalisierung bezeichnet. Es kam vor, dass ich mit einem Mädchen auf einer Bank im Park saß und alles tat, was eine Parkbank eben zulässt, und mich zugleich die Angst lähmte, dass ich in absehbarer Zeit weiter gehen müsste. Manchmal stellte sich heraus, dass daheim bei ihr das Haus voll war und bei mir ebenfalls – dann kam eine starke, warme Welle der Erleichterung über mich. Ich war gerettet, und der Körper konnte sich ausruhen, doch wenn er sich entspannte, wurde ich sofort wieder scharf. Diese emotionale und physische Achterbahn ermüdete und erregte mich zugleich so sehr, dass ich nach der Rückkehr von meiner Verabredung direkt in die Scheune ging, um so lange Gewichte zu heben, bis ich aus wirklicher Erschöpfung fast umfiel.

Als Mittel, mich locker zu machen, begann ich schließlich, Alkohol einzusetzen. Völlig betrunken brachte ich meinen ersten Geschlechtsverkehr hinter mich, von dem ich später so gut wie nichts mehr wusste. Selbst wenn ich mich danach an dies und jenes erinnerte, hatte ich das Gefühl, nicht ich, sondern jemand anders habe das erlebt.

Ich habe nie Intimität erfahren, wenn ich nüchtern war. Insofern kann man den Punkt auch schon vor dem Nebensatz setzen.

* * *

Tankstelle. Ich tanke und atme den Benzingeruch ein, den ich immer mochte. Durch die Scheibe sehe ich Mutter, sie steht am Eingang neben dem Zeitungsständer und sucht mit dem Blick die Toilettentür. Die Zahl an der Anzeige wächst in gleichmäßigem Tempo, und ich versuche zu erraten, in welchem Moment sie anhalten wird. Diesmal sind es 217,58, ich liege um mehr als dreißig Zloty daneben.

Es ist nicht zu schaffen, dass bis zum Einfüllen nicht ein paar Tropfen aus der Zapfpistole fließen. Diesmal fallen diese Tropfen auf meinen Schuh und versickern in dem blauen Stoff.

An der Kasse bietet mir die rothaarige Verkäuferin mit Automatenstimme einen Hotdog an, und ich antworte nach kurzem Zögern: gern. Vielleicht weil Durchsetzungsfähigkeit nicht zu meinen starken Seiten gehört, vielleicht weil ich einfach ein Vielfraß bin.

Der Verkehr ist mal dichter, mal weniger dicht, ich spiele Musik, stelle ein bisschen leiser, Mutter schaut aus dem Fenster.

Wir wissen einfach gar nichts. Großvater kann doch unmöglich an dem Ort sein, den dieser alte Mann auf der Landkarte vermerkt hat.

Ich rekonstruiere im Kopf unser ganzes Gespräch mit Daria Tomczyk, versuche darin etwas zu finden, doch da gibt es nichts. »Ihr Vater hat behauptet, er sei dort gestorben«, »danach, nach der Sache an der Bzura, war sein Tadzio ein anderer Mensch.«

Ein Bus. Ein Traktor. Eine Vogelschar. Ein Vorfahrtszeichen, so verbogen, als wäre ein Auto damit kollidiert oder als hätte jemand mit aller Gewalt dagegengetreten.

Ich fahre langsamer, als ich könnte. Immer weniger Kilometer trennen uns von unserem Ziel, am liebsten würde ich noch irgendwo anhalten. Mutter putzt ihre Brille mit einem Tuch, hält sie gegen das Licht und putzt noch einmal.

Es ist auch möglich, dass Großvater nicht mehr lebt.

Bevor Mutter ihre Brille wieder aufsetzt – als sie etwa noch drei Zentimeter von der Nase entfernt ist – verschwindet aus dem Auto die ganze Luft, die kurz zuvor noch da war.

Ich öffne den Mund und schiele nach rechts, vergewissere mich, dass auf dem Seitenstreifen genug Platz ist, falls ich halten wollte, dann räuspere ich mich, drehe schnell die Scheibe herunter, der Luftzug trifft mich an der Wange und am Ohr, Mutter dreht den Kopf, und da spüre ich – ja, es ist vorbei.

Das alles dauert ein paar Sekunden. Ich atme tief durch. Als ich schließlich zu mir komme – das Navi zeigt dreiundsechzig Kilometer – , stelle ich mir vor, dass sich so Leute in der Midlifecrisis fühlen müssen oder solche, denen unerwartet ein naher Angehöriger gestorben ist. Wenn einem plötzlich bewusst wird, dass es ernst ist.

Dass man diese Sache nicht ausblenden kann. Nicht mit Ergebnissen im Sport, nicht mit Erfolg in der Arbeit, nicht durch ein teures Auto oder teure Kleider. Man kann nicht in ferne Länder fliehen, denn es erwartet einen in jedem fernen Land. Man will in die Mitte des Ozeans fliehen, doch mitten im Ozean lauert es auf einen. Man flieht in den Alkohol, in Genussmittel, aber nur für gewisse Zeit, denn diese Sache wird wütend warten, und sobald man wieder zu sich kommt, fährt sie die Krallen aus, und es wird noch schlimmer als vorher. Am besten flieht man erst gar nicht.

Ich ziehe die Luft ein, als könnte sie gleich wieder fehlen.

Ich weiß nicht, wovor Großvater fliehen wollte, aber mit jedem Kilometer nimmt in mir eine Art Sog zu, ein Jucken im ganzen Körper: Ich hoffe sehr, dass wir ihn heute finden.

Kapitel 2

Einmal jagte Großvater mir einen Schreck ein, als er sagte: Wenn du einen Kern schluckst, wächst ein Baum aus dir. Denn zweifellos schluckte ich damals jede Menge Kerne. Über diesen Satz dachte ich viel nach: Vor allem fragte ich mich, was es wohl für ein Baum sein würde. Einer wie die im Obstgarten, stämmig und schief, oder einer wie die, die hinter den Ruinen des Schweinestalls wuchsen? Ich dachte mir, da ich immer so viele Klaräpfel aß, würde es sicher ein Apfelbaum sein? Doch wer weiß? Mit Bäumen kannte ich mich nicht besonders aus.

Ich hatte auch keine Ahnung, ob der Baum all die Dinge in meinem Innern durchlöchern oder sie umgehen und sich irgendwo dazwischen ausbreiten würde. Wäre es dann schwieriger, mich zu bücken? Und was, wenn der Baum größer würde als ich? Ich stellte mir vor, dass mir die Zweige wahrscheinlich zu den Ohren herausstünden, und hoffte nur, dass sie nicht aus dem Mund wachsen würden, denn das musste ziemlich problematisch sein.

Das war etwa zu dem Zeitpunkt, als ich auf der Strecke zwischen Radziejów und Kwilno die zwei zusätzlichen Kilometer entdeckte. Es erschien mir nur natürlich, dass in dem Reich, das unser Bus streifte, solche Baummenschen leben müssten, und ich hatte absolut nichts dagegen, mich selbst dort wiederzufinden. Ich beschloss, Großvater zu fragen.

Abends ging ich in sein Zimmer, und er schlief schon, denn manchmal legte er sich früher ins Bett als ich. Behutsam berührte ich seinen Unterarm, braungebrannt und dicht von Adern durchzogen. Ich wunderte mich, dass er so weich war, denn ich dachte, Großvater habe gar keine so weichen Stellen an seinem Körper, selbst wenn er schlief. Er rührte sich nicht, und als ich die Hand noch einmal ausstreckte, um ihn zu berühren, diesmal etwas stärker, da sagte er plötzlich in die Dunkelheit:

»Am Teich.«

Ich hielt meine Finger ein paar Zentimeter von seinem Arm entfernt, bewegte mich nicht und wartete – war das ein Scherz oder nicht? Aber Großvater scherzte nie. Seine Augen waren geschlossen, der Atem normal. Er musste schlafen. Er musste schlafen, doch er sprach weiter:

»Irka …«

Ich war ganz still und wich immer weiter zurück.

»Die Trompete …«

Der ganze Inhalt meines Kopfes rutschte mir in den Magen. Gleich würde er aufwachen. Was hatte mich geritten, hierherzukommen? Er drehte den Kopf in meine Richtung und verzog das Gesicht, ja, gleich würde er aufwachen.

Ich lief weg, meine Füße dröhnten auf dem Holzboden.

* * *

Wir nähern uns dem Ziel, und mir wird klar, dass ich nicht weiß, was dieses Ziel ist, denn selbst wenn der verstorbene Saturnin Tomczyk sich nicht getäuscht hat, so erstreckt sich der Ort, der auf der Karte nur ein Punkt ist, in Wirklichkeit vermutlich über mehrere Quadratkilometer. Ich bin der König der Idioten.

Ein mit Kies bedeckter Platz, eine ausgebleichte Bierdose, eine Schar Krähen, die unter einer Bank ohne Lehne konspirieren. Warm. Der König der Idioten dreht den Schlüssel um, zieht die Handbremse an, macht das Telefon los, wirft einen Blick auf die Mutter des Königs der Idioten.

Wir steigen aus.

»Vielleicht gehe ich in die und du…« Ich nicke zur anderen Seite hinüber und will gar nicht wissen, wie das aussieht, diese Rollenverteilung wie in einem schlechten Krimi: ich in die und du in die Richtung. Die Mutter des Königs der Idioten ist einverstanden.

Feuchtigkeit, das Kratzen trockener Zweige und die Akrobatik einer Spinne auf einem unsichtbaren Seil; ich schlage mich zwischen die Bäume. Irgendwo vor mir rauscht der Fluss. Wir reden laut miteinander:

»Bist du da?«

»Mhm.«

Wir gehen hin und her, wie Pilzsammler, nur dass wir statt nach Steinpilzen und Röhrlingen nach Großvater Ausschau halten, nach dem Großvater des Königs der Idioten.

Okay. Wir werden zurückfahren und das hier vergessen müssen. Dieser ganze Ausflug geht aufs Konto unserer Sorge; wir sollten nicht mehr darüber reden, sondern die Polizei anrufen, sollen die doch zu dieser Daria Tomczyk fahren und sie ausfragen – das ist Sache der Polizei. Doch da sehe ich Mutters Auto.

Ein grüner Opel Astra, Jahrgang 2002, Gebrauchtwagen, gepflegt und eher störungsfrei, mit einem kleinen Kratzer an der Beifahrertür und einer Schramme an der hinteren Stoßstange, weil Mutter vor einem halben Jahr einen Blumenkübel aus Beton vor dem Lidl übersehen hat. Das ist er.

Das Auto steht, besser gesagt, liegt im Graben, in spitzem Winkel auf die Fahrerseite geneigt, aber heil, nicht beschädigt. Ich umrunde es, rufe nach Mutter, trete in den Graben hinunter, ins Gras und Unkraut, stütze mich mit der linken Hand auf die Motorhaube – das Metall hat Körpertemperatur – , mit der rechten ziehe ich an der Klinke. Das Auto ist offen.

* * *

Eines der Dinge, die mir kein Problem bereiteten, war es, mich zu verlieben. Ich schaffte es mehrmals die Woche, Liebesfaszinationen zu erliegen, und einmal, im Sommer, als ich mit Großvater fischen ging und wir den langen, vollgestopften Strand durchqueren mussten, verliebte ich mich im Schnitt alle fünfundzwanzig Sekunden.

Das Verlieben war eine sichere Angelegenheit, es brauchte keine Beteiligung anderer, auch nicht der Objekte meiner Gefühle. Hier hing alles von mir ab.

Ich brauchte wirklich nicht viel: Es genügten ein Blick auf dem Schulkorridor, ein kurzer Wortwechsel an der Bushaltestelle, ein zerstreutes Lächeln. Oft wurden Mädchen, die keine Ahnung von meiner Existenz hatten, zur Zielscheibe meiner heftigen Gefühle, zum Beispiel die Brünette, die in der Kirche regelmäßig vor uns saß, die hochgewachsene Luiza Szczęśniak, die zum Ende des Schuljahres sang, oder Barteks Schwester, die ich nur einmal im Leben sah, als sie während der großen Pause mit dem Fahrrad vor die Schule fuhr, um ihrem Bruder die Wohnungsschlüssel zu geben.

Der Rest fand im sicheren Raum meines Kopfes statt. Ich fantasierte hauptsächlich, ich würde meine Liebste aus einer schrecklichen Bedrängnis befreien, wobei ich unbedingt umkommen musste. Das war ein untrennbares Element meiner Liebesträume, und ich starb dabei auf viele verschiedene Arten: in einem Feuer, in einem Duell, unter den Rädern eines Fahrzeugs, in den Wellen des Ozeans, im Maul eines Krokodils, auf einer langsam abdriftenden Eisscholle, in einem untergehenden Schiff oder einem abstürzenden Flugzeug, am häufigsten jedoch durch ein Messer oder eine Kugel. Ich malte mir aus, wie ich mich in einem Akt unglaublichen Heldentums opferte, damit das Mädchen, dem ich mein Herz geschenkt hatte, weiterleben und bis zum Ende seiner Tage meine Tapferkeit bewundern konnte.

Ich wusste, dass ich – unabhängig davon, was ich tat und erreichte – immer schlechter sein würde als andere Jungen in der Schule, doch ich versuchte, gegen mich selbst anzukämpfen, und manchmal gelang mir etwas, das eigentlich völlig unmöglich schien, zum Beispiel ein fremdes Mädchen zum Abiball einzuladen.

Ich hatte sie nur vom Korridor in Erinnerung, sie hieß Aśka und ging in die Klasse unter mir. Manchmal trug sie ein T-Shirt mit der Aufschrift »100% super«; darin hatte ich sie zuerst gesehen, und sofort wuchs in mir der Wunsch, sie vor Banditen zu retten und dabei einen spektakulären und besonders traurigen Tod zu sterben.

Es war die Zeit, als im Fernsehen die Werbung für den Energydrink mit dem ständig wiederholten Slogan »Red Bull verleiht Flüüügel!« lief. Nachdem sie eine Dose dieses Wunderelixiers getrunken hatten, taten die Zeichentrickfiguren unglaubliche, spektakuläre Dinge, also beschloss ich, mir vor der Eroberung des Mädchens, das ich in Gedanken »Hundert Prozent« nannte, auf diese Weise Mut zu machen. Der Kauf einer Dose Red Bull ließ mein monatliches Taschengeld um genau ein Drittel schrumpfen, doch ich war der Meinung, wenn ich dadurch das Herz von Hundert Prozent erobern würde, gäbe es nichts zu bereuen.

Während der großen Pause zwischen Geschichte und Polnisch ging ich in die dritte Kabine auf der Toilette, die mit dem abgerissenen Klodeckel und dem Satz »Hörst du endlich auf, dir einen runterzuholen?«, nahm das Getränk aus dem Rucksack und trank es in einem Zug aus. Es hatte viel Kohlensäure und schmeckte irgendwie scharf, wahrscheinlich wegen all der Substanzen, die einem Mut und Flügel verliehen, dachte ich mir. Ich stellte die Dose ab, verließ die Toilette und wartete auf die Wirkung.

Jetzt galt es zu handeln. Ich wusste, in welchem Raum Hundert Prozent gleich Unterricht haben würde, also machte ich mich auf den Weg. Ich sah sie mit zwei Freundinnen am Fenster stehen, kehrte um, ging die Treppe halb hoch, kehrte um, ging wieder in ihre Richtung, diesmal schneller, kehrte wieder um, lief ein Stück über die Treppe, sagte laut zu mir »Weiter, du blöder Arsch!«, kehrte um, ging in ihre Richtung, hielt vor ihr an und stieß hervor:

»Hey, kann ich dich was fragen?«

* * *

Natürlich lehnte sie ab.

Sie sagte: Danke, du bist cool, aber ich gehe schon mit einem anderen, mit Kamil, der mich vor einer Woche eingeladen hat, na und überhaupt.

Gescheitert also. Ich bedankte mich, drehte mich um und legte alle Kraft in meine Bewegungen, um so zu gehen, wie ich mir vorstellte, dass ein lockerer Typ geht, den nichts aus der Fassung bringen kann, schon gar nicht die Absage einer Einladung zum Abiball.

Gescheitert. Fünf Zloty für eine Dose Red Bull verschwendet, und das Schlimmste war, dass ich nicht einmal hätte sagen können, ob das Zeug mir Flügel verliehen hatte oder nicht. Doch es gab auch helle Seiten an dieser Situation, hatte ich doch einige Trostpreise erhalten: Vor allem hatte ich es getan, ich war hingegangen, hatte den Mund aufgemacht, und aus diesem Mund war eine echte, hörbare Stimme gekommen, nicht irgendein Quaken, wie es auch schon passiert war. Außerdem hatte mich Hundert Prozent angelächelt, aufrichtig, und noch dazu hatte sie gesagt, ich sei cool – COOL! Und wir hatten noch einen Moment geredet, als wären wir auf demselben Niveau, als wäre ich ein ganz normaler Junge, mit dem man quatscht und vielleicht sogar flirtet oder so.

Danach saß ich noch in zwei Unterrichtsstunden und nahm mit großem Staunen zur Kenntnis, dass ich mich gar nicht besonders blöd fühlte – denn ein bisschen blöd fühlte ich mich ja immer –, und dass ich eigentlich gar nicht traurig war, ganz im Gegenteil. Zum ersten Mal empfand ich Freude, trotz einer Niederlage. Freude darüber, dass ich etwas getan hatte, das unmöglich schien.

* * *

Der Schlüssel im Zündschloss, das in der Mitte abgenutzte Polster, die Pfefferminzpräsenz des Bäumchens, das am Rückspiegel hängt, auf der Fahrerseite der leicht verbogene Scheibenwischer, mit Sandkörnern bedeckt.

Mutter kommt angelaufen, gebückt, die Hände vor dem Gesicht gegen die Schläge der Zweige, am Graben bleibt sie stehen, ich bin schon im Auto, schaue mich um, suche etwas, finde aber nichts. Ihre Stimme hinter der Fensterscheibe. Satek. Ach Gott.

Nacheinander: das Handschuhfach, der Rücksitz, der Kofferraum. Wir gehen um das Auto herum, ich schaue in den mit geballtem Gras gefüllten Spalt zwischen Karosserie und Erde, und Mutter stellt dieselben Fragen, die auch mir durch den Kopf rauschen: Woher wussten die Tomczyks das, was ist hier los, wo ist Großvater? Woher wussten sie das bloß?

Immer großflächiger umkreisen wir das Auto, der Wald knarrt unter unseren Füßen, kratzt, klebt im Gesicht. Wir dringen langsam zum Fluss vor, der still hinter den Bäumen blitzt, und der Schmerz im Ellbogen pulsiert im Rhythmus meiner Schritte. Etwas huscht durchs Gras. Ein dunkles Fell glänzt. Ratte? Nutria? Eichhörnchen? Ich hebe die Füße hoch, um die Hosenbeine nicht an den scharfen Brombeersträuchern einzureißen, ein paar Minuten später kommen wir unter den Bäumen hervor. Vor uns, inmitten von Schilf und Unkraut, fließt die Bzura. Großvater ist nirgends zu sehen.

* * *

Als ich klein war, züchtete Großvater Nutrias. Er hatte einen großen, flachen Käfig mit einem Blechdach gebaut, auf Metallfüße gestützt; ich erinnere mich, dass er gleich im ersten Herbst verrostete. Er stand im Gebüsch, unter der größten Akazie, dort, wo einer der »Eingänge« zu unserem Wäldchen lag.

Die Nutrias kamen morgens an. Die Geräusche des auf den Hof fahrenden Autos rissen mich aus dem Schlaf, in dem ich als Tarzan von einer Liane zur nächsten hangelte: Es klirrte und ratterte, als würde jemand eine Schublade mit Besteck herausziehen und durchschütteln. Das war keine alltägliche Sache, jedes Auto vor unserem Haus verhieß eine aufregende Unterbrechung der eintönigen Tage und Wochen, also schlüpfte ich sofort aus dem Bett und rannte barfuß, im Pyjama, zur Tür. Sie war schwer, rot gestrichen, und sie stand so weit vom Rahmen ab, dass sie im Winter wie ein Instrument wirkte, auf dem der Wind Klagelieder spielte. Die Tür war von so vielen Farbschichten bedeckt, dass sie ein einziges, großes Flachrelief aus alten Flecken, Tropfen und anderen Spuren darstellte. Ich öffnete sie.

Vor mir manövrierte im Rückwärtsgang ein roter Fiat mit Anhänger. Auf dem Anhänger vibrierten seltsame Kisten mit Öffnungen. Der Morgen begann gerade erst vom Hof der Karmowskis her über den Horizont zu drängen, überall funkelte Tau, die Kälte kroch mir sofort unters Oberteil und die Hose. Es war mein Lieblingspyjama, ganz mit witzigen Monstern bedruckt, die auf den Ärmeln die Zähne bleckten, auf den Hosenbeinen Grimassen schnitten, auf

Schultern und Bauch die Zunge herausstreckten. Opa stand mit dem Rücken zu mir, in eine Wolke Zigarettenrauch gehüllt, aber er spürte meine Anwesenheit, wandte den Kopf und sagte:

»Was machst du denn hier? Ab ins Bett.«

Wir kehrten um, ich und meine Pyjamamonster, aber ich konnte nicht mehr einschlafen, obwohl es noch so früh war. Was ging da vor sich auf dem Hof? Was waren das für Kisten? Was konnten sie enthalten? Würde ich es bald sehen können?

* * *

Nach dem Frühstück führte Großvater mich unter die Akazie, steckte sich eine Zigarette an und sprach ein Wort aus, das ich nicht kannte:

»Nutrias.«

Er sagte, ich solle sie nicht stören, ging dann seinen eigenen Dingen nach, und ich hatte den Tag wieder für mich, dieses riesige Zeitfeld, das mir jeden Morgen vorkam, als wäre es unmöglich auszufüllen. Ich kletterte auf Bäume, lief mit dem Stock-Schwert umher, balancierte ein bisschen auf dem Seil und jagte einen Fasan, der über das Feld ging. Natürlich dachte ich nur an die Nutrias.

Schließlich beschloss ich, sie mir anzusehen – ansehen ist etwas ganz anderes als stören, dachte ich. Ich entschied mich dafür, von hinten zu kommen, vom Wäldchen her, für alle Fälle mit dem Stock-Schwert in der Hand. Ich redete mir ein, ich sei ein Spion, eine der Ninjas, ein Schatten.

Die Nutrias liefen im Käfig herum, trippelten in alle Richtungen, mal auf die eine, dann auf die andere Seite, nervös und naseweis, bestimmt waren es zwanzig oder dreißig. Eine kam näher heran. Wir schauten einander an, sie und ich, beide reglos. Nutria. Nutria. Ein seltsames Wort, wenn man es mehrmals wiederholte. Etwas zwischen Biber und Ratte. Sie hatte ein stark behaartes Schnäuzchen mit einem Riesenschnurrbart, daher sah sie ziemlich nachdenklich aus. Oder als würde sie ständig schnuppern. Ich versuchte mir besondere Kennzeichen zu merken, um sie später, beim nächsten Mal, von den anderen unterscheiden zu können, doch es stellte sich heraus, dass diese besonderen Merkmale auch alle anderen Nutrias hatten. Ich heftete den Blick auf ihre schmalen schwarzen Äuglein. Männchen? Weibchen? Plötzlich schnaubte sie oder er ganz komisch, und ich ging mit zitternden Beinen zurück, den Stock vor mir ausgestreckt.

Es war blöd, dass Großvater den Käfig genau dort platziert hatte, an einer Stelle, wo ich mehrmals täglich vorbeikam, wenn ich in die Abenteuer verheißende Welt des Wäldchens eintauchte und sie wieder verließ, zum Mittag- oder Abendessen gerufen, oder wenn ich ein Glas Saft trinken oder bei etwas helfen sollte.

Es kam vor, dass ich – in den Kampf mit einem imaginierten Erzfeind vertieft – die Nutrias vergaß und mich der Behausung der kleinen, haarigen Wesen näherte, um dann erschrocken wegzuspringen, wenn sie mit Getöse gegen die Blechwände rannten. Dann brüllte ich und lief so weit wie möglich fort.

Manchmal trat ich auch absichtlich näher an den Käfig heran, immer behutsam, leise, und versuchte, die Nutrias zu beobachten, um zu sehen, was sie machten. Schliefen sie vielleicht? Heckten sie etwas aus? Oder taten sie vielleicht DAS? Jedes Mal begann dann wieder der Krach, als kennten sie meine Absichten und hätten nur auf mich gewartet. Die Krallen kratzten am Blech, das Metall dröhnte. Ich flüchtete.

* * *

Ich denke an die Nutrias und streife das Gras beiseite, ich, der König der Idioten, als glaubte ich, irgendwo zwischen diesen Halmen könnte mein Minigroßvater liegen. Der Fluss ist grau und ruhig, Spiegelungen schmaler Wolken kriechen dahin.

»Mutter, hier ist er nicht.«

Überall ist es flach, nichts, keine Spur von einem Menschen. Mutter schaut nicht in meine Richtung.

»Gucken wir noch mal.«

Einatmen, ausatmen, was hab ich mir da eingebrockt, verdammt, mit den Schuhen biege ich das Unkraut weg, das Gras, ich kicke einen Stein, der hochspringt und weit wegrollt, und da sehe ich ihn, diesen dunkleren Fleck auf der dunklen, feuchten Erde, einen halb von einem Strauch verdeckten Fleck. Ich laufe so schnell, dass mir etwas ins Knie schießt, später werde ich mich erinnern, dass ich geschrien habe, irgendwelchen Quatsch, und dass das Knie wehtun wird, und ich komme zu dem Schluss, dass ich eine Sekunde, bevor ich ihn gesehen habe, schon wusste, dass etwas passieren würde; aber vielleicht ist das so mit dem Gedächtnis, dass man ihm nicht trauen kann, was die Reihenfolge der Ereignisse betrifft, und später werde ich nicht mehr sicher sein, ob ich wirklich einen Moment davor schon etwas spürte oder nicht. Und jetzt weiß ich nur, dass ich renne.

Großvater liegt im Schlamm, auf dem Bauch.

Kapitel 3

Schlamm, Schreie, Mutter, auf den Knien, ich, mit schmerzendem Ellbogen, Opa, Papa, er lebt, er ist tot, Schreie, der Ellbogen, verdammte Scheiße, vom Bauch auf den Rücken, ein bisschen Blut an der Nase, o Gott o Gott, das Gesicht mit Schlamm verschmiert, ich wische ihn ab und sage, mach keinen Scheiß, mach keinen Scheiß, Opa, komm schon.

Er atmet.

Die Augen starren mich an, der Mund weit geöffnet, als wollte er damit etwas fangen, er bewegt sich, zappelt. Verdammt noch mal. Ich senke den Kopf und hole Luft, das darf ja wohl nicht wahr sein, verdammt, verdammt, wiederhole ich leise für mich.

Dann geschieht vieles gleichzeitig. Da ist Großvaters Stimme, die erklärt: »Es ist nichts, es ist nichts passiert«, da ist Mutter, die um uns kreist, da ist der Schmerz im Ellbogen, das Herz, das schnell hintereinander krampft, da ist der Schlamm, der durch den Stoff der Hose dringt und sich auf der Haut kalt anfühlt.

Ich drücke mit den Fingern Großvaters magere Schulter.

»Was machst du hier?«

Ich schüttle ihn, damit er mich endlich wieder ansieht, er murmelt, hör auf, was soll das, zum Teufel. Er stützt sich auf dem klebrigen Schlamm ab, versucht sich zu erheben, schaut sich um: Fluss, Schlamm. Mutter fällt über ihn her und drückt ihn fest. Großvater hebt die Hand und streichelt ihr über den Kopf, mit einem Gesichtsausdruck, als hätte das alles nur sein Körper gemacht, nicht er selbst.

Ich beuge mich zu ihm, stelle ihm weitere Fragen, an die ich mich nicht erinnere, ziehe ihn leicht an der Schulter nach oben, doch er windet sich, zappelt.

»Lass mich los, ich steh schon auf.«

Er versucht, sich am Boden abzustoßen, der nicht aufgibt und ihn wieder hinunterzieht, in den Schlamm. Ich greife ihn unter den Achseln, aber er wehrt sich heftig, zappelt und schreit wie ein Kind, »ich kann selber«, schließlich gelingt es ihm, und er steht vor mir: dünn, verdreckt. Das Blut aus der angeschlagenen Nase ist auf dem Mund verwischt.

Mutter umarmt ihn, flucht, sagt, er sei ein sturer Trottel, und der sture Trottel schüttelt den Kopf, als wären Mutter und ich ungezogene Kinder, die Unsinn gemacht haben, die er bestrafen müsste, wozu er aber keine Kraft mehr hat. Er entwindet sich Mutters Umarmung, geht an mir vorbei Richtung Wald, gebeugt, mit schleppenden Schritten. Im Bruchteil einer Sekunde kriege ich Lust, ihn zu verprügeln. Mein ganzer Körper besteht aus Fäusten.

»Opa, verdammt, wo gehst du hin?«

Mutter tritt ihm in den Weg, sie scheint zu weinen, ich packe ihn schließlich fest an und drehe ihn zu mir. Großvater hebt die Hände, fuchtelt herum und wiederholt mehrmals, er komme schon zurecht, er brauche unsere Hilfe nicht, er brauche gar nichts außer ... Doch da verliert er das Gleichgewicht und stürzt wieder.

* * *

Einmal spielte ich Tarzan, weil ich wieder ein Buch mit seinen Abenteuern gelesen hatte und mir nach dieser Lektüre nichts sehnlicher wünschte, als in großer Gefahr unter Affen zu leben. Ich balancierte so lang auf dem Seil, wie man eben auf einem Seil balancieren kann – also nicht lange; dann floh ich vor einer Horde feindlicher Gorillas, später kämpfte ich mit ihnen, zerfetzt und wütend, und zu allem Unglück verlor ich. Doch ich wusste, dass der Kampf mit dem größten Feind erst noch vor mir lag, dass ich dem grausamen Stamm derart bösartiger Wesen die Stirn würde bieten müssen, dass allein beim Gedanken an sie jedem normalen Menschen das Blut in den Adern zu Götterspeise gerinnen würde. Natürlich ging es um die unheilvollen Nutrias.

Ich beschloss, mich ihnen vom Wäldchen her zu nähern. Ich ging auf Zehenspitzen, die Arme weit von mir gestreckt wie der Seiltänzer im Zirkus von Radziejów. Ich war genauso geschickt. Wenn ich diesen Kampf überleben wollte, musste ich den Feind überlisten, das wusste ich, und bisher schien es hervorragend zu gelingen. Ja, ich war geschickt und leise wie Tarzan, ich war Tarzan, vielleicht sogar besser. Erst als ich so nah an den Käfig gelangt war, dass ich das Metallgitter mit der Hand hätte berühren können, zeigte sich, dass alles eine Illusion war.

Die Nutrias waren weg.

Langsam und vorsichtig zog ich mich zurück, wieder auf Zehenspitzen, die Arme ausgestreckt, ich wollte nichts falsch machen, ich wollte nicht, dass irgendjemand erfuhr, dass ich wusste, dass die Nutrias nicht mehr da waren.

Ich fragte weder Mama noch Opa, was mit ihnen passiert sei, ich fürchtete allein die Frage, ich fürchtete die Antwort, ich fürchtete alles, was mit dem Verschwinden dieser Tierchen in Verbindung stand, denn ich hatte hier und da mitbekommen, dass aus ihnen Pelze gemacht wurden. Aber dass Opa?! Daran wollte ich gar nicht denken. Nach einiger Zeit kam eine neue Lieferung an, später noch eine, beide verschwanden genau wie die erste. Jetzt stellte ich mir die Nutrias nicht mehr als meine erzbösen Erzfeinde vor, sondern ich hatte Mitleid mit ihnen – wie sollte man kein Mitleid haben mit jemandem, der zu einem Schal oder einem Mantel verarbeitet wird?

Viele Jahre später erfuhr ich vollkommen zufällig, während eines Gesprächs über verschiedene Eigenheiten und Marotten, die

die Leute haben, dass Großvater all seine Nutrias freigelassen hat. Als er damals die erste Ladung kaufte, hatte er natürlich vor, diese Weder-Ratten-noch-Biber zu töten, doch als es ernst wurde, hatte er dazu nicht die Eier. Einen ganzen Nachmittag stand er mit dem ersten Opfer in der Scheune, aber er brachte es nicht fertig, diesem kleinen Tier eins überzubraten. In der Nacht ließ er alle Nutrias frei und jagte sie aufs Feld.

Doch er schämte sich dieser Schwäche und fürchtete, einer der Nachbarn könnte fragen, warum er nach dem ersten Versuch die Nutria-Zucht aufgegeben habe, und deshalb kaufte er weitere Ladungen, fütterte die Tiere, kümmerte sich, und nach ein paar Monaten ließ er sie mitten in der Nacht frei. Er tötete kein einziges.

* * *

Drei Stunden später sitzen wir in meinem Auto, er und ich.

Es ist so still, dass ich alle Augenblicke schlucken muss, alle Augenblicke kommt mir eine Frage in den Sinn, die ich stellen sollte und nicht stelle. Mein Knie tut weh. Ein paar Meter hinter uns – meine kleine Mutter in ihrem kleinen Opel, zwar ohne Stoßstange, die im Graben geblieben ist, weil ich beim Herausfahren an etwas hängengeblieben bin und sie ruiniert habe, aber immerhin mit den Schlüsseln, die Großvater zusammen mit einem Päckchen Zigaretten und einer Handvoll Sand in der Hosentasche hatte.

Ich stelle mir vor, wie sie sich vorstellen mag, dass ich mit Großvater rede, etwas erfahre, dass es Antworten gibt, dass zwischen uns mehr ist als Stille. Doch nein. Es gibt nur diese Stille. Ich wische sie mit den Händen am Lenkrad ab, ich atme sie ein und aus, meine Haut juckt, die Finger werden weiß.

»Opa, rede mit mir, verdammt, wir haben dich hundertfünfzig Kilometer von zu Hause im Schlamm gefunden.«

Von seinem Platz neben mir blickt er mich aus großer Ferne an, und ich habe den Eindruck, er möchte etwas sagen, sich bewegen, irgendetwas tun, doch der Eindruck vergeht schnell, und Großvater tut nichts.

»Wer war Saturnin Tomczyk? Warum trage ich seinen Namen?«

Meine Frage fällt auf die Fußmatte, und dort bleibt sie liegen, zwischen anderem Müll und Krümeln. Ich habe Lust, mit der Faust gegen das Lenkrad zu schlagen, und am besten auch gegen Großvater. Er schweigt. Nein, das darf nicht wahr sein, so geht das nicht, irgendwas muss doch, ich weiß nicht. Ich öffne das Fenster, lasse einen Schwung frische Luft herein. Etwas besser.

Großvater schließt die Augen, und wir fahren schweigend weiter.

* * *

Kurz nachdem ich in die sechste Klasse gekommen war, lungerte vor unserem Haus ein Welpe herum. Er hatte dunkle Augen, ein helles Fell und einen sehr kurzen Schwanz, eigentlich gar keinen Schwanz, deshalb wollte ich ihn Bezogon, »ohne Schwanz«, nennen, was mir logisch erschien. Großvater sagte, das solle ich mir aus dem Kopf schlagen, ein Name sei eine sehr wichtige Sache, den gebe man nicht mal gerade so, zum Spaß.

»Aber vielleicht einfach Bezo?«

Er sah mich mit seinem tödlichen Superman-Laserblick an, überlegte dann den halben Tag, und als ich ihn noch einmal fragte, zuckte er mit den Schultern, was im Wörterbuch seiner Gesten Einverständnis bedeutete. Ich hüpfte hoch und streckte die Fäuste aus, was im Wörterbuch meiner Gesten Verschiedenes bedeuten konnte, in diesem Fall aber – Stolz über den unverhofften Sieg.

Bezo war ein sehr geselliger Hund, er schätzte die Anwesenheit von allem, was sich bewegte, egal, von welcher Beschaffenheit es war, und es war bald kein Geheimnis mehr für mich, dass ich in seinem Herzen genauso viel Platz einnahm wie das Plastikwindrädchen am Baum oder ein über den Hof sausender Ball. Bezo liebte es, einen guten Eindruck zu machen, er bemühte sich, hilfreich zu sein, und wenn zum Beispiel jemand von uns vors Haus trat, war er sofort damit beschäftigt, ganz energisch so zu tun, als jagte er die widerlichen Stare. Er glaubte – nicht ganz ohne Grund –, dass er sich auf diese Art und Weise den Ruf eines fleißigen Hundes erarbeiten konnte, was sich wiederum auf eine vollere Schüssel auswirken könnte.

Ich spielte tagelang mit diesem fröhlichen Hündchen und hatte keine Ahnung, dass mich bald eine weitere fantastische Überraschung erwarten sollte. Ein paar Monate, nachdem Bezo auf unserem Hof aufgetaucht war, wurde in Radziejów eine Tombola veranstaltet, zu der ich sehr gern fahren wollte, weil es eben eine Tombola war. Großvater nahm – o Wunder – mein Flehen nicht nur zur Kenntnis, sondern er reagierte auch: Er fuhr selbst mit mir dorthin, mit dem Bus, und aß dann sogar den Großteil meiner Zuckerwatte.

Die Sonne schien. Die Tombola erfreute sich keiner besonderen Popularität, was mich jedoch nicht daran hinderte, äußerst aufgeregt zu sein. Wir kauften zwei ziemlich teure Lose, und es stellte sich heraus, dass Großvater eine Taschenlampe und ich einen Hund gewonnen hatte. Einen lebendigen Hund. Er war klein und zottelig, wie ein überwucherter Ball sah er aus, und in mir prallten Freude und Angst aufeinander – die Angst, dass Großvater vielleicht nicht erlauben würde, ihn mit nach Hause zu nehmen. Ich sah ihn mit dem kläglichsten meiner kläglichen Blicke an – ich hatte drei, vier

Varianten – und ließ dann den Blick auf den Hund schweifen, in der Hoffnung, dass auch er Großvater ein wenig kläglich erscheinen werde.

Ich kann mich kaum an größere Freude erinnern: Großvater erlaubte es. Wir schmuggelten das Hündchen, unter der Jacke versteckt, in den Bus, und dann, genau in dem Augenblick, als ich mir einen Namen für ihn ausdachte, pinkelte dieser Schlingel auf den Sitz. Großvater und ich kicherten und schauten uns vorsichtig um, ob nicht jemand zugesehen hatte, und später verschwanden wir mit ernster Miene, wie Verschwörer, denen ein großer Coup gelungen ist.

Bezo und Tombo gingen eine Beziehung ein, die man heutzutage auf den Portalen der sozialen Medien mit dem Ausdruck »kompliziert« beschreibt, und es sah danach aus, als würde diese Beziehung auf der breiten Skala zwischen Liebe und dem Wunsch, dem anderen den Kopf abzubeißen, jeden Tag einen anderen, eher zufälligen Platz einnehmen.

Eines Morgens – es war Oktober, und ich wollte gerade zur Haltestelle gehen, um auf der Fahrt zur Schule wieder einmal die Frage nach der genauen Stelle zu erörtern, an der unsere Welt an jene andere, unsichtbare stieß, von deren Existenz ich durch die Fahrkarten erfahren hatte – fand ich Bezo im Gras an der Straße. Er lag auf der Seite, kratzte wütend an der Erde und gab dabei Laute von sich, die eher an einen Menschen als an einen Hund erinnerten. In Panik lief ich wieder nach Hause, schon von weitem schreiend.

Mit Bezo war tatsächlich etwas nicht in Ordnung. Nach längerer Analyse war Mutter einverstanden, das Prinzip zu ignorieren, dass Tiere nicht ins Haus dürften, und der Hund, sicher ganz überwältigt von allem, was ihm gerade passierte, wohnte von da an bei uns und genoss Annehmlichkeiten, für die er keine einfallsreichen

Manöver unter Beteiligung einer aufstiebenden Vogelschar veranstalten musste. Noch am selben Tag fand ich unweit der Stelle, wo ich auf ihn gestoßen war, ein Stück Wurst, gefüllt mit einer hellen Creme; ich zeigte es Großvater, der mir daraufhin die Neuigkeit mitteilte, dass der Schäferhund der Karmowskis aus unbekannten Gründen verendet war. Plötzlich fühlte ich mich wie mitten in einem Kriminalfilm: Alles sah danach aus, als wäre am Abend zuvor jemand durchs Dorf gegangen und hätte den Hunden vergiftete Wurst hingeworfen.

Wir hatten einen Verdacht, wer es gewesen sein könnte, aber ein Verdacht ist eben keine Gewissheit, also unternahmen wir nichts. Im Laufe der folgenden Woche geschahen jedoch zwei Dinge: Bezo ging es wieder besser, und Großvater traf an der Tankstelle auf die mutmaßlichen Täter, als er mit dem Traktor dort Diesel tanken wollte. Was ich später über diesen Vorfall gehört habe, hat sich schon lange zu einer Geschichte aufgebläht, aus der nicht die eine, wahre Version abgeleitet werden kann.

Die Männer waren zu dritt, wir kannten sie alle vom Sehen. Ohne eindeutiges Alter, mit Augen wie dunkle Schlitze, tauchten sie oft noch im Morgengrauen an der Tankstelle auf, durch ein Zittern, einen Zwang aus den Betten getrieben. Sie machten immer die Leute an, verehrter Herr, ham Se mal nen Zloty, und später dösten sie im Schatten vor sich hin; man wusste auch, dass sie einmal bei den Pieczabas eingebrochen waren.

An jenem Tag trat Großvater nach dem Tanken angeblich an sie heran und fragte, ob sie es waren, die die Hunde im Dorf vergiftet hatten. Das geht dich einen Scheißdreck an, bekam er zu hören. Es war ein sonniger Tag, Sommer mit Herbst gemischt, blauer Himmel, auf der Erde Blätter, leichter Wind. Großvater – so erzählte man später – habe sich umgedreht, mit dem Blick nach etwas gesucht, er sei ein paar Meter durch die Blätter gewatet und habe ein Stück Metallrohr aufgehoben. Nach dem, was Großvater mit ihnen gemacht hatte, machten die drei nie wieder jemanden an, auch wurden keine Hunde mehr vergiftet. Als ich einen Tag danach mit dem Fahrrad hinfuhr, sah ich auf dem Beton einen von Reifenspuren durchzogenen Blutfleck.

Ich sprach darüber eine Weile mit Herrn Antek von der Tankstelle und dann noch mit Grzesiek von den Rybaks. Beide wussten angeblich ein bisschen etwas, aber nichts Genaueres. Mir schien das alles ziemlich unglaubwürdig, denn Großvater hatte noch nie, wirklich niemals eine Neigung zur Aggression gezeigt. Als ich nach Hause kam und ihn danach fragte, fauchte er mich an und sagte, du spinnst ja. Natürlich sei das nicht er gewesen.

* * *

Und jetzt sitzt er, etwa dreißig Zentimeter entfernt, mit mir im Auto wie eine vertrocknete Pflaume, die Arme mit Adern und loser Haut überzogen, und falls er in seinem Kopf irgendwelche Antworten hat, dann nur für sich. Ich schwebe auf der Welle meines Zorns und warte, bis sie sich legt oder aber mich gegen ihn wirft, was mir vielleicht sogar lieber wäre, denn dann geschähe endlich etwas, worauf er anders reagieren müsste als mit diesem beharrlichen Schweigen. Ich wende mich ab, und die Welle schwillt wieder an, höher als zuvor.

»Sag was, irgendwas«, lege ich los, »ich werde sonst verrückt. Ich komme aus Warschau angerast, ich spreche mit einer Frau, mit der Schwiegertochter eines Mannes, der so geheißen hat wie ich, ich fahre mit Mutter zu einem Punkt auf der Landkarte und finde dich halbtot im Schlamm, an dem Fluss, wo du angeblich im Krieg fast getötet worden bist, also glaub mir, verdammt nochmal, dass ich ein Recht darauf habe, dass du den Mund aufmachst und mir irgendwas erklärst.«

Sofort fühle ich mich besser. Ich schaue ihn an, seine verwelkten Wangen, den Zweitagebart und die Haut, die aussieht, als wäre zwischen ihr und dem Rest meines Großvaters eine dünne Schicht Vakuum. Ich versuche mir vorzustellen, ich wäre er und müsste zusehen, wie sein Enkel sich zu ihm umdreht, außer Atem vor Zorn, und ihn um etwas bittet, was er nicht tun kann, denn für jemanden wie ihn sind Worte etwas ganz anderes als für mich.

Er reagiert nicht, er rührt sich nicht, doch ich warte, lasse nicht locker, bis sein Mund schließlich ein einziges Wort formt, die Koseform, die er mit seiner kräftigen Stimme ausspricht:

»Satuś …«

Ich weiß nicht, ob er mich schon jemals so genannt hat, er, der Ernsthafteste unter der Sonne, dieses Bündel aus Adern und Falten. Er drückt die Hände auf die Knie. Plötzlich ist er ein richtiger Mensch, einer, der etwas empfindet und Schwächen hat, ein Mensch mit Vergangenheit, zum ersten Mal im Leben sehe ich in seinem Gesicht die Spuren von Mutters Gesicht und von meinem eigenen. Er blickt mich hartnäckig nicht an, doch seine Stimme ist jetzt etwas Gesondertes, sie hat sich losgerissen und bleibt bei sich.

»Satuś, du verstehst das nicht. Es ist zu viel. Aber ich schwöre dir, wenn ich die Zeit zurückdrehen könnte, würde ich sie wieder alle abschlachten.«

TEIL IV

Kapitel 1

Den Schrei der Frau, die mein Kind gebiert. Die Hochzeiten der Schwestern, der Brüder. Den Körper, der schon das fünfte, das zehnte, das zwanzigste Jahr neben mir schläft. Ein eigenes Zuhause, eigene Tiere, immer mehr graue Haare an der Schläfe, den täglichen Schmerz beim Aufstehen. Das und vieles andere würde ich nie erfahren, das wissen alle.

Das weiß Mutter, schlank, zierlich, die bis heute die Blicke der Männer auf dem Jahrmarkt auf sich zieht, das weiß Vater, der jetzt gedankenverloren an seinem Schnurrbart kaut, das wissen meine beiden Brüder, die vor dem Haus nebeneinanderstehen, als ich gehe, und auch die ältere Schwester Jadzia mit ihrem lauten Lachen, doch am besten weiß es Irka, mit der ich manchmal nachts rede und der ich kurz vor dem Gehen schüchtern ins Ohr flüstere:

»Ich hab furchtbar Angst.«

Sie wissen, dass ich nicht zurückkommen werde, obwohl sie an dem alten Tisch, auf dem Feld oder während des Abendgebets mir, sich selbst und dem lieben Gott versichern, dass alles wunderbar verlaufen, dass alles gutgehen wird. Was gutgehen soll, weiß ich nicht. Allein die Tatsache, dass ich hier stehe, einen Fuß im Schatten des Hauses, den anderen in der Sonne, immer weiter weg, als könnte ich keinen Schritt mehr zurück tun, als befände der eine Fuß sich Hunderte Kilometer weit weg, zwischen anderen Füßen, müden und ebenso beschuhten Füßen, allein diese Tatsache zeugt davon, dass es schon jetzt nicht gutgegangen ist.

»Du kommst zurück, ich versprech's dir«, sagt Irka, drückt mich heftig an sich und küsst mich eher wie einen Geliebten als einen Bruder, eher wie beim Tanzen als beim Abschied, obwohl – wie ich später denke, als ich sie alle hinter mir lasse: Vielleicht muss das so sein beim Abschied.

Ich verlasse das Haus am 24. August, ein Donnerstag, und gehe denselben Weg wie immer. Ich gehe an denselben Häusern, Zäunen, denselben Kuh-, Pferde-, Schweine- und Hühnerställen vorbei, aus irgendwelchen Brettern zusammengezimmert, da sind dieselben Felder, das Birkenwäldchen, der Bildstock, der Teich, wo ich mit Janek angle, die zwei Findlinge am Rain bei den Pieczabas, schließlich das Gestrüpp, in dem ich unlängst, vor kaum einem Monat, den Körper Martas und überhaupt der ersten Frau kennengelernt habe. Mein Bauch ist heiß, als ich da vorbeigehe und hinüberschiele, als würde ich hoffen, die beiden zu sehen, diesen Tadzio und diese Marta von vor einem Monat. Doch da ist niemand.

Ich gehe und drehe mich nicht um, aus Angst, ich könnte zurückkehren und mich zu Hause verbarrikadieren und in keinen Krieg ziehen. Aber ich muss. Ich lasse Vater, Mutter, zwei Schwestern und zwei Brüder zurück: Mietek ist zwölf, Janek zweiundzwanzig, und er zieht nicht in den Krieg, weil seine Gesundheit es nicht erlaubt. Dabei wäre er gern gegangen.

Ich wäre gern nicht gegangen, aber ich gehe.

* * *

Ein paar Stunden später gibt es Kwilno nicht mehr, es gibt nicht Vater, nicht Mutter, nicht den Teich, nicht die Findlinge am Rain, es gibt nicht das Gestrüpp, in dem ich und Marta … Da ist eine Welt, die aus Befehlen, aus Witzen, Zigaretten, zu großen Stiefeln, Pampe zum Mittagessen und Fusel besteht, der von einigen Reservisten heimlich getrunken wird. Aus Angst lehne ich ab. Eine Welt voller Menschen, Tiere, Wagen von den Höfen ringsum, die Anführer versuchen, all das unter Kontrolle zu bekommen, alle Augenblicke zählen sie, teilen hier und da etwas zu, treiben das Vieh von einer Stelle an die andere, das Vieh, die Wagen, uns. Letztendlich komme ich zum dritten Bataillon, unter die Führung von Major Józef Rodzeń, übernachten sollen wir in der Allgemeinbildenden Schule in der Jan-Kiliński-Straße in Włocławek, das ist angeblich besser als in der Kaserne, aber woher soll ich das wissen.

In der Schule, als wir schon in den Sälen und auf den Korridoren liegen, erfahren wir, dass sich fast neunhundert Männer mehr gemeldet haben, als wir gebraucht hätten. Jemand schreit »hurraa!«, dann warten wir wieder, Erregung, Tatenlosigkeit, fade Zeit, die kein Ziel hat, immer neue Sprüche, der Deutsche dies, der Deutsche das, wir werden's ihnen, wir werden doch nicht, der Pole wird immer, der Pole wird nie, dass einem der Kopf brummt.

Ich denke an Irka, an das Versprechen, das wir uns vor ein paar Tagen gegeben haben, in der Dunkelheit: Sie trat an mein Bett und fragte flüsternd, ob ich wirklich kämpfen, schießen, morden gehen oder auch ermordet werden wolle.

»Aber ich muss doch«, sagte ich ihr – wie ich es mir selbst seit mehreren Tagen immer wieder gesagt hatte.

Tags darauf ging sie mit mir zum Teich. Es war schon spät, nach den abendlichen Arbeiten, sie nahm mich am Arm, nervös. Am Teich hielt sie an, setzte sich ins hohe Gras, ich mich auch.

»Versprich mir jetzt, dass du mir, wenn du stirbst, ein Zeichen gibst, hier, genau hier, dass du kommst und mir sagst, was los ist.«

Ich versprach es.

»Und wir machen ein Datum aus.«

»Aber wenn du stirbst, dann musst du auch kommen«, sagte ich, worauf sie sich ereiferte:

»Wieso sollte ich sterben?«

»Was weiß ich«, stotterte ich, »es ist Krieg, da weiß man nie, oder?«

Sie zuckte mit den Achseln.

Es dauerte lang, ein Datum zu bestimmen. Alle zu früh. Was wäre, wenn der Krieg noch dauern würde? Die Leute redeten alles Mögliche. Da wurde eingeschüchtert, gezählt, vermutet.

Wir legten uns auf den 1. Januar 1950 fest. Das war furchtbar spät, aber wer konnte denn wissen, was es für ein Krieg sein würde; der letzte war schon lang gewesen, vielleicht würde der neue noch länger werden? 1950 also, wir spuckten in die Hände wie die Pferdehändler aus Radziejów, die Irka nicht ausstehen konnte und die ich heimlich bewunderte, dann schlugen wir ein. Ich kam mir blöd und zugleich sehr erwachsen vor.

Jetzt, im Gebäude der Allgemeinbildenden Schule in Włocławek, in einer Welt von lauten Männern, unanständigen Witzen, Gelächter, von Flüchen und Drohungen gegen die Deutschen, in einer Welt, in der man härter sein will als man in Wirklichkeit ist, erscheint mir der kürzliche Schwur nur noch dumm, von der Ernsthaftigkeit ist nichts mehr übrig.

* * *

Zwei Tage später stehen wir auf dem Feld hinter dem Lager der Schienenfahrzeuge gegenüber von Bojańczyks Fabrik, und um uns herum sammelt sich die Menge der Schaulustigen. Ich lasse den Blick schweifen und suche nach bekannten Gesichtern, dem von Vater, Mutter, vielleicht Irka, Marta, obwohl ich weiß, dass ich keines von ihnen sehen werde. Der Himmel über unseren Köpfen zieht sich zu, Vater würde sagen: »Da kann man bloß warten, bis es schüttet.« Und wir warten, doch worauf genau, weiß ich nicht, und die anderen wissen es auch nicht.

Mein Blick fällt auf ein kleines Mädchen in der ersten Reihe. Das Kind ist still, verschüchtert, jeden Moment sieht es sich um, um sich zu versichern, dass Mama und Papa noch da, dass sie nicht weggegangen sind. Es hält einen Blumenstrauß in den Händen – was für Blumen, sehe ich nicht von hier – und lässt, ohne das zu wollen, die Blütenblätter über das Gras schleifen; erst zu Hause wird das Mädchen wahrscheinlich bemerken, dass die Blumen kaputt sind. Ich überlege, ob ich mit ihr tauschen wollte, wenn das möglich wäre.

Schließlich leisten wir vor dem Priester Józef Gołąb den Eid, die Stimmung ist traurig und erhaben, und zum Schluss der Feierlichkeit furzt der hinter mir stehende Mirek aus Dobre laut und kichert. Alle ringsum lachen in sich hinein, na gut, ich lache auch ein bisschen.

Spät in der Nacht brechen wir endlich zum Versammlungspunkt auf, ich versuche, mir die Orte zu merken, an denen wir vorbeikommen, und stelle mir vor, wie ich in vielen Jahren allen, die es hören wollen, erzähle: Włocławek, Lipno, Kikół, Golub-Dobrzyń. Dieser Jemand, Enkel oder Enkelin, sieht mich mit den Augen des Mädchens aus der Menschenmenge an, und ich breite die große Geschichte über das große Abenteuer aus.

Zur Sicherheit und um der militärischen Geheimhaltung willen marschieren wir hauptsächlich nachts, hauptsächlich durch die Wälder. Wir schlafen nicht viel und essen noch weniger. Die Witze hören nach dem ersten Tag auf, die Gespräche nicht viel später, man hört nur noch Schritte, Keuchen, manchmal Flüche. Nach drei Tagen Marsch kommen wir an unserem Ziel in Dębowa Łąka an, und meine Füße tun so weh wie noch nie im Leben. Ich setze mich unter einen Baum und schwöre, dass ich mich eine Woche lang nicht von der Stelle rühren werde, doch nach zwei Stunden breche ich den

Schwur – auf den Befehl hin, dass wir in die Gegend von Tomki-Konojady weitergehen sollen. Der General hat beschlossen, dass wir dort in den Wäldern warten werden, also brechen wir auf.

Von Zeit zu Zeit halte ich Ausschau nach Martas Bruder Wogólan. Ich weiß nicht, ob er schließlich losgezogen ist und zu welchem Regiment, aber man hört jetzt überall, dass sich die verschiedenen Gruppen vereinigen sollen, vielleicht treffe ich also auf ihn, es wäre schön, hier ein bekanntes Gesicht zu sehen.

Vater erzählt den Nachbarn gern von dem fröhlichen Witzbold, der vor gar nicht langer Zeit mit einem Passierschein zu seiner Tochter Jadzia gekommen ist. Wogólan diente damals in Inowrocław, und bis Kwilno hatte er dreiunddreißigeinhalb Kilometer. Er ging von Inowrocław aus, so schnell er konnte, mal hielt er ein Fuhrwerk an, ein andermal nahm ihn jemand mit einer Britschka mit, aber das kam selten vor, und so näherte er sich nur langsam seiner Liebsten, meiner Schwester Jadzia, und erreichte unser Haus, als er eigentlich schon wieder den Rückweg hätte antreten müssen. Also klopfte er ans Fenster, Jadzia schaute hinaus, und so redeten sie eine Weile.

»Aber willst du nicht kurz reinkommen?«, fragte sie. »Einen Tee trinken?«

Wogólan eierte herum und schnitt Grimassen.

»Nein, Jadzia, ich muss schon wieder zurück, äh, tja, sonst schaffe ich es nicht, dieser Ausgang ist leider kurz, aber ich wollte dich wenigstens sehen, sag, wie geht's dir denn, denkst du manchmal an mich?«

So redeten sie fünf, höchstens zehn Minuten, dann verbeugte Wogólan sich vornehm und machte sich auf den Rückweg. In unserer Familie entbrannte ein Streit darüber, ob es lächerlich oder eher schön ist, für ein paar Minuten zu kommen und den Passierschein dafür zu verplempern. Ich hatte dazu keine Meinung, ich kenne mich in solchen Dingen nicht aus. Ich kenne mich in nichts aus.

Na ja, ich spiele ein bisschen Trompete.

Jetzt lasse ich den Blick schweifen, halte Ausschau, aber Wogólan ist nirgends zu sehen. Ich bin nicht einmal sicher, ob er überhaupt in den Krieg gezogen ist. Unterdessen kommen wir schließlich in der Gegend von Dębowa Góra an und schlagen im Wald unser Lager auf. Wir müssen die Pferde tränken, die Ausrüstung reinigen, beschädigte Wagen reparieren. Ich bewege mich mit letzter Kraft, ein Geist unter Geistern. Ich weiß nicht, wann ich einschlafe.

* * *

Ich mache mir viele Sorgen, oft. Mit den Sorgen ist es wie mit den Sommersprossen – man hat sie, oder man hat sie nicht. Ich habe sie.

Es sind die verschiedensten Dinge, über die ich mich gräme, manchmal wundere ich mich selbst. Zum Beispiel beim letzten Kartoffelhacken – dass ich die meiste Zeit als letzter in der Reihe gegangen bin. Oder als ich einmal beim Frühstück einen Witz gemacht habe und niemand gelacht hat. Dass Pieczaba besser spielt als ich. Dass eigentlich alle besser spielen als ich. Und dass ich vor Marta noch nie ein Mädchen getroffen habe. Das bekümmert mich wohl am meisten.

Wenn es mir gelingt, ein Problem zu lösen, ist es nicht so, dass ich dann aufhöre, mich zu grämen. Ich gräme mich weiterhin genauso, nur über etwas anderes. Als ich mich in der Schule einen ganzen Monat lang gequält habe, weil ich mich den Jungs anschließen wollte, die nach dem Unterricht Fußball spielten, als ich dann endlich zu ihnen ging und sie mich mitmachen ließen, habe ich mich danach damit gequält, dass sie mich vielleicht für einen Schleimer halten.

Jetzt, da ich in den Krieg ziehe, habe ich so viele Gründe, dass mir ganz schwindlig wird – ich beginne gerade, mich über etwas zu grämen, da streckt schon etwas anderes den Kopf heraus und erinnert mich, dass ich mir darüber auch Sorgen machen müsste, und gleich kommt das nächste zum Vorschein, das Grund zur Sorge bietet und so weiter. So viele Sorgen, dass ich keine Kraft mehr habe, mich zu grämen, also ist mein Kopf ganz leer. Wie noch nie.

Schlafen kann ich gut und fest. So gut wie schon lange nicht mehr.

* * *

Um fünf Uhr morgens fahren unser Hauptmann, der Feldarzt und der Priester mit dem Auto zum Hotel in Jabłonowo, um den Kommandanten

Brayczewski um eine Rast für uns zu bitten, doch sie kommen mit dem Befehl zurück, wir sollten uns sofort zum Gutshof Czekanowo begeben. Ich stehe auf, wir stehen auf. In meinen Stiefeln sind nur Blut und Knochen.

Am Morgen kommen wir an. Vor mir – ein helles, niedriges, von Bäumen umgebenes Gebäude, wie geduckt und zum Sprung ansetzend. Über dem Eingang Wappen, drinnen Geschrei, Tumult. Alle rennen umher. Die Soldaten unseres Regiments lassen sich ins Gras fallen. Es regnet immer noch.

Wir stellen Zelte und Hütten auf, rasch, unordentlich, Hauptsache, sie stehen. In Stiefeln, in Uniform schlafe ich ein. Ich träume, dass ich über die Felder rund um Kwilno fliege, und dass es dort überall Tadeusz Markiewiczs gibt. Einer mäht die Luzerne hinter dem Haus, ein zweiter bringt die Kühe vom Feld nach Hause, wieder ein anderer ist – betrunken, mit ein paar Kumpeln – auf dem Heimweg vom Tanzen, und da ist auch derjenige, der sich im

Gebüsch über Marta beugt, und der, der im Schatten des Hauses von den Eltern Abschied nimmt.

Der nächste Tag vergeht relativ ruhig, wir sollen uns ausruhen. Ein Arzt kommt, der nette, gutmütige Herr Zygmunt mit dem lustigen Namen Pukianiec und einem eiförmigen Gesicht. Er geht vom einen zum anderen und verbindet die kaputten Füße. Ich erzähle ihm ein bisschen vom Trompetenspielen und zische kein einziges Mal vor Schmerz, und er bringt zweimal meinen Namen durcheinander und nennt mich Władek. Ich verbessere ihn und sage: Tadeusz, Tadeusz Markiewicz. Ich wünsche mir sehr, er möge ihn sich merken, wenigstens einer in dieser Menschenmasse möge wissen, wie ich heiße, wer ich bin. Er nickt und lächelt, dann geht er zu einem anderen.

Nachmittags macht jeder, was er kann. Wir patrouillieren auf dem Gelände, kümmern uns um die Pferde, vervollständigen die Munition und die Lebensmittel. Die Artilleristen bestimmen Beobachtungspunkte, richten Telefonverbindungen ein und verstärken die Zelte.

Morgen geht's in den Krieg, sagen sie, das Warten hat ein Ende. Ich würde gern noch warten. Immer denke ich an Kwilno, überlege, ob Vater schon vom Feld zurück ist, ob die Kühe gemolken sind, wer sich um die Hühner kümmert und ob das Gebet schon vorbei ist. Ich denke an Marta, an ihren weißen Körper, an den Duft ihres Haars, an ihre Hände, daran, wie sie mir all die Dinge sagt. Was denkt sie über mich? Denkt sie überhaupt an mich? Vielleicht ist – seit ich das Dorf verlassen habe – dort gar nichts von mir übrig? Vielleicht gibt es dort keinen Tadeusz Markiewicz mehr, und ich bin nur hier, ein einfacher Schütze in grauer Uniform, einer wie alle anderen, da ich nicht einmal mehr einen Namen habe und der Arzt mich ständig Władek nennt?

* * *

Am Abend nehmen wir die Panzerbüchsen Modell 1935 aus speziellen Kisten – eine Waffe, deren Existenz bisher streng geheim gehalten wurde. Sie hat einen Kolben aus Holz und einen langen, dünnen Lauf, der wie das Teil einer landwirtschaftlichen Maschine aussieht, nicht wie etwas, das zum Töten dient. Ich nehme die Büchse in die Hand, stelle das Zweibein auf und lege mich auf die Erde.

»Damit kann man durch jeden Panzer dringen«, erklärt Rodzeń; ich liege im feuchten Gras auf dem Bauch, am Ende des Laufs der Gutshof Czekanowo, ich ziehe den leichten Holzgeruch in die Lungen und mache mir bewusst, dass ich wahrscheinlich wirklich werde schießen müssen.

Dass ich wahrscheinlich auf lebendige Menschen werde schießen müssen, die einmal jemand geboren hat, denen jemand über den Kopf gestreichelt, die jemand geküsst hat, und die, bevor sie in den Krieg zogen, genau wie ich, nur in einer anderen Sprache, zu hören bekamen, sie sollten auf sich aufpassen.

In der Nacht schlafe ich unruhig, wälze mich in dem schiefen Zelt hin und her und stöhne; die Füße schmerzen. Ich warte auf das Morgengrauen, um endlich hinausgehen zu können, ich gehe endlich hinaus und blicke in die von Baumstämmen durchschnittene Sonne. Es riecht nach Tau.

Ich sehe die aus dem Zelt herausstehenden Füße des Mannes, den ich wohl, wenn ich mich entscheiden müsste, als meinen liebsten Kameraden hier bezeichnen würde. Er ist groß und dick, brummig, und er heißt Saturnin Tomczyk – noch nie zuvor habe einen mit diesem Vornamen getroffen. Wir haben uns ein paarmal unterhalten, er fragte mich, ob ich schon mit einer Frau zusammen gewesen sei, und ich fragte ihn, ob er nicht Angst habe. Wir gaben beide eine Antwort, die alles im Unklaren ließ.

Jetzt brummt Saturnin vor sich hin, vielleicht habe ich ihn geweckt mit meinen Schritten im Gras. Er setzt sich langsam auf, noch im Zelt, hebt den Kopf und grinst mich an.

»Ich glaube, jetzt weiß ich alles.«

Ich schiebe mit dem Fuß die hohen Grashalme beiseite und denke: Vielleicht muss ich doch nicht schießen. Vielleicht werde ich, wenn ich mir viel Mühe gebe, am Rande dieses Krieges durchrutschen.

»Was denn?«

Saturnin blickt geradeaus in die Ferne und erzählt:

»Ich habe geträumt, ich bin sehr groß, riesig, habe einen Löffel in der Hand und will essen. Von oben habe ich auf Felder und Wälder geschaut und mich gefragt, was wohl der beste Bissen wäre, aber nichts wollte mir schmecken. Weder der Nadelwald noch die gepflügten Felder noch die Scheune in der Sonne. Sogar die Kirche habe ich probiert: hat auch nicht geschmeckt. Bis ich schließlich anfing, die Deutschen zu essen. Der Fluss sagte mir, wo ich sie finde. Er hat mir ins Ohr geflüstert. Da habe ich geschaut, wo sie liegen, hab mich angeschlichen und sie mit dem Löffel in den Mund geschoben. Ich hab ihre Knochen und Helme zermalmt, dass es zwischen den Zähnen knirschte. Schließlich hatte ich alle aufgegessen und wir konnten den Sieg feiern.«

Mir kommt keine Antwort in den Sinn, ich scharre nur weiter im Gras. Ich weiß nicht einmal, ob Saturnin total verrückt oder sehr klug ist. Noch nie habe ich einen Verrückten getroffen und auch keinen sehr Klugen. Unterdessen erhebt Saturnin sich schwerfällig, stemmt die Hände in die Seiten, blickt lange in den Himmel und fügt dann hinzu, wobei er mir in die Augen sieht:

»Und meine Träume werden immer wahr, immer.«

Beim Frühstück, das aus Wurst, Zwiebeln und Brot besteht, erreichen uns die ersten Informationen vom Beginn der Kriegshandlungen, und aus Richtung Jabłonowo hört man gedämpften Kanonendonner. Die meisten Sätze, die gesprochen werden, beginnen mit dem Wort »angeblich«. Angeblich hat der Krieg wirklich begonnen. Angeblich gab es einen Anruf vom Kommandanten des ersten Regiments, dass sie von deutscher Infanterie angegriffen wurden und erste Verwundete haben. Ich frage mich: echte Verwundete? Mit Kugeln im Körper? Und dann wurde angeblich die Verbindung unterbrochen.

Den ganzen Tag über Hunderte »angeblich«. Ich höre schließlich nicht mehr hin, es geht nicht mehr, eines ist schlimmer als das andere. Am Abend kommt der Befehl, dass wir uns zur Bahnstation Konojady begeben sollen, von wo uns der Zug nach Mełno bringt, und dort werden wir die Deutschen zum Rückzug hinter den Fluss zwingen.

Wir? Ich? Ich sehe mich um, suche eine Erklärung.

Die einzige Erklärung sind Saturnins Worte, der die Stiefel anzieht und seufzt:

»Keine Angst.«

Die Bahnstation ist nicht weit, wir gehen im Dunklen. Mirek aus Dobre hat aufgehört, Witze zu machen, Saturnin ist verschwunden, ist nicht mehr Saturnin, alle sind ohne Gesicht, ohne Namen, und auch ich denke an nichts mehr: Wir sind eine einzige große, raschelnde Schlange, die durch den Wald gleitet. Der Kopf hebt sich manchmal zum Auskundschaften, der Schwanz reibt an den Baumstämmen. Wir werden sie fressen, oder sie schlagen uns den Schädel ein.

Wir kriechen.

In den Stiefeln nur Schmerz, sie sind ganz glitschig vom Blut. Zweimal stolpere ich, aber ich falle nicht. In Konojady riecht es nach der vom Regen feuchten Erde. Jemand flucht. Unser Zug steht schon, wartet, zwölf Waggons und vier große Plattformen. Die Kommandantur beschließt, als erstes fährt das dritte Bataillon, das heißt wir.

Das heißt ich.

* * *

Gedränge, Geflüster, Körper an Körper. Ich atme die Luft ein, die andere ausgeatmet haben, und andere die von mir ausgeatmete.

In der Dunkelheit des Waggons werde ich für einen Moment wieder zu Tadeusz Markiewicz und erinnere mich an vieles: an den Geruch von Vaters Machorka, an die Berührung des Trompetenmundstücks auf den Lippen, den Geschmack der auf dem Herd gebratenen Kartoffelpuffer. Fett, innen locker, der Speichel läuft mir im Mund zusammen. Ich erinnere mich, dass wir einmal, als die Eltern auf den Jahrmarkt fuhren, kaum war das Fuhrwerk hinter dem Hof der Pieczabas verschwunden, uns alle fünf anschickten, heimlich Kartoffelpuffer zu braten. Die besten machte Janek, also war klar, dass wir ihm diese wichtige Aufgabe auch diesmal anvertrauten. Wir anderen warteten, ich, Irka, Jadzia und der kleine Mietek, fürchterlich hungrig, und er briet und briet. Plötzlich schaute er zum Fenster hinaus, schmiss alles hin und lief aus dem Haus, und wir hörten nur den Schrei:

»Ein Flugzeug! Ein Flugzeug ist hinter der Scheune gelandet!«

Wir rannten los, warfen die Stühle um und drängelten in der Tür, so sehr wollte jeder als erster dieses Spektakel sehen, eine fliegende Maschine auf unserem Feld. Als wir hinter der Scheune angekommen waren, bemerkte ich allerdings zwei Dinge: das Fehlen des Flugzeugs und das Fehlen Janeks unter uns. Wir rannten, wieder um die Wette, zum Haus zurück, wo unser Bruder schon gemütlich auf dem Dachboden saß, die Leiter hinter sich hochgezogen hatte, und auf seinen Knien dampfte der Teller mit den Kartoffelpuffern. Er aß, lobte dabei laut sein Werk, beschrieb den Geschmack von jedem einzelnen Bissen, schmatzte und leckte sich die Lippen, und wir flehten, drohten, Irka weinte sogar. Es dauerte und dauerte. Schließlich rülpste Janek lange und strich sich über den Bauch. Mit gleichgültiger Stimme verkündete er, er habe sich überfressen, und begann uns kleine Stücke zuzuwerfen, die wir im Flug auffingen, wie Hunde.

Die ersten paar erwischte Jadzia, schluckte sie im Stehen, den Blick immer auf die Hände des Bruders gerichtet. Als es endlich auch mir gelang, ein Stück zu schnappen, lief ich damit vors Haus, schaute auf den Hof und aß es ganz langsam. Ich habe kaum etwas so stark in Erinnerung wie den Geschmack dieses Stückchens Kartoffelpuffer.

Unterdessen kommen wir um Mitternacht ohne Hindernisse in Mełno an. Alles tut weh, der linke Fuß ist taub, ich drängle mich mit den anderen an der offenen Tür, und plötzlich dröhnt es ringsum, der Waggon bebt und scheppert, manche Jungs brüllen und fallen auf die Erde. Wie damals, zu Hause, als wir rannten, um das Flugzeug zu sehen, das es nicht gab, so stürzen wir auch jetzt drängelnd und schubsend ins Freie. Auf dem Bahnsteig ein paar Laternen, ringsum dunkel, wir werden in der Finsternis zerstreut, ich falle auf jemanden, laufe anscheinend über jemanden. Der Waggon rasselt, in der Dunkelheit des Waldes blitzen Gewehrläufe auf, ich laufe so weit wie möglich weg von diesem Blitzen, etwas schlägt mir gegen den Hals, ich beiße mir auf die Zunge, dass es blutet, die Gleise habe ich wohl hinter mir, mit dem Knie stoße ich an einen

Stamm, schließlich bin ich wohl in Sicherheit, und da stolpere ich über etwas und falle hin. Ich liege da und warte, worauf, weiß ich nicht.

Im schwachen Licht der fernen Laternen sehe ich, dass das, worüber ich gestolpert bin, Mirek ist, der Spaßvogel, der laut gefurzt hat, als wir in Włocławek den Eid leisteten. Sein Gesicht ist in der Mitte durchpflügt, ich sehe, was in seinem Kopf ist. Wie bei einem Tier, wie bei etwas, das man schlachtet, um es später zu essen. Fasziniert schaue ich hin, kann nicht glauben, dass das wirklich Mireks Kopf und sein Inhalt ist. Ein Krampf läuft durch meinen Körper, etwas spritzt aus mir heraus auf die Uniform, auf die Hände. Auch auf Mirek. Der Kommandant brüllt währenddessen, die Offiziere sollen die Kompanie versammeln und aufbrechen.

Schwankend stehe ich auf, jemand schreit, plötzlich spritzen mir Rinde, Holzsplitter ins Ohr, ich drehe mich weg, und etwas sticht mich im Bauch, dann von hinten, ich stürze, ich bin wohl erschossen worden, ich taste mich ab, knöpfe die Jacke auf, alles langsam, die Finger schwer, glitschig, Irka, welches Jahr haben wir ausgemacht? 1950, aber woher soll ich wissen, dass es soweit ist?

Kapitel 2

Ich bin eine glänzende, helle Schlange und gleite durchs Unterholz. Tief in mir ist eine heiße Stelle, die pulsiert, wup-wup, wup-wup, im Rhythmus des Waldes. Einst hatte ich ein Gesicht und einen Namen, einst konnte ich Trompete spielen.

»Du kommst zurück, ich versprech's dir«, flüsterte mir – ebenfalls einst – meine Schwester Irka zu, und Vater stand nur nachdenklich da und nagte an seinem Schnurrbart.

Jetzt bin ich eine Schlange, ich habe keine Schwestern, keine Brüder mehr, keinen Namen und kein Gesicht, habe nur diese heiße Stelle in mir, die brennt und mich zerreißt: wup-wup, wup-wup, wup-wup. Ich krieche weiter.

Da oben raschelt etwas, weit vor mir fallen ein paar Bäume. Ich strebe in diese Richtung. Das Knacken wird immer lauter, ringsum schlagen dicke Äste auf die Erde, ein Regen von Zweigen und Blättern geht nieder. Ich hebe den Schädel. Der Himmel ist dunkel, beleidigt, auf diesem Himmel zeichnet sich groß ein bekanntes Gesicht ab.

Mit Saturnins Mund lächelt es mich an und zwinkert mit Saturnins Augen. Es schaut in die Ferne. Zwischen den Baumkronen gleitet es dahin und hebt langsam einen langen silbernen Gegenstand in die Höhe, der im Rhythmus meines Inneren glänzt: wup-wup.

Wir gleiten jetzt gemeinsam dahin, ich hier, er dort oben, und ich fühle mich geborgen, spüre fast keinen Schmerz. Zweige und Blätter rieseln hier und da nieder, das ist unsere Geheimsprache, in der Saturnin zu mir spricht, wenn ich ihm auch nicht antworten kann.

Die Zeit existiert nicht, und so entdecke ich vielleicht in diesem Moment oder in einem Monat die feindlichen Abteilungen, die schweigend unweit von hier marschieren. Ich halte an und hebe den Kopf. In der Ferne klopft ein Specht. Oder sind es Schüsse? Auf einer zwischen den Bäumen gespannten Spinnwebe liegt Tau. Und Schmerz.

Saturnin konzentriert sich, beugt sich immer weiter hinunter, lautlos, bis er schließlich mit einer jähen Bewegung den Löffel senkt, sich ein Dutzend Soldaten auflädt und in den Mund schiebt. Die Deutschen heulen, kreischen in ihrer kantigen Sprache, die ich nicht verstehen will. Knochen knirschen zwischen den Zähnen, Helme, Schädel, Gewehrläufe bersten. Blut fließt über Saturnins Kinn, er grinst, und der Löffel senkt sich und schaufelt, senkt sich und schaufelt.

* * *

Ein pulsierender Schmerz im Bauch weckt mich. Licht drängt sich unter die Lider.

»Saturnin?«, will ich fragen, doch aus meinem Mund kommt nur ein schlaffes: »Sgghhh.«

Langsam blicke ich nach rechts und links. Überall Ellbogen, Köpfe, Stümpfe in Verbänden. Viel Hin und Her. Mir ist schlecht, und zugleich habe ich großen Hunger. Das heiße Loch in meinem Bauch verlangt, dass man ihm ein Opfer bringt. Ich schlucke den Speichel und schließe die Augen, lausche dem Kanonendonner der Stimmen. Jemand gibt den Befehl, eine Telefonleitung zu legen, jemand anders schreit, er wolle nicht ohne Beine leben. Als ich die Augen wieder aufschlage, steht Zygmunt Pukianiec über mir.

»Bitte sehr. Unser Herr Trompeter hält sich hartnäckig am Leben, das freut mich.«

Ich erfahre von ihm, dass ich im Verbandsplatz des Regiments bin, den man beim Posten auf dem hohen Bahndamm eingerichtet hat, auf der Trennungslinie zwischen den Bataillonen. Pukianiec verbindet mich und sagt, die Wunde sei nicht so ernsthaft wie anfangs geglaubt; am Abend führen zwei Fuhrwerke nach Kujawien, und ich solle, um wieder richtig gesund zu werden, vorläufig nach Hause. Ich will nicht nach Hause. Wie soll ich ihnen das erklären? Schließlich ist der zweite Kriegstag. Ich mache den Mund auf, um das zu sagen, doch ich habe keine Kraft. Ich beobachte nur, wie der Arzt geht und frage mich, ob er sich wohl an meinen richtigen Namen erinnert.

* * *

Saturnin sitzt bei mir, groß und lächelnd. Ich weiß nicht, was dieser Krieg für ihn ist, aber mit Sicherheit etwas ganz anderes als für mich, für die übrigen. Ist er ein Weiser oder ein Verrückter – ich weiß es immer noch nicht. Er legt mir die Hand auf die Schulter und drückt leicht.

»Du siehst gut aus, mein Tadzio.«

Er erzählt von einem großen Brand in Osięciny, von der verrückten Kuh eines Nachbarn, von der besten Art, Schnaps zu brennen, von einem dummen Mädchen, das ihm keine Ruhe lässt, von dem großen Nussbaum, der vor seinem Elternhaus steht, und von einem Pfarrer, der nicht in der Lage ist, nüchtern die Messe zu halten. Langsam vergeht der Tag, abgemessen von dem Stöhnen des verstümmelten Jungen vier Betten weiter.

»In zehn Jahren wird das nur noch eine von vielen Geschichten sein«, verkündet Saturnin und sieht sich im Zelt um. »Wenn wir alt sind, werden wir darüber lachen.«

Der Junge ohne Beine stöhnt ein weiteres Mal, und ich spüre, dass in mir, ganz innen, etwas reißt, und ich zerre Saturnin am Ärmel und sage etwas, wofür ich mich später schämen werde:

»Könntest du mich einen Moment drücken?«

Wieder ein Lächeln. Er hüllt mich in alle Arme, von denen er anscheinend mindestens acht hat, und flüstert mir ins Ohr:

»Mein Tadzio, mein armer kleiner Tadzio.«

Kurz darauf schlafe ich ein.

* * *

Wärme strömt in Wellen durch meinen Körper: wup-wup, wupwup. Ich krieche über kühles, weiches Moos, und Irka heftet den Blick auf den Wasserspiegel des Teichs in Kwilno und sagt:

»Versprich mir jetzt, dass du mir, wenn du stirbst, ein Zeichen gibst, hier, genau hier, dass du kommst und mir sagst, was los ist.«

Ich würde ihr gern ein Zeichen geben, aber ich bin wohl noch nicht gestorben, außerdem kann ich mich schlecht konzentrieren, kann schlecht denken, der Schmerz zerreißt mich, der Schädel ist schwer und zieht mich ins Unterholz, und ringsum rieseln immer noch Zweige. Ich sehe, wie Saturnin wutschnaubend mit den großen Armen fuchtelt. Er schiebt sich neue Portionen von Deutschen in den Mund, die immer noch versuchen, mit ihren Maschinengewehren auf ihn zu schießen und ihm Granaten ins Gesicht zu werfen. Etwas trifft mich im Rücken, einmal, zweimal, drei …

* * *

Ich erwache auf einem Fuhrwerk, zittere. Unter dem Kopf habe ich einen Sack mit Korn. Ich huste, habe einen metallischen Geschmack im Mund. Zwei Männer drehen sich vom Kutschbock zu mir um: Einer mit Glatze und einem Bart, der andere sieht aus wie sein schwächerer Bruder. Zwischen den Zähnen eine Zigarette. Ich ziehe den stechenden Geruch von Tabak in die Lunge, während der erste sagt:

»Wir sind aus Włocławek. Man hat uns gesagt, wir sollen dich mitnehmen und heimbringen, du wohnst in der Nähe von Radziejów, oder? Du musst dann nur noch ein Stückchen gehen.«

Ich nicke, ich werd's versuchen. Der Himmel über mir bewegt sich, als wollte er etwas abschütteln. Der Schmerz ist weiter nach oben gewandert, zum Herzen, und er hat wohl etwas nachgelassen.

»Ich heiße Tadeusz Markiewicz«, sage ich so laut wie möglich, damit die beiden Männer auf dem Bock mich hören.

Als Antwort bekomme ich etwas zwischen Husten und Lachen.

»Ja, das wissen wir. Du wiederholst es, seit wir losgefahren sind.«

* * *

Der Himmel bebt, und ich frage mich, was Saturnin jetzt wohl macht. Wartet er auf einen Befehl? Führt er einen Befehl aus? Mir kommt in den Sinn, dass sich in den letzten paar Stunden auch alles geändert haben könnte; aber es kann ja nicht sein, dass er in meinen Träumen weiterhin die Deutschen frisst, wenn er schon tot ist, wenn sie ihn erschossen haben …

Je mehr der Schmerz im Bauch abklingt, desto schlechter fühle ich mich. Die Gewissensbisse blähen sich auf und formen die enttäuschten Gesichter von Vater, Mutter und Marta.

Die ganze Familie, sogar die entfernteste, weiß, dass ich in den Krieg gezogen bin, und jetzt wird die ganze, auch die entfernteste Familie erfahren, dass ich schon heute … auf diese Art und Weise … mit einem Fuhrwerk …

Wir fahren weiter, im Geruch der nassen Felder, unter dem zitternden Himmel, und in mir wachsen immer neue Gedanken – und die Scham. Am meisten die Scham.

Erst seit drei Tagen ist Krieg, und ich komme nach Hause.

Kapitel 3

Mutter drückt mich fest, ganz männlich, und fragt ununterbrochen. Was bist du so schmal geworden, Bub? Hast du überhaupt was gegessen? Wo haben sie dich so zugerichtet? Du gehst ja wohl nicht wieder? Die anderen sekundieren. Ich habe angeblich abgenommen, bin schwächer geworden und voller Läuse. Und meine Augen sind irgendwie groß geworden. Unter dem Hemd habe ich einen Verband, unter dem Verband eine Wunde von einer Kugel, die in meinen Körper eingedrungen ist, um ihn fünfzehn Zentimeter weiter wieder zu verlassen.

Ich weiß nicht, wie ich hierhergekommen bin, auf den Weg vor dem Haus, in Mutters Arme, die Sonne im Nacken, nach Schweiß und Blut riechend. Mir ist schwarz vor den Augen. Haben wir jemanden zerfleischt? Oder hat uns jemand plattgemacht? Ich weiß es nicht, ich wiederhole nur in Gedanken meinen Namen, um nicht auch noch den zu verlieren. Die beiden vom Fuhrwerk reichten mir zum Abschied die Hand und wollten mir ein bisschen Tabak mitgeben, das weiß ich noch. Aber was war das eigentlich für ein Fuhrwerk? Wer waren die beiden? Ich zerfließe in Mutters Armen, flüstere ihr etwas zu: Dinge, für die ich mich später schämen werde. Ringsum nur Arme und Worte. Sie sind vom Feld angeflogen gekommen wie Vögel, und jetzt picken sie, jeder will mich anfassen, und alle krächzen, also schließe ich die Augen.

* * *

Unter mir das Bett, das, in dem ich vor langer Zeit geschlafen habe, vor drei Tagen, vor dem Krieg. In Stiefeln und Jacke liege ich da. Sie hatten Angst, die verwundete Schlange auszuziehen.

Ich spüre sie, bevor ich sie sehe. Ihre Hände an meinem Hals, ihre Hände auf meinem Kopf, auf den Armen, auf dem Bauch.

»Du bist wieder da?«, fragt sie, als könnte sie weder den Augen noch den Fingern glauben, die zwischen den Knöpfen meiner Jacke hin- und herlaufen. »Ich hab ja gesagt, du kommst wieder.«

Sie sitzt wohl sehr lange bei mir. Als ich endlich das rechte Auge aufmache, das linke, als ich mich räuspere und ein Stückchen aufsetze, so weit, wie die erhitzte Stelle in meinem Bauch es erlaubt, klatscht Irka in die Hände und ruft durch das Fenster nach Mutter. Dann setzt sie sich wieder, lächelt, freut sich, dass ich wieder da bin oder vielleicht, dass sie ihr Versprechen gehalten hat.

»Willst du Milch?«

Ich schüttle den Kopf.

Mutter kommt ins Zimmer, bringt den Geruch nach Rauch und Kräutern mit. Endlich, sagt sie, sie habe gebetet, und zum Essen gebe es meine Lieblingssuppe, Schwarzsauer. Sie küsst mich, küsst mich noch einmal. Dann geht sie zu ihren Angelegenheiten zurück.

Irka bleibt.

Wir reden langsam und vorsichtig, als könnten schwere, kantige Wörter mir schaden. Der Reihe nach fragt sie nach allem, erzählt auch selbst detailliert, was sie in diesen paar Tagen getan haben. Hauptsächlich das, was sie immer tun. Die nervöse Kuh mit dem herzförmigen Flecken hat immer noch nicht gekalbt. Mietek ist vom Dach in den Heuschober gesprungen, wofür er eins mit dem Gürtel gekriegt hat. Vater und Janek haben sich endlich an den neuen Hühnerstall gemacht. Außerdem haben die Eltern den goldenen Ring von Adela, den, den Irka einmal heimlich beim Tanzen getragen hat, zum FON gegeben, angeblich macht ein Mann in Radziejów für die Deutschen eine Liste von Personen, die schlecht über sie reden, und in Nieszawa sind einige Burschen erschossen worden, aber das kann ja wohl nicht sein. Zum Schluss klatscht sie mir auf die Hände und lächelt ihr unschuldig-kokettes Lächeln.

»Sag mal, hast du da ein paar gutaussehende Kameraden gehabt?«

Das große Gesicht hängt über mir, zwischen den Baumkronen. Ich habe keine Ahnung, ob Saturnin noch lebt und wenn ja – wo, und ob er dieses Leben nicht gerade verliert. Ich weiß nicht einmal, wohin das Regiment gezogen ist, nachdem sie uns bei Mełno geschlagen haben. Ich erzähle Irka von Saturnin, von seinem großen Kopf, seinem Lächeln, davon, dass er sagte, man solle auf die Flüsse hören, weil sie klug seien. Seinen Traum, in dem er die Deutschen verschlingt, erwähne ich nicht, den Traum, der jetzt zu meinem wurde.

»Nur einen?« Sie rutscht näher heran, bereit für große Erzählungen.

Ich habe keine großen Erzählungen für sie, auch keine anderen.

Ich zucke mit den Schultern, grinse dümmlich und schäme mich gleich danach, denn so bin ich: Noch vorgestern hat man auf mich geschossen, noch vorgestern bin ich aus dem Waggon ins Dunkel gesprungen, bin mit dem Tod um die Wette gelaufen und habe Leichen ins Gesicht geblickt, und jetzt schäme ich mich dafür, dass ich nicht so gelächelt habe, wie ich wollte.

»Einen Mirek aus Dobre hab ich noch kennengelernt«, füge ich hinzu, »einen Witzbold.«

»Ist er auch verletzt worden?«

Ich blicke ins Innere von Mireks Schädel, in diesen unmenschlichen Brei, unmöglich, dass das kurz zuvor noch Mirek war. Im Bauch spüre ich einen ähnlichen Schlag wie damals, bevor ich meinen Mageninhalt erbrach.

Ich antworte:

»Nein, es geht ihm gut. Wir haben einander versprochen, dass wir einen Wodka zusammen trinken, wenn der Krieg vorbei ist. Er wird dir sicher gefallen.«

Erst in diesem Moment begreife ich, was mich erwartet und was mich nicht erwartet, womit ich nicht mehr rechnen kann. Ich, Tadeusz Markiewicz, bin immer noch dort. Solange ich nicht zurückgehe, solange ich der Welt und mir selbst nicht die Stirn biete, wird es mich nicht geben.

»Ich bin froh, dass du wieder da bist«, flüstert Irka, und ich habe den Eindruck, dass jetzt alle mit gedämpfter Stimme reden, dass niemand mehr laut spricht.

»Ich auch«, sage ich und küsse meine Schwester auf den Scheitel.

* * *

Der Tag ist hängengeblieben, und ich warte vergebens, dass die Schatten auf dem Fußboden sich nach rechts bewegen. Ein großes Nichts. Ein Ast des Fliederstrauchs vor dem Fenster nickt nach oben und unten wie der Kopf von jemandem, dem man einen Witz erzählt hat. Es ist angenehm, keinen Schmerz in den Füßen zu spüren.

Ich schließe die Augen, und die ganze Welt besteht aus den Schlägen des Hammers, mit dem Vater und Janek die Pfähle für das neue Gehege hinter dem Hühnerstall in die Erde rammen. Ich stelle mir vor, ich bin dort bei ihnen, stehe in der Grätsche, verschwitzt, halbnackt, den Schaft in den Händen, hole aus und schlage zu, und dann noch einmal, wup-wup, und noch mal, wup-wup, wup-wup, so pulsiert die heiße Stelle in meinem Körper, wenn ich zwischen den Bäumen krieche und Ausschau halte. Wie konnte ich denken, dass es irgendetwas anderes geben könnte als das, was jetzt ist? Ich krieche weiter. Moos, Tau, Zweige. Ich hebe den Kopf, aber

Saturnins Gesicht sehe ich nirgends – ich bin allein. Natürlich gibt es zwei Möglichkeiten: Ich zerfleische sie, oder sie machen mich platt. Ich bewege mich leise, mir scheint, in der Ferne zwischen den Bäumen blitzt etwas auf, vielleicht das Feuerzeug eines deutschen Soldaten? Ich spüre, dass allein bei dem Gedanken etwas in mir wächst, doch plötzlich – Finger an meinem Körper, die an mir zerren.

Ich erwache direkt in Irkas Gesicht, die mich leicht an der Schulter stupst, mit einer Miene, als würde ihr klar, dass sie zu viele Eier in die Schürze gesteckt hat und gleich welche kaputtgehen.

»Ich dachte mir, du wirst dich sicher rasieren wollen. Wo doch heute ein Gast zu dir kommt.«

* * *

Marta kommt am Abend. Wir sitzen auf der Bank vor dem Haus, sie in einem hellen Kleid, das ich noch nie gesehen habe, ich rasiert und in Uniform, aufgerichtet, nichts tut mir weh, nichts tut mir weh. Nichts tut mir weh.

Mietek läuft jeden Moment auf uns zu, mit geröteten Wangen, schwänzelt herum, schließlich vertreibe ich ihn. Als wir allein sind, blicke ich sie an, ohne mich zu genieren, gierig und mutig, als wäre das nicht ich. Sie kommt mir zierlicher vor als vor dem Krieg. Ihr Haar ist manchmal schwarz, manchmal rotbraun, je nachdem, wie man darauf schaut.

»Du hast aber abgenommen«, sagt sie.

Ich drehe den Kopf und gucke, wie es schimmert.

»Haben sie wirklich auf dich geschossen?«

Ich möchte meine Hand in ihr Haar stecken und mir eine dicke Strähne ans Gesicht halten und lange daran riechen.

»Sag, wie war es denn dort?«

Sicher sieht uns jemand zu, also richte ich meinen Blick auf die Bäume hinter der Scheune und rutsche in mir selbst herum, versuche ein Wort zu finden, mit dem ich beginnen könnte.

»Es war … weißt du, Marta …, es war …«

Besser gar nicht sprechen als so. Ich beende den Satz auf die einzige Art, die mir in den Sinn kommt:

»… anders.«

Zum Glück fragt sie nicht nach, wir reden jetzt nur noch über angenehme und unwichtige Dinge. Während sie erzählt, dass ihr betrunkener Nachbar beim Sauerkrautstampfen für einen ganzen Tag im Fass eingeschlafen ist und man ihn seither schon von weitem riecht, berührt die lachende Marta meine Hand, was sie wohl gar nicht bemerkt, ich aber entschieden spüre.

Diesmal vergeht die Zeit schnell und holt den ersten Teil des Tages nach, bei dem sie sich abmühen musste. Mutter setzt sich zu uns, bietet uns Kartoffelpuffer an und fragt Marta nach ihren Eltern. Marta lächelt, erzählt und richtet Grüße aus, wie es sich gehört, und dann, als wir wieder zu zweit sind, verkündet sie plötzlich, es sei jetzt Zeit zu gehen. Ich verabschiede sie wie jemand, der nicht wieder Feuer im Leib hat, und dann sitze ich noch eine Weile da und versuche zu verstehen, warum ich nie tue, wozu ich Lust habe, sondern immer etwas anderes.

Ich bin so müde, dass ich es kaum ins Bett schaffe.

In der Nacht krieche ich um das Haus und den Hof. Das Gras biegt sich weich unter mir, und der Mond befleckt das Scheunendach und die Felder. Die ganze Welt raschelt und knirscht. Unsichtbare Kreaturen grassieren ringsum, und ich erinnere mich, wie ich einmal nachts mit Janek zu den Karmowskis ging und ein in der Umzäunung schlafendes Pferd umgeworfen habe. In völliger Stille fiel es auf die Seite. Ich lief weg und hörte neben mir Janeks Atem.

Jetzt schaue ich dorthin, wende dann den Kopf ab und blicke in die Richtung, wo meines Erachtens die Ortschaft Mełno liegen muss mit ihrem Bahnhof, den Waggons und den Fetzen von Mirek, dieses fröhlichen Burschen, unweit der Gleise.

Ich umkreise das Haus, angefüllt mit Atemzügen. Unter mir spüre ich die Erde, an dieser Stelle ohne Gras, wo jahrelang ein Baumstumpf stand. Ich winde mich um die junge Akazie und fresse zwei Feldmäuse. Die Luft ist kühl, der Boden weich. Ich bedauere diejenigen, die jetzt in den stickigen Zimmern liegen und schlafen müssen.

* * *

Am Samstagnachmittag eine Menschenmasse. Die Karmowskis, Marta, Wogólan und Wiesiek von den Pieczabas. Wogólan ist nicht in den Krieg gezogen, ich frage nicht, und er antwortet nicht, da ich nicht frage. Wiesiek holt eine Flasche aus der Jacke hervor, als wäre sie ein Goldbarren. Ich habe ihn immer darum beneidet, wie er sich über manche Dinge freuen kann. Noch vor einem halben Jahr haben wir zusammen bei der Hochzeit der Kropidłowskis gespielt, ich Trompete, er Ziehharmonika, wir spielten, dass man die ganze Welt vergessen konnte. So war es.

Er betrachtet mich eine Weile, scheint zu warten, dass ich gleich anfange, auf den Händen zu laufen oder eine fremde Sprache zu sprechen. Wir klopfen einander auf die Schulter, aber Irka zieht ihn von mir weg.

»Pass auf. Er ist verletzt.«

Mutter stellt auf den Tisch, was sie hat. Vater isst nichts: Er raucht nur seine Machorka und trinkt, was man vor ihn hinstellt. Ich weiß nicht, ob ich jemals gesehen habe, dass er sich wirklich sattgegessen hätte. Offenbar reicht es ihm zu rauchen und an seinem Schnurrbart zu zwirbeln. Als aus der Flasche kein Tropfen mehr kommen will, hebt er langsam den Finger, sieht Wiesiek an und sagt ernst:

»Deiner ist gut, und meiner ist gut.«

Er bringt eine runde Flasche starken Selbstgebrannten. Währenddessen installiert Zdzisek Karmowski an der Tür ein Gestell, auf das er den Apparat montieren will, aber er stellt ständig etwas um, dreht an irgendeinem Schräubchen, verschwindet unter dem schwarzen Tuch und taucht wieder auf, und es sieht aus, als würde er im Leben kein Bild machen.

Ich kann gar nicht Schritt halten mit den Worten, dem Geschrei, den Wünschen und dem Schulterklopfen: Bevor ich es bemerke, bin ich betrunken. Ich hänge mich an Marta, nein, das ist Mutter, Verzeihung, ich setze mich um und hänge mich an die richtige Marta, und die richtige Marta riecht nach warmem Körper, legt mir die Hand auf den Nacken und nimmt sie vorsichtig wieder weg.

»Pass auf die Verletzung auf.«

Ich will nicht auf die Verletzung aufpassen, ich möchte schmusen und ihr bestimmte Dinge sagen, ich möchte, dass sie noch einmal fragt, wie es im Krieg war, dann erzähle ich ihr alles, in allen Einzelheiten, sogar von Mirek aus Dobre.

Doch das geht rasch vorbei. Da ist statt Marta jetzt Janek, dann statt Janek – Vater, dann Wiesiek Pieczaba. Ich blicke in ihre Gesichter und versuche zu verstehen. Wahrscheinlich bin ich betrunken. Wiesiek serviert mir eine Geschichte von einem Mädchen, mit dem er sicher bald, nicht ausgeschlossen … und ich beuge mich zu ihm und frage:

»Hast du die Ziehharmonika dabei?«

Er grinst, als hätte er nur darauf gewartet, zeigt mir seine quadratische Zahnlücke in voller Pracht und geht zur Tür.

* * *

Wir spielen.

Um uns herum wühlen Menschen in der Erde, brennen in ihren Häusern, ersticken an ihrem Blut, verlieren die Hoffnung, die Beine, die Arme, werden von Bajonetten getroffen oder bohren anderen Bajonette in den Körper, schießen aufeinander und kommen um im Namen von etwas, das keiner versteht, und wir, Tadzio Markiewicz und Wiesiek Pieczaba, spielen immer lauter.

Ich lehne an der Wand. Wiesiek sitzt auf dem Hocker. Ich zwinkere ihm zu, er ist mir in diesem Moment der nächste Mensch auf der Welt. Ich hole Luft. Bewege den rechten Fuß zum Rhythmus. Auf meiner Trompete steht »Josef Glassl / Musikinstrumentenfabrik / Graslitz, Böhmen.« Ich spüre die kleine Schrift gern unter den Fingerkuppen. Die Trompete habe ich 1935 in Radziejów gekauft, für das von meinem Onkel geliehene Geld, das ich nach einer guten Ernte zurückgezahlt habe. Nur mit der Trompete am Mund bin ich vollständig, bereit. Wenn ich nicht spiele, wenn ich auf dem Feld arbeite oder mich von Kwilno entferne, habe ich das Gefühl, dass hier in der Diele am Haken ein Teil von mir hängt.

Doch jetzt spielen wir.

Den *Gänserich,* immer lauter. Das ist eines meiner Lieblingslieder, ich schließe die Augen, und unter meinen Lidern steht ein Soldat im Quartier, nimmt dem Weib den Gänserich weg, hey, ha, ich liebe diesen Rhythmus, die Finger bewegen sich von ganz allein, die Luft aus den Lungen verwandelt sich in Töne, die Luft in Wiesieks Lunge wird zu Worten, in diesen Worten geht das Weib zum Rittmeister, der Gänserich streckt den Kopf aus dem Topf, hey, ha, kurze Strophen, kurze Worte, Sätze, als würde man mit einem nassen Lappen gleichmäßig auf den Tisch schlagen, Irka tänzelt, sieht sich um, weiß nicht, ob sie soll, ob sie darf, indessen kommt das Weib vom Rittmeister zurück, der Gänserich wandert aus dem Topf in den Tornister, hey, ha! Und da explodiert leise etwas, wie ein Blitz ohne Donner, Zdzisek Karmowski hat es endlich geschafft, zu tun, was er vorhatte, und hat ein Foto von uns geschossen, wir – ganz ohne Pose, ganz unvorbereitet, sicher hab ich geblinzelt? Doch was sind schon Fotos, Blitz und Blinzeln, hier kommt das nächste Lied, das tolle Lied von Warschau, das Wiesiek mir beigebracht hat. Das Leben kann nicht schöner sein als jetzt.

Schließlich beginnt Irka zu tanzen, schnappt sich den kleinen Mietek, der schielt nach Mutter, weiß auch nicht, ob er darf, Mutter hält ihre strenge Miene nicht lange durch, ich höre ihr zartes Lachen, und die beiden tanzen; Marta schielt nach mir, nach meinen Fingern auf der Trompete und meinen an der Stirn klebenden Haaren.

Ich weiß, dass unser Spiel zwei mögliche Enden hat: Entweder überlassen wir uns ihm alle, vergessen das Essen, den Selbstgebrannten, die schmerzende Wunde im Bauch, Mireks Schädel, den Zug und die Bahnstation in Mełno, und wir spielen und singen für immer; oder etwas beginnt zu zittern, jemand grinst anders, als er sollte, Wiesiek spielt eine falsche Note, ich verliere den Atem, der Wind schlägt gegen das Fenster, und dann wird alles – das Leben, das Sterben, die Angst, der Schmerz im Bauch –, all das wird ganz normal weitergehen.

Nach ein paar weiteren Refrains weiß ich, welches Ende es sein wird, doch ich spiele weiter, Irka wirbelt mit Mietek, Marta klatscht den Rhythmus, und Pieczaba traktiert die Ziehharmonika und summt aus dem Lied der Gefangenen:

»Wir haben ein fürstliches Zimmer, Bett, Tisch – und weiter haben wir nichts!«

Zum ersten Mal seit ich wieder zu Hause bin, tut die Schusswunde nicht weh.

* * *

Janek weckt mich. Ganz aufgeregt. Sie sind gerade aus der Kirche gekommen.

»Ich muss dir was sagen.«

»Na, dann sag.«

»Aber du darfst nicht sauer sein.«

»Nein.«

Er beginnt zu reden, und ich habe Lust, ihm jedes Wort wieder zurück in den Mund zu stopfen: Am Tag nach meinem Weggang hat die deutsche Armee den Gutshof in Czekanowo und den dazugehörigen Park besetzt, und alle polnischen Soldaten, die sich dort befanden, sind in Gefangenschaft geraten, zusammen mit dem Priester, dem Arzt mit dem eiförmigen Gesicht und den Kranken. Die Nachricht hat Janek vom Pfarrer.

Alles, was ich im Körper habe, wandert in meinen Bauch. Der Kopf ist leer. Ich höre nicht mehr, was mein Bruder und die anderen sagen, schwankend gehe ich auf den Hof und hinter die Scheune, knie nieder, kralle die Hände ins Gras, und unser alter, nach Feuchtigkeit riechender Hund kommt zu mir und schubst mich mit dem Schädel. Ich umarme ihn, drücke ihn an mich, diesen warmen, echten Körper. Ich schmiege mein Gesicht in das weiche, verklebte Fell und spüre die Herzschläge. Nie mehr von hier weggehen.

* * *

Ich bin genau neun Tage zu Hause. Neun Tage, erfüllt von leisem Stöhnen und einem einzigen, immer stärkeren Gedanken. Die ganze Zeit versuchen sie, mich zu mästen wie eine Ente. Quark mit Honig, fette Brühe, Hefeküchelchen mit Zucker, Blutwurst mit Zwiebeln. Irka setzt sich manchmal zu mir und zerdrückt mit den Fingern die Läuse, von denen ich immer noch viele im Haar habe. Ich bin ein einziger großer blauer Fleck, Vater behauptet, meine Rippen seien gebrochen, ich behaupte, das kann nicht sein. Obwohl ich es ja nicht weiß, ich hatte schließlich noch nie gebrochene Rippen und auch nichts anderes, ich war noch nie im Krieg, bin noch nie Zug gefahren und noch nie hat jemand auf mich geschossen. Also versuche ich zu gehen, gehe immer mehr, immer größere Entfernungen, bis ich es endlich schaffe, von unserem Haus bis zum Feld der Karmowskis zu gehen. Auf dem Rückweg bleibe ich hinter der Scheune im Schatten stehen, lehne mich an die kühle Wand. Ich tue nichts, denke nichts, blicke nur in den Himmel und auf die Felder.

Am nächsten Tag beim Frühstück breche ich ein Stück frisches, duftendes Brot ab und sage:

»Ich werde dann bald wieder gehen. Ich fühle mich schon viel besser.«

Alle verstummen, schauen in ihre Teller, nur Irka durchbohrt mich mit ihrem Blick, als wäre ich eine Mücke, die sie gestochen hat und jetzt unter der Decke herumfliegt.

Nach dem Frühstück erwischt sie mich am Hühnerstall, als ich ausprobiere, wie gut ich mich bücken kann. Zuerst drückt sie mir nur den Arm, gräbt ihre Finger in meinen Körper, als wollte sie prüfen, ob er echt ist, dann fleht sie mich an, ich solle bleiben, ich solle nicht zurückgehen dorthin, wo man blaue Flecken von den Füßen bis zum Hals bekommt, wo man in zwei Tagen abnimmt, wo man sich Läuse holt. Ich küsse sie auf den Scheitel und gehe zurück zum Haus.

Kapitel 4

Ich wünsche mir sehr, alle würden mich mögen.

Diejenigen, die ich mag, aber auch diejenigen, die ich nicht mag. Obwohl es nicht viele gibt, die ich nicht mag. Den alten Słodkiewicz zum Beispiel, weil er mich einmal empfindlich geschlagen hat, als er mich mit einem anderen verwechselte. Die Grabowski-Zwillinge, die mich immer auslachten, ich sei ein Zwerg, dabei stimmt das gar nicht, von den sechzehn Jungen in der Klasse war ich gar nicht der Kleinste. Das wären also drei. Aber ich wünsche mir auch, der alte Słodkiewicz und die Grabowskis würden mich mögen, mich bewundern – das ist nur ein Traum –, denn dann würde ich mich sicher fühlen. Und so? Wie kann man sich sicher fühlen, wenn man weiß, dass jemand einen nicht mag?

Wenn ich jemandem Zeit wegnehme, schäme ich mich. Ich habe das Gefühl, das sei unnötig. Oder eher: Ich dürfe das nicht. Welches Recht hätte ich dazu? Womit hätte ich es verdient, ich Tadeusz Markiewicz, jemandem etwas wegzunehmen, und sei es Zeit, die jeder im Überfluss hat? Ich habe Janek gefragt, wie er mit solchen Empfindungen zurechtkommt, aber er sagte, er habe solche Empfindungen gar nicht. Es war dumm, ihn zu fragen.

Ich dachte also immer, ich müsste irgendetwas tun. Erst dann würden mich die Menschen wirklich mögen: für dieses Etwas, das ich täte. Das ich vollbringen würde. Was das sein könnte, wusste ich nicht, ich spürte nur, allein dafür, dass ich Tadeusz Markiewicz bin, darf ich keine Sympathie erwarten.

Aber jetzt weiß ich es. Jetzt ist Krieg. Vielleicht musste das so kommen? Vielleicht gibt es viele wie mich, und alle wollen wir uns beweisen, so sehr, dass aus diesem Grund allmählich ein Krieg entsteht, und endlich haben wir eine Chance. Ich schäme mich, dass ich so denke.

* * *

Leider gibt es Momente, in denen es nicht gelingt, dass alle dich mögen. Zum Beispiel dieser: Diele, der Geruch von Gebratenem, und die Sonne klebt in der Ecke über dem Herd.

Wenn ich gehe, wird Irka lange Zeit schlecht über mich denken. Mutter wird traurig sein. Jadzia sicher auch. Und Marta? Vielleicht auch sie, ich weiß nicht. So viele.

Doch wenn ich nicht gehe, dann wird Vater bestimmt enttäuscht von mir sein. Janek wird mich auslachen und mir Vorwürfe machen, mit Sicherheit. Und ich? Wie soll man einen Feigling mögen, der, statt in den Krieg zu ziehen, zu Hause bleibt?

Dann schon lieber Ersteres.

* * *

Ich gehe am 11. September. Mutter, die mich morgens in der Diele trifft, berührt meinen Arm und bleibt stehen, als wollte sie etwas sagen. Dann dreht sie sich um, verschwindet in der Küche, kommt gleich wieder und drückt mir ein Bündel in die Hand: Brot, ein großes Stück Käse. Vater sitzt auf der Türschwelle, versucht die Pfeife zu reinigen, klopft damit an die Treppe, einmal, zweimal, stochert mit einem Stöckchen herum, schließlich schmeißt er das Stöckchen ins Gras, steckt die Pfeife in die Tasche, steht auf und geht aufs Feld. Janek macht den Wagen bereit. Der lachende Mietek versucht, sich auf den Hund zu setzen. Jadzia folgt Vater, wir haben uns soeben verabschiedet, umarmt, sie hat mich gebeten, auf mich aufzupassen, und ich habe ihr nicht erklärt, dass ich ja vorher auch aufgepasst habe. Ich habe nur genickt und meine Nase an ihren Hals gedrückt.

Irka steht mir gegenüber und guckt einfach, unverschämt, schön, wütend wie noch nie.

»Was ist?«, frage ich.

Sie schaut mich nur an.

Ich ziehe mich an, richte die Decke, die Trompete hänge ich an den Haken. Ich streiche über die gereinigte Uniform und rücke die Eckenmütze zurecht, die mir in die Stirn fällt, nehme sie dann ab und verstaue sie im Sack, knote den Sack fest zu und verstaue ihn auf dem Fuhrwerk. Die Füße sind fast verheilt, die Bauchwunde pulsiert nicht mehr so stark wie zuvor, übrigens ist das auch egal.

»Willst du Streit?«, frage ich, und Irka kommt her und drückt sich mit dem ganzen Körper an mich, sagt nichts, gibt kein Versprechen wie letztes Mal, vielleicht weiß sie, dass es sich nur durch Zufall erfüllt hat. Schließlich entlässt sie mich aus der Umarmung und verschwindet in der Tür.

Janek bringt mich bis Włocławek. Unterwegs reden wir zum ersten Mal über den Krieg, der in seiner Vorstellung etwas Großartiges, Erhabenes ist, und was ich auch sagen könnte, er würde es für ihn bleiben. Als wir an der Kirche in Radziejów vorbeikommen, erinnere ich ihn daran, wie er einmal Kartoffelpuffer gebacken und uns mit dem Flugzeug reingelegt hat. Wir lachen. Am Himmel vermischen sich alle möglichen Arten von Wolken, keine Chance, das Wetter vorherzusagen. Auf Deutsche treffen wir nicht.

* * *

Erste Nachricht: Unser Regiment ist nicht völlig zerschlagen.

Das sagt mir ein abgehetzter Mann mit einer großen Hakennase, die bewirkt, dass sein ganzes Gesicht wie das eines Raubvogels aussieht, doch ich habe keine Zeit, darüber nachzudenken, denn der Mann ist in Eile und ich muss ihm nach. Wir gehen zu einer kleinen

Baracke, wo er mich in der Menschenmasse, in Gestank und Gedränge zurücklässt. Ich warte.

»Tadeusz Markiewicz«, stelle ich mich den anderen vor, als würde das irgendwas erklären.

Kurz darauf, durch den Mund eines großen, rothaarigen Soldaten, kommt die zweite Nachricht: Solche wie mich gibt es mehrere, man sieht es auch, also schicken sie uns los, das 14. Regiment zu verstärken.

»Solange es noch geht«, fügt er hinzu und steckt sich eine Zigarette an.

Ich erfahre, dass das III. Armeekorps, angeführt von einem Curt von Haase, bereits Nieszawa erreicht hat, dass die Deutschen in Polen eindringen wie der Löffel in die Brühe, und dass morgen hier niemand mehr sein wird.

Bevor ich irgendetwas fragen kann, sind wir schon unterwegs. Wieder marschieren wir durch den Wald, schweigend, in der Finsternis, und ich fühle mich, als hätte es diese neun Tage zu Hause gar nicht gegeben.

Neben mir marschiert Romek aus Rokitki, ein so Zierlicher, dass man ihn umarmen und an einem sicheren Ort verstecken möchte. Romek wollte nicht in den Krieg, aber sein Vater, der Feigheit hasst, verprügelte ihn jeden Tag so heftig mit dem Stiel der alten Heugabel, dass er seine Meinung änderte.

»Viel schlimmer kann es nicht werden, dachte ich mir, und wenn sie mich kaltmachen, dann habe ich wenigstens Vater eins ausgewischt.«

Die Nacht verbringen wir im Gebüsch, auf Gras und Moos, unter freiem Himmel. Romek zappelt neben mir herum, spricht mich immer wieder an. Wir reden flüsternd, und ich spüre, wie meine Lider mir den Dienst versagen.

Es stellt sich heraus, dass Romek unsere Nachbarn, die Karmowskis kennt, genauer gesagt, die sommersprossige Basia Karmowska, in die er wahnsinnig verliebt ist. Er fragt mich, ob Basia meiner Meinung nach seine Liebe erwidern werde, wenn er mit einer Medaille und einer schönen Narbe aus dem Krieg zurückkommt, am besten einer vom Ohr bis zum Kinn. Er zeigt mir mit dem Finger den Verlauf der ersehnten Schramme und wiederholt die Frage.

Während ich einschlafe, sage ich, ja, bestimmt.

Ich träume, dass ich Geburtstag habe. Meine Eltern stehen feierlich neben dem Bett und wecken mich mit dem Geburtstagslied *Sto lat,* »Hundert Jahre soll er leben«, laut gesungen. Ich schlage die Augen auf, lächle, beschämt verdecke ich den Kopf mit der Decke. Ich freue mich und komme mir blöd vor.

Wie immer bekomme ich ein Geschenk. Manchmal ist das ein großes Stück weißer Käse, ein Ring Wurst, manchmal sogar Kuchen. Heute herrscht große Freude, heute reicht Mutter mir einen Korb mit duftenden Pfannküchelchen. Wir essen sie zusammen, die ganze Familie, als gäbe es keinen Geburtstag, aber ich weiß, dass es ihn gibt, und das genügt.

An diesem Tag ist alles anders, fröhlich, die Arbeit geht leicht von der Hand, die Sonne sticht nicht. Das Brot schmeckt besser als sonst, das kalte Wasser aus dem Brunnen auch. Am Abend sitze ich da, an den Schweinestall gelehnt, und denke, schöner kann es gar nicht sein.

Am Morgen erwache ich. Wir müssen los.

* * *

Zigaretten rauchen wir, klar, Schnaps trinken wir, auch klar, an Tagen, die in Nächte übergehen, in Nächten, die zu Tagen werden, im Schmutz und Gestank unserer eigenen Körper, fremder Körper, egal, denn sie alle scheinen ein einziger Körper zu sein. In diesem ganzen Tumult, im Echo ferner Schüsse, auf der Erde schlafend, mit Sand im Mund stumpfen wir allmählich ab, die Grenzen verwischen sich. Romek? Kazimierz? Wo hören sie auf, wo beginne ich – oft weiß ich es nicht. Die Hand, die ich vor dem Gesicht bewege, um zu prüfen, ob es noch geht, unterscheidet sich nicht von anderen Händen ringsum.

Gestern hat unser Regiment angeblich den Gutshof Ruszki erreicht, wo es bombardiert wurde, aber die genauen Verluste kennt niemand.

Wir gehen und gehen.

Die zu großen Stiefel verletzen wieder meine Füße, ständig gibt es Neuigkeiten, die einen passen nicht zu den anderen, unter der Uniform stinkt es. Das Wetter ist herrlich, Sonne und sanfter Wind, der Wald duftet, die Nächte sind lau, man könnte fast denken: Es gibt keinen Krieg.

Doch es ist Krieg. Am zweiten Tag kommt die Information, dass wir an die Bzura gehen, Einzelheiten erfahren wir nicht. Ich weiß nicht, wo das ist, angeblich nicht mehr weit.

Aus den Nachrichtenfetzen versuche ich eine Art Zählung durchzuführen, die Romek um nichts in der Welt hören will: Sobald ich davon anfange, hält er sich die Ohren mit seinen kleinen Händen zu, was witzig aussieht. Die Zählung selbst ist nicht witzig. In Mełno sind mehr als hundert von uns umgekommen, Verletzte gab es fast zweimal so viele. Sechzig, darunter der Arzt Pukianiec, sind in Gefangenschaft geraten. Und wie viele seither?

Die Rufe der Eulen und das ferne Rattern der Spechte. Tau. Nebel. Manchmal riecht es so stark nach Harz, als hätte jemand den Wald zerschnitten und ihm die warmen Eingeweide herausgeholt. Vielleicht ist das weiter vorne tatsächlich passiert. Wer weiß, über die Deutschen erzählt man sich viel. Ich bin eigentlich noch nie einem Deutschen begegnet. Ich fürchte, sie sind größer als wir und sehen alle gleich aus: Sie haben finstere Augen und die brutalen, dumpfen Gesichter von Mördern. In letzter Zeit träume ich manchmal von ihnen.

Meine Gedanken flüchten in verschiedene Richtungen, zu Marta, zu meinem warmen Bett, zu der Trompete, die ich in der Diele zurückgelassen habe, zu Martas weißen Armen, zu Vaters Stimme und dem Geruch seiner Machorka. Immer häufiger denke ich an die zwei Tagebücher, meines und Irkas, die zusammen in unserem massiven Schrank liegen, in der dritten Schublade von unten. Meines habe ich vor zwei Jahren von der Katholischen Gesellschaft junger Frauen und Männer in Byczyna bekommen, wo ich Sekretär war. Auf den Umschlag habe ich in Druckbuchstaben meinen Vor- und Nachnamen geschrieben.

Vor ein paar Tagen habe ich es aus der Schublade geholt und, in meine Decke gepackt, durchgeblättert; da sprangen mir bekannte Namen in die Augen: der Organist Szurgociński aus Byczyna, Jadzia, die mich »lustig« nannte, der Maler Franek Beciński, Fräulein Helena Konieczkówna, die mich mit »Lieber« anredete, Wiesiek Pieczaba mit einem Sienkiewicz-Zitat, Władek Bińczak mit einem kreisförmigen Spruch und Janek, der »abhärten« in der Mitte mit »e« schrieb. Als ich so dalag, mit immer noch brennendem Bauch, am Ellbogen ein Sonnenfleck, und mit dem Finger über die Buchstaben strich, da traf ich auf einen Eintrag, der beim letzten Mal noch nicht dagewesen war:

Die Jugend denkt selten ans Alter, das Alter aber sehr oft an die Jugend.
Meinem geliebten Bruder

Irka

Am Abend, als sie von den Feldern zurück waren, zeigte ich Irka den Eintrag, aber sie zuckte nur mit den Schultern und schnaubte, als hätte ich sie mit etwas verletzt – das kenne ich ja von ihr. Sie betrachtete sich in ihrem Spiegelchen und erklärte mit gleichgültiger Stimme:

»Du warst nicht da. Das hab ich aus Langeweile geschrieben.«

Jetzt, mitten im Wald, stelle ich mir vor, ich sterbe irgendwo da vorn, wo wir hingehen, kehre nie nach Kwilno zurück, und Irka, älter und älter, erinnert sich bisweilen an mich und fügt meinem Tagebuch immer neue Einträge hinzu. Müde, nach einem schweren Tag, wartet sie, bis das ganze Haus, bis ihr Mann, ihre Kinder, vielleicht sogar Enkel, obwohl es unmöglich klingt, bis sie alle eingeschlafen sind, und schlägt dann, über den Tisch gebeugt, das graue Buch mit meinem schon verblassten Namen auf und schreibt schnell etwas hinein, als würde sie sich vor sich selbst schämen. Schreibt, zeichnet, fügt Kapitel für Kapitel einer Geschichte hinzu, die schon lange zu Ende ist.

Was ich immer mit Irka habe – ich weiß es nicht. Es könnte ja auch mit Jadzia so sein. Mit Janek, Mietek – mit ihnen allen. Aber nein. Ich habe schon öfter darüber nachgedacht. Vielleicht weil wir uns am stärksten ähnlich sehen? Oder weil wir ähnlich lachen? Vielleicht auch, weil ich mit ihr einmal vom Dachboden heruntergefallen bin? Wir hielten uns an den Händen, und uns ist nichts passiert. Aber ich denke, diese Fragen sind völlig sinnlos. Das ist, als würde man sich den Kopf zerbrechen, warum man groß ist. Oder warum man Sommersprossen hat.

* * *

Zweimal trifft unser Kundschafter im Wald auf Deutsche. Echte, das jedenfalls behauptet er. Echte Deutsche. Mir wird ein bisschen schlecht, ich trete zur Seite und beuge mich hinunter, aber es gibt nichts, was ich erbrechen könnte, und ich gebe nur heisere Laute von mir und gehe dann zurück, entsetzt, dass sie es gehört haben und so tun, als hätten sie nichts gemerkt.

Wir umgehen die Deutschen, die Schlange kriecht schweigend weiter, ich weiß nicht, ob das so richtig ist, ob der Krieg auf diesem Umgehen beruht, aber ich sage nichts, weil es mir so lieber ist, weil ich die Deutschen lieber umgehe als zu kämpfen, also setze ich einen Fuß vor den anderen, schweigend, und fühle mich blöd: ein Feigling in Uniform. Genau das bin ich. Einmal, als ich mit Janek um die Wette ritt, fiel ich vom Sattel direkt auf einen Stein und war mir sicher, in meinem Körper sei etwas zerbrochen, der Schmerz brannte, doch ich dachte nur daran, dass Marta wahrscheinlich von der Straße aus gesehen hat, wie ich vom Pferd fiel, und wie peinlich das wäre.

Nach drei Tagen erreichen wir die Gegend von Bielawy, und der Kundschafter kommt mit der Nachricht: Vor uns liegt das 14. Regiment. Wir beschleunigen das Tempo, und ich spüre eine so große Enttäuschung, dass sich mein Geschmack im Mund verändert. Offenbar hatte ich die ganze Zeit die Hoffnung, wir würden so weitermarschieren, weiterkriechen, bis der Krieg zu Ende ginge, wir in Sicherheit wären und nach Hause könnten.

Das erste, was ich sehe, ist der Verbandsplatz, überfüllt mit Verletzten: Sie liegen auf Decken auf dem Boden, übereinander, ohne Arme, ohne Beine, mit verbundenem Kopf. Stille. Niemand schreit, niemand stöhnt. Sie blicken nur vor sich hin, mit großen weißen Augen.

Zwei schmutzige Burschen führen uns zu einem Zelt, wo in einem Kessel etwas blubbert, das nach Suppe riecht, aber wie Wasser mit ein paar Blättern und ein bisschen Gemüse schmeckt. Überall Soldaten, halb ohnmächtig, blutig und dreckig. Wie Puppen liegen sie im Gras und Moos verstreut. Sie schlafen oder starren vor sich hin, als könnte sie nie wieder etwas interessieren. Den gleichen Blick hatte das Schwein, dem Vater vor ein paar Monaten die Kehle durchgeschnitten hat – als es schon fast verblutet war, sah es mich genau so an. Angeblich haben sie bis Mitternacht gegen einen Trupp von Deutschen gekämpft, auf die sie zufällig gestoßen waren, obwohl einer der Jungs behauptet, ein Kampf sei das nicht gewesen.

»Sie haben von allen Seiten auf uns eingedroschen, ich bin nur ins Gebüsch gefallen und hab in einem fort das Vaterunser gebetet.«

Zwei Stunden lang sind sie geflüchtet –natürlich heißt das anders, das nennt man »sich zurückziehen«, aber Flucht ist Flucht, egal, wie schön man sie umschreibt. Bevor ich es schaffe, die Stiefel auszuziehen, gibt Major Łobza den Befehl, wir sollten uns nach Zduny Kościelne begeben. Die Befehlshaber erwarten, dass jeden Moment ein Angriff erfolgen könnte.

Auf den Feldern liegt Nebel ausgebreitet, wohin man blickt, so dicht, dass ich mir vorstelle, ich schöpfe ihn mit den Händen und esse ihn. Er müsste kühl und süß sein wie Milch, die über Nacht im Keller gestanden hat. Plötzlich hört alles auf, eine Form zu haben. Das ist angenehm, denke ich, Irka würde es gefallen. Ich weiß nicht, wohin ich gehe, und ob die anderen auch mitkommen. Na ja, manchmal hört man jemanden, aber nur leise. Unser Ziel ist der Fluss Bzura.

Bisweilen treten Konturen aus dem Nebel, hier eine Hand, da ein Fels, dort die scharfe Kante einer Eckenmütze auf einem Kopf, und je länger wir gehen, desto mehr werden es, sie verbinden sich miteinander, so dass schließlich die Welt wieder ist, wie sie war: deutlich umrissen, nass nach der Nacht, von Soldatenstiefeln niedergetrampelt.

Der Nebel hat mir besser gefallen.

* * *

Gegen Mittag kommen wir an der Bzura an, die von der Sonne funkelt, und ich würde mich am liebsten hier irgendwo hinlegen und den Rest des Lebens verschlafen. Wir sind nicht weit vom Gutshof Sobota entfernt, wie einer behauptet, dessen Vornamen ich mir nicht merken kann, ich glaube Błażej, doch das ist eine weitere Nachricht, die mir nichts sagt, obwohl sie es vielleicht sollte.

Ich bin der dümmste Soldat der Welt.

Der Nebel ist vollkommen in die Erde gesunken, keine Spur mehr; ob ich mir nicht wenigstens das Gesicht waschen könnte, denke ich, ich bin so dreckig, doch da höre ich plötzlich das Platschen von Körpern, die ins Wasser fallen, und ein scharfes Knallen vom gegenüberliegenden Ufer: Sie schießen.

Wir müssen zurück, aber ein jäher Ruck im Arm stört dabei, ich höre ein lautes Krachen in meinem Körper, als wäre unter meiner Haut ein Stück Wand eingestürzt, und gleichzeitig trifft mich etwas im Gesicht, ein Stiefel, Ellbogen oder ein Kopf. Ich falle auf die Knie, und auf den Knien erkenne ich ihre Helme, ihre Läufe im Gras, vielleicht werde ich gleich zum ersten Mal einen echten Deutschen sehen. Mein halber Körper brennt, der Arm ist am schlimmsten – ich kann die Finger nicht bewegen.

Ich knie am Ufer, die Füße im Fluss, und begreife, ich kann nicht mehr aufstehen.

Ich schreie etwas Unverständliches, schreie die Wut heraus, ich will hoch und hinüberlaufen zu dem, der geschossen hat, ihm die Kugel zurück in den Lauf drücken und ihm in die Fresse hauen, damit er zur Vernunft kommt.

Ich bin doch gerade erst hier angekommen.

Ich will nicht, jetzt noch nicht, es ist zu früh, was werden die anderen sagen, wenn sie erfahren, was für ein Soldat ich bin, was für ein Held, was für ein Nichts. Nicht mal der Krieg gelingt mir, nicht mal das Sterben, keine einzige Kugel habe ich abgeschossen. Ich kralle die Hand in ein Grasbüschel, zerre daran, dabei schlucke ich mein eigenes Blut, es ist warm und schmeckt wie die Klinge der Axt, an der Irka und ich aus Neugier geleckt haben, als wir Kinder waren.

Die Uniform ist schwer von dem, was aus mir herausläuft, was ich am Hals und am Bauch spüre. Ich laufe vollständig aus, alles leer, ich weiß nicht was, wer, wo, nur dass ich knie, weiß ich. Ich will aufstehen und kann nicht, ich hebe den Kopf, vor mir ist alles zu Streifen verschmiert, ringsum Lärm, Geheul und eine reglose Figur: ein gebeugter Junge mit Maschinengewehr. Er steht über mir und blickt mir in die Augen. Höchstens neunzehn ist er, Haare kleben auf der Stirn, auf der Wange ein dunkles Muttermal. Er kommt einen Schritt näher.

Ich schlucke Blut, woher so viel Blut? Das ist doch wohl nicht meins? Fluss, Erde, ein Stück Himmel, alles schwankt von links nach rechts, von rechts nach links, und der Schmerz im selben Rhythmus: wup-wup, wup-wup. Der Junge ist ganz nah. Als wollte er etwas. Als hätte ich. Wup-wup. Es tut so weh, dass ich heule.

Ich hebe die Hand, um ihm zu zeigen: Es ist genug, ich mache keinen Spaß, er soll zu jemand anderem gehen und mit dem machen, was er will. Der Junge reagiert nicht. Ich bemerke, er ähnelt ein wenig Wiesiek Pieczaba, hat auch große Lippen und eine Zahnlücke. Mein Kopf sinkt hinunter, obwohl ich es nicht will.

Die Erde unter mir schlürft Blut. Ich kralle die Finger meiner jetzt einzigen Hand hinein, tief, wie kriege ich bloß das Blut wieder zurück? Es ist doch mein Blut. Viel ist das, ich werde es brauchen. Wie viel von mir schon dort, in der Erde, ist, weiß ich nicht, aber ich fühle mich immer schlechter, immer schwächer, und dieses Schwanken. Den Kopf. Heben. Ich hebe ihn.

Wirklich, er sieht unserem Pieczaba sehr ähnlich. Nur jünger ist er. Ich stelle mir vor, wie ich Wiesiek von ihm erzählen werde, vielleicht wieder bei einem guten Schnaps, und vielleicht spielen wir dann wieder den *Gänserich.* Der Arm tut furchtbar weh.

Ich krieche, bisschen nach hinten, bisschen zur Seite. Nur weg von dem Lärm. Im Kopf höre ich meinen Gedanken, als wäre es gar nicht meiner: Ich hätte nicht gehen sollen. Was soll ich jetzt mit diesem Gedanken? Ich krieche, stütze das Gesicht auf einen dreckigen Stiefel. Den Stiefel von diesem Jungen, dem Deutschen, von Wiesiek Pieczaba, egal. Schwer, sich das alles zu merken. Ich erlaube mir einen Moment – nur einen Moment –, die Stirn auf diesen Stiefel zu stützen, o Gott, wie angenehm. Doch der Stiefel gleitet unter meinem Kopf weg, jäh, schnell. Ich falle auf die feuchte Erde und blicke auf.Der Junge schämt sich für das, was er wohl gleich tun wird, damit kenne ich mich aus, das nehme ich wahr. Ich flüstere etwas. Ich schlucke das Blut und denke, wir könnten uns mögen. Wir könnten uns, wenn alles vorbei ist, hier an den Fluss setzen, ich würde auf einem Grashalm spielen, denn ich kann das, und er könnte mir etwas Lustiges erzählen in seiner rauen Sprache, und ich würde es wie durch ein Wunder verstehen. Dann könnten wir lange Wanderungen machen und uns immer besser kennenlernen und verstehen, bis wir schließlich Freunde würden, vielleicht würde sich sogar herausstellen, dass er auch so eine verrückte, irritierende Schwester hat wie ich, oder dass er sich ebenfalls wünscht, dass alle ihn mögen.

Aber Krieg ist Krieg. Der Junge holt tief Luft und schießt.

Kapitel 5

Einige Bauern aus dem nahegelegenen Dorf vergraben mich zusammen mit anderen an der Bzura Getöteten, das Grab misst drei mal fünf Meter und ist ziemlich flach, vierzehn Leichen finden darin Platz. Sie werfen uns hinein, wie's kommt, schieben uns eigentlich eher mit den Füßen, schnell, aus Angst vor Ansteckung, vor Krankheiten. Ich werde also auf der Seite liegen, verdreht, die rechte Hand unter mir, ohne Stiefel, die der nervöse, schnauzbärtige Organist der hiesigen Gemeinde in letzter Sekunde an sich gerissen hat. Die Füße geschwollen, aufgeschürft. Der Mund leicht geöffnet. Der Kopf an den Rücken eines hageren deutschen Soldaten mit zerpflügtem Hals gepresst. Und so schütten sie uns zu, darüber legen sie dichte Zweige. Das war's.

Meine Eltern werden meine Leiche nie sehen.

Sie haben im Übrigen jede Menge andere Dinge im Sinn. Kurz nach meinem Tod werden sie nach Deutschland umgesiedelt, wo sie alle auf großen, fremden Feldern arbeiten, die sich unter genau demselben Himmel erstrecken, was ihnen unbegreiflich erscheint. Sie werden fest und ruhig schlafen, ohne andere Sorgen als die, jeden Tag zu arbeiten und zu überleben. Janek wird sogar etwas zunehmen. Die Zeit vergeht rasch, und die ganze Deutschland-Geschichte wird ihnen nach Jahren vorkommen wie ein seltsamer, intensiver Traum.

Nach dem Krieg kehren sie nach Kwilno zurück, in unser Haus, in dieselben und doch andere Stuben. Ein Teil der Möbel ist geblieben, ein Teil ist zerstört oder weggebracht worden. Am meisten leid tut es ihnen um die hölzerne Wanduhr, die über dem Tisch hing und die Küche mit ihrem würdevollen

Ticken erfüllte. Vater wird sie später in der Scheune finden, wütend zerhackt von jemandem, der schnell von hier verschwinden musste.

Seit der Rückkehr schläft Irka in meinem Bett, streicht in der Dunkelheit mit der Hand darüber, sucht Unebenheiten und Einbuchtungen – Erinnerungen an mich; aber die Ergebnisse dieser Suche sind traurig und enttäuschend, also hört sie bald damit auf.

Vater lässt mich auf eine Vermisstenliste des Polnischen Roten Kreuzes setzen, hört zusammen mit Mutter viele Jahre lang eine Sendung im Ersten Programm des Polnischen Radios, in Erwartung des Namens Tadeusz Markiewicz, der kein einziges Mal fällt. Irka sagt immer wieder: Ich lebe sicher noch, liege nur irgendwo, lecke meine Wunden, komme aber irgendwann zurück, und alles wird wie früher.

Sie lernt einen Mann kennen, der wie unser älterer Bruder Janek heißt, und wundert sich, dass man für einen anderen Menschen so etwas empfinden kann; bisher dachte sie, nur ein dummer Luftikus verliebt sich – sie nicht. Während der Trauung in der Kirche ist Janek so aufgeregt, dass er fast ohnmächtig wird und man ihn festhalten muss.

Meine Schwester legt unseren Familiennamen ab und wird zu Irena Małecka, zu einer erwachsenen, verheirateten Frau, womit sie früher eigentlich nicht gerechnet hat. Janek sieht gut aus, ist still, arbeitet gern und kommt aus Piołunowo. Angeblich hätte ich ihn sehr gemocht.

»Wenn Tadek leben würde – der hätte gut zu Janek gepasst«, sagen sie.

Der Krieg wird schließlich zu etwas, das vorbei ist, und ich bin nur noch ein trauriges Thema, das man eher meidet. Nur einmal verkündet Irka entnervt und wütend beim sonntäglichen

Mittagessen plötzlich, irgendwann zwischen Suppe und Kartoffeln russische Art, zwischen den Themen Ernte und Predigt:

»Als er in Kwilno war, hätten wir ihn abhalten müssen, wir wussten alle, dass er kein zweites Mal zurückkommt.«

Die anderen schweigen, das Besteck klackt gegen die Teller, jemand räuspert sich, ein Stuhl knirscht auf dem Boden, so klingt das letzte Familiengespräch über mich, Tadeusz Markiewicz. Später nur noch Anekdoten beim Wodka: So war er, dies hat er gemacht, das hat er gemacht. Vieles davon stimmt gar nicht.

Jadzia heiratet Wogólan, Mietek, allein bis zum Ende seines Lebens, wird Architekt, Janek bleibt auf dem Hof. Irka bewahrt mein Tagebuch auf und schreibt im März 1940 schon den dritten Spruch hinein:

Wenn das Schicksal dir zusetzt, und du stehst an der Wand,
Schreib das Gute auf Marmor und das Schlechte auf Sand.

Doch damit hört sie nicht auf, es folgen weitere Jahre mit Freuden, Ernten, Sorgen, es kommen neue Krankheiten, Hochzeiten, die Geburten ihrer drei Kinder, und sie schaut weiterhin in das Tagebuch und schreibt Aphorismen und Gedichte hinein. Einmal nennt sie mich »ihren Schwarm« und unterschreibt selbst mit »dein Schwarm Irka«, manchmal korrigiert sie frühere Einträge; den letzten macht sie 1983, vierundvierzig Jahre nach meinem Tod an der Bzura.

* * *

Meine Marta heiratet Stanisław Madajczyk und ist nicht mehr meine Marta. Es kommt vor, dass sie an mich denkt, dass sie unsere kurze Geschichte ihren Freundinnen erzählt, die nicht so viel Glück oder Unglück hatten, einen Burschen zu treffen, der bald darauf im

Krieg getötet wurde. Das Leben ist eben etwas, das sich nicht anhalten lässt, und ich – angehalten an einem bestimmten Ort in einem bestimmten Moment – entferne mich daher immer mehr von allem. Marta erinnert sich immer seltener an mich; bisweilen, tief in ihren eigenen Dingen versunken, ist sie sich nicht mehr sicher, ob es mich wirklich gab.

Irka hat acht Enkel und erlebt ein hohes Alter in Skibin, drei Kilometer von unserem Kwilno entfernt. Sie fährt nie weiter als eine Autostunde von ihrem Zuhause weg. Sie sieht keine Berge und hört kein Meer rauschen. Nach dem Tod ihres Mannes lebt sie viele Jahre allein, mit ihren Erinnerungen, ihren Fotos und dem weißen Hündchen, das sie Bezo nennt. Vor dem Haus hat sie einen kleinen, grasbewachsenen Hof, dahinter die Ruine eines Schweinestalls, fast vollkommen von zwei großen Fliederbüschen verdeckt, die während der Blüte das Haus mit einem starken Duft erfüllen. Eine Enkelin, die nicht weit weg wohnt, bringt ihr aus der Bibliothek in Radziejów ganze Taschen voller Bücher, Liebesromane, und die Figuren aus diesen Romanzen sind es, die meiner alten, runzligen, aber weiterhin fröhlichen und schönen Schwester in ihrem Alltag Gesellschaft leisten.

* * *

Genau so sollte sich das alles abspielen.

Doch es kommt anders.

Ein Zittern.

Schmerz.

Sandkörner auf den Lippen.

Was ist mit dieser Zukunft, die ich gesehen habe? So sollte es schließlich kommen, so wäre es gewesen, doch etwas zittert, bebt, oben wird mit unten vertauscht oder vielleicht rechts mit links, ich weiß es nicht, ich weiß nur, es ändert sich etwas, und diese Zukunft tritt nie ein, und statt zu sterben, lebe ich.

Es ist September 1939, noch ist nichts weitergegangen außer der einen Sache: Die Schlacht an der Bzura ist beendet, ringsum liegen Leichen, und die Deutschen sind schon weg, verschwunden.

Ich bin da. Der halbe Körper im Wasser, das Gesicht unter einer Maske aus geronnenem Blut, im Mund Sand. Ich öffne die Augen und tue einen flachen, heiseren Atemzug.

Alles wird anders kommen.

Kapitel 6

Der halbe Kopf mit Schorf bedeckt, unter dem Schorf das bekannte: wup-wup, wup-wup, wup-wup. Heiß, feucht. Blut. Der Fluss plätschert, irgendwo im Gras zirpt eine Heuschrecke. Wup-wup, wup-wup, wup-wup. Ich atme.

Ich habe Sand im Mund und einen riesigen Kopf. Ich habe weiterhin zwei Hände, doch die rechte fühlt sich an wie ins Feuer geworfen. Ich bewege die Finger, die ich vor mir sehe: einen, zwei, wup-wup.

Wie es sein kann, dass ich lebe, weiß ich nicht. Ich gäbe alles in der Welt dafür, jetzt unter einem dicken Federbett zu liegen, unter zwei, drei Federbetten – sollen sich die anderen doch ermorden, erschießen, ich liege im Bett und Schluss.

Aber ich liege nicht im Bett.

Es ist heiß. Ich hebe den Kopf, löse die Wange von der Erde, das ist sehr anstrengend, aber immerhin sehe ich etwas. Schilf, grauer Stein, Ufer. Auf dem Fluss zittern Splitter fein gehackter Sonne. Ein Körper, zwei, sechs, neun, ich werde nicht weiterzählen.

Die Schlacht ist offenbar vorbei. Alle sind entweder umgekommen oder leben woanders weiter, an anderen Orten, nur ich bin hiergeblieben. Nur ich bin nicht richtig totzukriegen.

* * *

Na gut, eins, zwei, drei. Ich stütze mich auf den linken Arm, bohre den Ellbogen in die weiche Erde, schramme mit dem Bauch über kleine Steinchen und krieche langsam, ungeschickt, vom Wasser weg. Der Schmerz, plötzlich erwacht, beißt sich von innen in mich hinein. Das Gras schaukelt immer mehr, mein Kopf fliegt zur Seite, die Wolken gleiten weg, ich erbreche. Laut und trocken. Mein Körper tut so weh, dass ich ihn am liebsten abwerfen möchte.

Wup-wup.

Irgendwie bin ich herausgekrochen. Ich atme schwer. In den Stiefeln Nässe und Kälte. Ein Stück weiter – einer von uns, das Gesicht nach unten, ich sehe nicht nach, wer es ist. Für einen Moment schließe ich die Augen. Immer noch Plätschern, immer noch die Heuschrecke, die Sonne. Ich bewege mich ganz langsam, fast gar nicht. Lange liege ich reglos da und betrachte meinen schmalen Schatten. Das Herz verteilt das bekannte wup-wup im Körper.

Ich heiße Tadeusz Markiewicz und bin der schlechteste Soldat der Welt, und zu allem Überfluss bin ich nicht totzukriegen.

* * *

Den Rest des Tages liege ich in der Sonne, im Geruch von Gras, dösend. Ich esse ein paar Blätter Sauerampfer, erbreche, esse noch ein paar und erbreche nicht mehr. In der Nacht bin ich die Schlange.

Ich krieche durch die leeren Wälder und halte in den Baumkronen Ausschau nach dem großen Saturnin. Es ist Tag, Nacht, alles zusammen. Mein Kopf ist schwer, im Körper der Rhythmus wup-wup, wup-wup, wie vorher. Ich esse ein Kaninchen und ein paar rote Eichhörnchen. Ich reibe mich an Bäumen und von der Sonne erwärmten großen Steinen. Schließlich treffe ich auf Deutsche. Es sind mehrere Dutzend, um ein Lagerfeuer versammelt, und ich fresse sie zusammen mit diesem Lagerfeuer, zusammen mit den Decken, auf denen sie bequem sitzen und Witze machen.

Ich komme nach Kwilno. Die Häuser, Felder, Bäume und der Teich, an dem ich für 1950 mit meiner Schwester verabredet bin, sind nicht mehr da. Jemand hat das alles zerfetzt und weggebracht, übrig ist eine große, breite Vertiefung voll von roher, blutiger Erde. Ich krieche hinein und beschließe, dass ich dort bleiben werde, da berührt jemand meinen Kopf, einmal, zweimal, dreimal, ich bin nicht mehr die Schlange, ich bin Tadeusz Markiewicz, der nicht totzukriegen ist, ich liege an der Bzura, und vom Himmel fällt Regen.

* * *

Kurz nachdem der Regen aufgehört hat, stehe ich zum ersten Mal auf. Es dauert so lange, dass ich zeitweise vergesse, was ich eigentlich tun will. Ich halte mich an einem mickrigen Strauch fest und sehe mich nach einem Stock um, auf den ich mich stützen könnte. Nirgends ist so ein Stock.

Ein Schritt, zwei, drei. Meine Hand brennt. Schließlich erreiche ich ein Bäumchen, das ich richtig umfassen kann, und das tue ich. Irgendwo in der Ferne fließt die Sonne rot in die Erde, der Wald flüstert, kichert, weiß, dass ich nicht von hier wegkomme. Ich blicke zurück, um zu sehen, wie weit ich es in diesem halben Tag geschafft habe, seit ich im Wasser aufgewacht bin. Etwa zehn Meter. Zehn. Die kann man mit drei Sprüngen schaffen: eins, zwei, drei. Und ich brauche einen halben Tag, unter Qualen, den Körper plagend, mich selbst plagend: zehn Meter. Vor Lachen bebe ich am ganzen Leib. In Wellen explodiert dieses Lachen in mir, wie alles andere: ha-ha, ha-ha, ha-ha. Und plötzlich bricht das Bäumchen, das ich umfasse, und ich stürze mit meinem brennenden Körper auf die Erde und falle vor Schmerz in Ohnmacht.

* * *

Am nächsten Tag mache ich 372 Schritte, beim 214. Schritt falle ich hin. Vielleicht lohnt es sich nicht mehr aufzustehen, denke ich.

Ich lege den Kopf auf kleine Hölzchen, sie stechen ein wenig, aber trotzdem ist es angenehm, also bleibe ich liegen.

Doch vielleicht kommt, wenn ich mich nicht bewege, die Zukunft, die ich im Traum gesehen habe? Vielleicht wird Irka dann auf meinem Bett liegen und nach Spuren ihres Bruders suchen, der im Krieg umgekommen ist, und vielleicht wird sie noch in vierundvierzig Jahren Einträge in mein Tagebuch schreiben? Vielleicht muss ich ständig in Bewegung sein, weil sich nur so das Schicksal der Familie Markiewicz abwenden lässt, das ich gesehen habe?

Und so stehe ich schließlich auf.

Erst nach 372 Schritten halte ich an, es ist schon fast dunkel, unterwegs habe ich eine Handvoll Beeren gegessen und in die Hose gepisst. Ich schlafe im Gras, Mücken stechen mich, der Bauch tut weh.

Am dritten Tag hebe ich die rechte Hand so weit, dass ich mit den Fingern an den Gürtel fassen kann. Ich überwinde mich, einen Regenwurm zu essen und wieder ein paar Beeren. Ich bin nicht totzukriegen, also gehe ich geradeaus vor mich hin, ohne mich zu verstecken, ich habe nicht mehr die Absicht, mich zu verstecken, vor niemandem. Wenn ich hartnäckig bleibe, komme ich irgendwann nach Kwilno, und dann wird mich nie mehr jemand zwingen, dass ich fortgehe.

Am fünften Tag esse ich nichts. Die Hand tut weniger weh, ich gehe schneller, vorbei an Bienenständen, an Dörfern, die sich zum Wald hin ausdehnen; ich treffe auf ein paar Rehe, die bei meinem Anblick graziös auseinanderstieben.

Am sechsten Tag, gebückt auf der Suche nach Brombeeren, sehe ich zwei Deutsche. Sie sind sehr nahe und unterhalten sich, einer pisst, der zweite ist gerade fertig, beide gutaussehend, in sauberen Uniformen. Aus der Ferne höre ich eine Melodie. Ich weiß, dass ich es nicht schaffe, mich zurückzuziehen, noch ein Moment, und der eine, seitlich stehende, wird mich bemerken.

Ich gehe näher heran, gebe mir keine Mühe, mich anzuschleichen, ich mache keine überflüssigen Bewegungen, nur die nötigsten. Der seitlich stehende Mann bemerkt mich – ich sehe, dass er ein dunkles Muttermal auf der Wange hat, wie der Ofensetzer Stachu, zu dem ich mit Vater einmal gefahren bin; da dreht der zweite sich um, wir sind uns so nahe, dass ich seine verschwitzte Haut rieche, und das ist der Augenblick, in dem ich nicht weiß, was weiter passieren wird – vielleicht werde ich mich nicht rühren, oder vielleicht tue ich etwas, an das ich gar nicht denken will. Ich bewege mich, bevor ich darüber nachdenke.

Schnell nehme ich ihm das Messer aus der ledernen Scheide am Gürtel und stoße ihm die Schneide in den Hals, tief. Mein Gesicht ist so nahe an seinem, als wollten wir uns gleich küssen. Der Deutsche hat große blaue Augen und ist ein echter Mensch. Einen Moment lang begreife ich das nicht, dann bereue ich die Bewegung, die ich gemacht habe, die mein dummer, dummer, dummer Körper gemacht hat – jetzt, in diesem Augenblick wäre es mir wirklich lieber, er hätte mir das Messer in den Hals gestoßen.

Der Zweite springt mich an. Er zerrt an der Pistole, bekommt sie nicht raus, ist genauso erschrocken wie ich. Und ich tue nichts. Ich winde mich unter ihm, schließe die Augen, möge alles schnell vorbei sein. Das Messer, das ich immer noch in der Hand halte, wird vom steifen Stoff der Jacke gestoppt, dann durchsticht es ihn plötzlich und dringt weich in den Körper ein. Der Mann ist heiß und ergießt sich im Rhythmus seines erschrockenen deutschen Herzens über mich: wup-wup, wup-wup, wup-wup.

»Entschuldigung, Jesus Maria, Entschuldigung«, flüstere ich, doch er röchelt mir ins Ohr und versucht sich abzustoßen, versucht von mir herunterzurutschen, aber es gelingt ihm nicht. Ich weiß nicht, wann ich zu weinen begonnen habe, ich weiß nicht, wie lange wir so daliegen.

Die Geräusche vom Lager kommen in Wellen: Lachen, Rufen, Gesang. Schließlich schäle ich mich mit Mühe unter dem Deutschen heraus, völlig nass und glitschig. Ich übergebe mich. Trocken, nichts drin. Neben diesen zwei Körpern. Ich werde nie wieder der Mensch sein, der dies nicht getan hat.

Ich stehe über dem ersten, dem mit den blauen Augen. Er hatte einen Namen. Ich lege ihn richtig hin, damit die Beine nicht so verstreut aussehen; unter der aufgeknöpften Uniform guckt echte Haut hervor, weiß mit dunklen Haaren, die sich auf der Brust kräuseln, als hätte jemand sie angebrannt.

Ich bin ein dummer, abscheulicher Mensch.

Vorsichtig lege ich den Körper des anderen hin, dann werfe ich das Messer weit ins Gebüsch. Nie mehr, nie, nie mehr. In der Hocke streiche ich mit der Hand über den glatten, steifen Stoff der deutschen Uniform. Ich richte mich auf, atme tief durch. Dumm, abscheulich.

Ich gehe weiter.

TEIL V

Kapitel 1

Mir ist schlecht von den Worten, die ich vor Mutter wiederhole, während sie mich unterbricht, nachfragt, wissen will, ob wir wirklich über all das gesprochen haben. Aber das war kein Gespräch, wie es kein Gespräch ist, wenn jemand neben dir ausblutet.

Ich denke, Großvater hat mir in meinem ganzen Leben noch nicht so viel erzählt wie heute im Auto. Jetzt liegt er in seinem Bett, ein dunkler Fleck in den Falten des Lakens, in den Schlaf gedrückt von der Müdigkeit der letzten zwei Tage, von denen wir nichts wissen. Vorher, nachdem er mit offenem Mund erloschen ist, nach Vanille-Duschgel riechend, hat er eingewilligt, zwei kleine Brote zu essen und ein Glas Saft zu trinken.

Heute habe ich ihn zum ersten Mal nackt gesehen, ohne die kleinste Zutat, die nicht er wäre. Jeder sieht in diesem Zustand anders aus – lächerlicher oder schrecklicher. Die Haut, die Nägel, die Haare und all die Details, die in ihrer hässlichen Einfachheit sichtbar sind, fügen sich zu einem krassen Beweis für die Nichtexistenz Gottes: teigige Narben, der Penis wie eine tote Larve und überall das zitternde Geschlabber des zerfallenden Körpers.

Großvater hat auch Sommersprossen. Nicht viele, nur ein paar am Bauch und an den Armen, ein bisschen mehr auf dem Rücken, im Gesicht fast keine, im Übrigen gehen fast alle in der braungebrannten Haut unter und sind kaum zu sehen; solche sollte ich auch haben.

Vorhin schob ich die mit blassen Wasserspuren bedeckte Tür der Duschkabine zur Seite.

»Soll ich dir helfen oder kommst du allein rein?«

Er war so müde, dass er kaum stehen konnte, doch in seinen Augen sah ich nur Scham. Ich ließ das Wasser laufen, wartete, bis es warm wurde und half ihm hinein.

»Ich mach das schnell, bleib einfach stehen.«

Gesicht, Hals, Hände, bedeckt von einer Kruste aus getrocknetem Schlamm. Als ich mit dem Schwamm zwischen die Beine ging, versuchte ich, irgendwas zu sagen und mich zu benehmen, als würde das alles keinen Eindruck auf mich machen, als würde ich mehrmals am Tag verschiedene Großväter im Schritt waschen.

Jetzt schläft er, vielleicht kriecht er durch ein nur ihm bekanntes Reich, und ich sitze mit Mutter in der Küche, die nach all den Sätzen lechzt, die ich gehört habe und zu wiederholen versuche.

Ich lasse einen Wasserstrahl in den Kocher, der durchsichtige Hebel leuchtet blau, und langsam schwillt das angenehme Geknatter an, das bei mir immer positive Assoziationen weckt.

»Ich wusste nicht, dass Großvater noch eine Schwester hatte.«

Mutter steht auf, nimmt aus dem Schränkchen über der Spüle eine gelbe Metalldose mit einem verblassten Kamel, um zwei Teebeutel herauszuholen, legt sie vor mir auf den Tisch, kehrt auf ihren Platz zurück und sagt:

»Ich habe sie nicht gekannt, sie hieß Irka. Im Krieg sind solche Dinge fast in jeder Familie passiert, ich weiß nichts Genaues, mein Vater hat dieses Thema nicht ertragen.«

Ich höre zu, was sie erzählt, fische das Wichtige aus dem Schlamm der Silben, mit dem Mutter alles beklebt, was sie sagt. Sie behauptet, Großvater reagiere auf jede Erwähnung dieser Schwester, als würde man ihn mit heißem Wasser verbrühen: Er springt auf, fuchtelt mit den Armen und brüllt. Es ist vorgekommen, dass er mit den Fäusten gegen die Wand schlug und irgendwelche Gegenstände warf, oder dass er weglief, um dann in der Scheune zu sitzen und vor sich hinzustarren. Schließlich hörten sie auf, über sie zu sprechen, sich an sie zu erinnern, vielleicht weil er es nicht ertrug, vielleicht auch, weil man über solche Irkas, die es einmal gegeben hat und dann nicht mehr gibt, immer irgendwann zu sprechen aufhört.

»Ich selbst hab von ihr, das heißt, dass er außer Jadzia noch eine Schwester hatte, erst erfahren, als ich schon erwachsen war, weißt du, zufällig, und ich weiß gar nicht so recht, was eigentlich mit ihr los war, weil, verstehst du, Satek, Opa kann man ja nicht fragen, und die anderen, die was gewusst haben könnten, verstehst du, die leben ja nicht mehr.«

Am Abend rufe ich die Polizei an, erkläre, ja, er ist zurück, entschuldigen Sie vielmals; dann Vater, hallo, ja, ja, er hat sich wiedergefunden, mein verloren gegangener Opa, ich versuche, witzig zu sein, überlege, ob er jetzt etwas Witziges hören möchte, denn falls nicht – ich kann so sein, wie er es gerade braucht, diese Fähigkeit habe ich, das hab ich ja mein Leben lang geübt.

»Dann komme ich vielleicht vorbei?«, tönt es aus dem Hörer, ich weiß nicht, ob laut genug, dass Mutter es hören könnte, intuitiv drehe ich ihr den Rücken zu. Das ist allein mein Ding.

»Ja, ja, klar. Das wäre schön.«

Ich beende das Gespräch. Mutter weiß es schon, und ich weiß, dass sie es weiß. Trotzdem muss man das offiziell machen, damit alles stimmt, damit wir beide gut damit leben können.

»Papa kommt. Okay?«

Sie lächelt, als würde jemand an die Stellen im Gehirn drücken, die für die entsprechenden Muskeln im Gesicht zuständig sind, alle anderen werden nicht tangiert.

»Na klar. Okay.«

* * *

Papa hat sich nie für die Wettkämpfe interessiert, an denen ich teilnahm. Mit gespielter Gleichgültigkeit berichtete ich ihm davon und wartete auf den Augenblick, da der Rang eines Turniers oder mein hochgestecktes Resultat endlich seine Aufmerksamkeit auf sich ziehen würden, denn dass das irgendwann passieren würde, bezweifelte ich nicht. Gleichzeitig betrachtete ich alles, was ich erreichte, als selbstverständlich; denn genauso betrachtete er es.

Nach mehr als einem Dutzend Wettkämpfen, bei denen ich in der Regel die Gegner plattmachte, kam der Moment, an den ich schon seit einiger Zeit dachte – der Moment, da ich in meiner etwas schiefen Schrift mit den bauchigen Buchstaben in den blauen Kalender eintragen konnte: »Meisterschaft der polnischen Junioren.«

Ich fuhr nach Wyszków, zusammen mit Herrn Koligot, der die ganze Zeit süße Brötchen mit Cremefüllung aß und das Steuer nur mit einer Hand hielt, manchmal auch mit dem Schenkel, wodurch er mir noch toller vorkam als bisher. Während ich das rechte Bein im Rhythmus der Radiohits bewegte, versuchte ich mir vorzustellen, wie ich mich diesmal in Shorts und einem T-Shirt mit Ärmeln bis zum Ellbogen fühlen würde. Ich war ein entschiedener Anhänger von langen Hosen und auch im Sommer immer bemüht, nicht auf ein langärmliges Hemd zu verzichten, wodurch ich die Zahl der auf meinem Körper sichtbaren Sommersprossen reduzieren konnte – eine Zahl, die in direkter Verbindung zu meinem Selbstwertgefühl stand.

Es war Mai, der Frühling hatte sich überall breitgemacht, im Saal war es eng und stickig. In der Mitte ein Podest, der Ständer für die Kniebeugen und die Bank, daneben zwei Tische, wahrscheinlich aus den Unterrichtsräumen, eine Miniaturtribüne und eine Flagge an der Wand, ein bisschen schief. Keine Kameras, keine große Menschenmenge, keine Scheinwerfer. Eine normale Turnhalle, durch die die Teilnehmer streunten und sich gegenseitig böse Blicke zuwarfen – anscheinend glaubten sie, auf diese Art und Weise könnten sie sich psychologisch einen besseren Start sichern. Ich sah sie mir nacheinander an: Keiner außer mir hatte Sommersprossen.

Herr Koligot half mir, mich in das Trikot zu quetschen, das meine Haut umspannte wie eine zweite, engere Haut. Ich blickte in den schmalen Spiegel an der blauen Tür zum Zimmer der Trainer: Unterarme, Hals, blasse Beine.

Ich war mit diesen scheiß Sommersprossen übersät.

Ein Küken, eingesperrt in einem Käfig mit hungrigen Raubtieren. Ich hatte Lust aufzugeben, in Tränen auszubrechen dort, unter all den anderen, und es hätte wohl nicht viel gefehlt, und das wäre passiert. In einer Ecke des Saals wärmte ich mich auf. Knie, Ellbogen, Schultern und Sprunggelenke. Mit jeder Bewegung leerte sich mein Kopf, alle unnötigen Gedanken verschwanden. Mein Körper war eine Waffe, die auf jeden dieser selbstsicheren Burschen zielte, die nach dem Verlassen der Turnhalle ihr eigenes Leben hatten, voll schöner, freudiger Momente, vielleicht würden sie sich noch am selben Abend mit ihren Mädchen treffen, würden sie womöglich küssen oder sogar mehr, und vor dem Einschlafen denken: »Mensch, das war ein guter Tag. Alles in allem bin ich glücklich.«

Ich hüpfte in dem kleinen Raum herum wie Mike Tyson vor dem Gong, der den Beginn der ersten Runde ankündigt. Ein hochgewachsener Blonder lachte über etwas, das ihm sein Kollege im grünen Trikot erzählte. Als ich an der Reihe war, machte ich beim Kniebeugen drei Versuche. Mein Ergebnis war um vierzig Kilogramm besser als das des Besten. Ich war eine Bestie – *sie* waren im Käfig mit mir eingesperrt, nicht ich mit ihnen. Ich spürte die Blicke aller auf mich gerichtet. Als ich von den Ständern wegtrat, blieb ich vor der Gruppe meiner Rivalen stehen, betrachtete sie lange und versuchte, mir ihre Gesichter einzuprägen.

***

Ich war eine Walze, eine Atombombe, ein Drache, und ich hatte sie alle mit-samt den Knochen verschlungen. Als ich den Saal verließ, sah ich niemanden an. Ich ging an der Tafel vorbei und hob nicht einmal den Blick. Darauf stand mein Ergebnis, angesichts dessen alle anderen eine traurige Lachnummer waren. Einer der Organisatoren klopfte mir kräftig auf den Nacken und nannte mich mit lauter Stimme »unseren Goldjungen«. In der Toilette weinte ich, so leise wie möglich.

Herr Koligot nahm mich mit bis Radziejów, wo ich in den Bus stieg. Ich sah mich um und suchte in den Gesichtern der Passagiere nach Zeichen, dass sie wüssten, wer ich plötzlich geworden war. Ein Platz an der beschlagenen Fensterscheibe und lose Fäden, die vom Sitz abstanden wie ein Zweitagebart. Außer mir zehn bis zwölf Leute. Ich hatte eine Medaille und eine Urkunde, in den Knien Nägel und Splitter von Rasierklingen.

Von der Haltestelle aus ging ich direkt nach Skibin, zu dem Haus am Dorfrand, wo mein Vater wohnte, seit Großvaters Tod nur noch mit Großmutter. Ich schrie schon an der Tür:

»Ich bin polnischer Meister!«

Die Küche war erfüllt von Gerüchen und von Großmutter. Sie begrüßte mich mit ihrer typischen Geste, indem sie die Hand hob, als wäre es eine zufällige Bewegung, als würde diese Hand von selbst nach oben schießen beim Anblick eines unerwarteten Gastes.

Knoblauch. Fett. Fleisch. Das Zischen in der Pfanne. Ich küsste Oma auf die Wange, stürzte ins Zimmer und wiederholte, leiser, weil ich ihn schon sah, ich, der Drache, der Bezwinger der anderen:

»Ich bin polnischer Meister!«

Vater saß vor dem Fernseher und schaute sich *Tanz mit den Stars* an. Er trug die weite graue Hose mit dem schwarzen Gürtel, von der ich wusste, dass er oft darin schläft. Neben ihm ein Teepott und ein Tellerchen mit Krümeln.

Er nickte.

»Mhmm. Super.«

Den Kopf wandte er mir nicht zu.

Ich stand im Zentrum des Weltalls, das sich plötzlich zu drehen aufhörte, all die Planeten, Galaxien, Kometen und schwarzen Löcher, all das erstarrte plötzlich. Was jetzt? Sicher gab es eine Sequenz von Bewegungen und Worten, die diesen Augenblick meinen Träumen von diesem Augenblick hätten annähern können – es musste sie geben. Aber ich kannte sie nicht.

Mit der Medaille in der Hand stand ich da und hörte zu, wie die Jurymitglieder witzig zu sein versuchten, während sie dem Tanzpaar Noten gaben. Irgendwo tief in meinem Innern machte ein müder Hausmeister die Runde und schaltete nach und nach alle Körperteile aus.

Ich hatte die polnische Meisterschaft gewonnen. Mehr gab es nicht.

Knips, knips, knips ging ein Licht nach dem anderen in mir aus. Ich hielt Vater die Medaille vor die Nase. Ich war in etwas der Beste, der Beste in ganz Polen. Vater schaute kurz auf die Medaille, lächelte flüchtig und richtete den Blick wieder auf den Bildschirm.

»Setz dich, setz dich, gleich kommt die Schauspielerin aus der *Wspólna-Straße*.«

* * *

Vater steigt aus dem Auto, und anhand seiner Kleidung und des Zweitagebartes, anhand seiner ersten Schritte schätze ich als gründlicher Kenner seiner Gewohnheiten sein Befinden an diesem Tag auf fünf von zehn Punkten auf der Skala.

Die Skala habe ich schon vor langem aufgestellt: Eins bedeutet, dass er reglos auf dem Bett liegt, das Gesicht nach unten, zehn bedeutet, dass er – unbedingt lachend – mutige Pläne für die Zukunft schmiedet, dazwischen ist eben dazwischen, das heißt, im Grunde genommen alles. Der günstigste Zustand scheint mir sieben zu sein, maximal acht, dann ist es am wahrscheinlichsten, dass ich während des Gesprächs vergesse, dass es überhaupt eine Skala gibt – und einen Grund, warum ich sie entworfen habe. Alles, was näher an der Eins und näher an der Zehn ist, kann trügerisch sein.

»Hallo«, sagt er und gibt mir die Hand.

Ich drücke sie und umarme ihn schnell, mit einem Schulterklopfen.

»Ist Mama da?«

»Uhm.«

Sie begrüßen sich von weitem, hallo, Hania, hi, schön, dass du da bist, ja, Satek hat angerufen. Scheiße, ich hätte Lust, dieses ganze Haus mitsamt den beiden in die Hand zu nehmen, im Kreis zu drehen und etwas Authentisches herauszupressen.

Wir gehen alle zu Großvater, schauen ihn an wie ein Exponat, murmeln etwas vor uns hin, lächeln verlegen, es fallen Sätze, die vollkommen sinnfrei sind.

»Er schläft.«

»Ja, er ist müde.«

»Lassen wir ihn schlafen.«

»Er sieht ganz ruhig aus.«

»Ja, stimmt.«

Zurück in der Küche, als wir am Tisch sitzen und keiner von uns ein neues Thema anschneidet, weil das aussehen würde, als wollte man die peinliche Stille unterbrechen, stelle ich mir vor, dass wir jetzt von außen wie eine Familie aussehen müssen. Meine Rettung ist das Smartphone, mein Facebook-Konto, ich wische mit dem Finger über das Leben meiner Freunde mit einem Gesichtsausdruck, als würde ich mindestens eine notarielle Urkunde lesen. Nach einer Serie von Räusperlauten und Gesten, nachdem sie ungefähr 127 Mal geschluckt haben, geben Mutter und Vater sich geschlagen.

Sie:

»Ich glaube, ich mache Tee, wollt ihr auch?«

Er:

»Ja, ja, gerne.«

Also trinken wir Tee, es ist gewöhnlicher schwarzer Tee, wahrscheinlich Lipton, und ich denke mir, ich werde endlich etwas sagen, ich werde Papa ansehen und in aller Ruhe eines der Themen ansprechen, die ich bisher nur im stillen Kämmerlein meines Kopfes angesprochen habe, und vielleicht hätte ich das wirklich getan, hätte nicht plötzlich Großvater geschrien.

Kapitel 2

Mutter am Bett, na, ist ja schon gut, das sind nur schlechte Träume. Vater und ich ein Stück weiter, wir versuchen, so leise wie möglich zu sein, so wenig wie möglich, weil wir uns ein bisschen schämen, so sollten wir überhaupt heißen: Familie Scham, die Schams.

Großvaters Hand in Mutters Hand, sein Fuß guckt unter der alten Decke hervor, dazwischen er, wie er leibt und lebt, der Mann, der zweimal in denselben Krieg zog, der nie ausruht, der sich einen Namen für mich ausgedacht hat und nicht imstande war, die Nutrias zu erschlagen, um ihre Pelze zu bekommen. Er leckt sich die Lippen und blinzelt.

»Bin ich schon zu Hause?«

Er richtet den Blick auf mich, und ich, Saturnin Scham, dreißig Jahre alt, Handelsvertreter und ehemaliger Meister der Junioren im Kraftdreikampf, nicke. Ich versuche, nicht daran zu denken, wie wahrscheinlich es ist, dass ich, der ich jetzt hier stehe, eines Tages nicht in der Lage sein werde, mich zu erinnern, was ich einen Moment zuvor gemacht habe. Inzwischen schließt Großvater die Augen und verdeckt das Gesicht mit dem Unterarm, dann dreht er sich auf den Bauch und sagt zum Kissen:

»Da stimmt was nicht, etwas stimmt nicht.«

Mutter streichelt ihn, langsam, von der Stirn bis zum Hinterkopf, in der speziellen Art, die bisher für mich reserviert war, und dann sagen wir alle etwas, die ganze Familie Scham, vorneweg Großvater.

»Hania, ich habe schreckliche Dinge getan in meinem Leben, schreckliche Dinge.«

»Papa, red keinen Unsinn.«

»Was für schreckliche Dinge?«

»Ihr solltet mich in Ruhe lassen. Euch gar nicht um mich kümmern.«

»Sag so was nicht, Papa.«

»Schlaf dich aus, Opa, du bist total müde.«

»Willst du vielleicht Tee? Wir trinken welchen.«

»Ich sollte an den Teich gehen.«

»An welchen Teich denn?«

»Papa, in Kwilno gibt es schon lange keinen Teich mehr.«

»Es ist wichtig.«

»Genau … Warum warst du eigentlich dort … an der Bzura?«

»Witold! Lass ihn doch in Ruhe!«

»Ihr versteht ja nichts.«

»Schlaf jetzt.«

»Satek?«

»Ja, was ist?«

»Kommst du mit?«

»Du gehst vorläufig nirgendwohin, Papa.«

»Ich komme mit, Opa. Aber nicht jetzt, in Ordnung? Schlaf jetzt noch ein bisschen.«

»Ihr seid alle gleich.«

»Reg dich nicht auf.«

»Wir reden später, jetzt ruh dich aus, Papa.«

»Ihr versteht einfach nichts.«

Ich weiß nicht, wie viele solche Sätze vergehen, ich glaube, viele, wir reden und reden, obwohl das alles nichts sagt, und endlich schließt Großvater die Augen, wird ganz schlaff unter der Schicht der dünnen dunklen Haut, und wir gehen in die Küche zurück.

* * *

Kurz nach dieser Polnischen Meisterschaft nahm ich an einem unbedeutenden regionalen Wettkampf teil, und eben dort, während des Bankdrückens, in der Endphase der Bewegung, vielleicht zwei Sekunden nach dem Kommando, die Stange von der Brust nach oben zu stemmen, und kurz vor dem Kommando, sie auf dem Ständer abzulegen, schnalzte mein falsch operierter Ellbogen wie eine Plastikgabel.

Als ich aus dem Krankenhaus trat, zählte ich die Schritte, überzeugt, dass gleich etwas passieren werde, etwas passieren müsse. Drei Stunden zuvor war ich eine schweigende, pulsierende Bombe auf der Bank gewesen, jetzt hatte ich den Arm im Gips und im Kopf ein Vakuum, wohin ich meine Gedanken auch richtete. Zu Hause kickte ich mit voller Kraft gegen die Liege, so heftig, dass Mutter kam. Ich konnte die halbe Nacht nicht schlafen.

Danach war einfach nichts. Morgens wachte ich auf und wusste, dass ich an diesem Tag nicht trainieren würde. Auch am folgenden nicht. Und nicht am darauffolgenden. Keine Anspannung, Anstrengung, kein Adrenalin, nur Stillstand. Manchmal ging ich in die Scheune und bewegte die Stange mit dem Fuß ein Stück in die eine oder andere Richtung. Physiotherapie einmal die Woche in Radziejów, Übungen täglich.

Nach zwei Monaten war mein Arm wieder funktionsfähig, aber wie bei einem Mann, der keinen Kraftsport macht, und so ein Mann wollte ich auf keinen Fall sein.

Vater besuchte ich jetzt öfter. An einem Abend sahen wir uns hintereinander die *Gremlins,* den *Terminator 2* und *Zum Töten freigegeben* mit Steven Seagal an, ein andermal spielten wir lange Dame, ich übernachtete, und morgens weckte mich der Duft von Pfannkuchen. Ich schleppte mich dem Geruch nach in die Küche, setzte mich, wartete. Draußen flickte Großmutter mit einem Draht den

Zaun am Eingang zum Gewächshaus, auf den vor einiger Zeit ein morscher Ast des Birnbaums gestürzt war. Vor mir saß Vater, rasiert, in einem Hemd, die eingerollte Zeitung in der Hand, schenkte sich Kaffee ein und fragte:

»Was machen deine Wettkämpfe?«

Ich hackte gerade auf einem Pfannkuchen mit Quark herum und erörterte die Sache mit einer gewissen Anka aus der Biochemie, die mich auf dem Flur ein paarmal angelächelt hatte und die ich gern angesprochen hätte, was mir fast einen Hirnschlag eingebracht hätte.

Ich schluckte.

»Wettkämpfe?«

»Ich hab gehört, du bist gut. Wenn du irgendwo am Start bist, würde ich gern zusehen.«

Ich schnitt ein Stück des heißen, am Rand knusprigen Pfannkuchens ab. Vater schaute ich nicht an, aber in der ganzen Küche war zu spüren, dass er jetzt lächelte. Er war ganz oben auf der Welle, zehn von zehn, das wusste ich, und ich wusste, wie ich diese Worte hätte werten müssen, doch es waren ja seine Worte, sie kamen aus seinem Mund, also mussten sie doch zumindest teilweise stimmen.

Den gebrochenen Ellbogen hatte ich jetzt nicht erwähnt, wahrscheinlich hatte er ihn vergessen wie so vieles andere. Ich musste ihm die Diagnose des Arztes mitteilen, musste ihm erklären, dass der Arm sogar bei alltäglichen Bewegungen wehtat, dass von Gewichtheben nicht die Rede sein konnte. Nie wieder, nie, nie wieder. Ich machte den Mund auf, um das alles zu sagen, und ich sagte:

»Ja, ich trete bald wieder auf. Willst du wirklich kommen?«

Als er das Wort »natürlich« aussprach, verwandelte er sich komplett in dieses Wort. Natürlich, er würde den Apparat mitbringen, es wäre nicht schlecht, ein paar schöne Fotos zu machen, die wir dann vergrößern könnten und eines zum Beispiel bei ihm im Zimmer aufhängen. »Was hältst du davon?«

Ich nickte:

»Ja, das wäre super.«

Ich hob die Gabel zum Mund, und der Ellbogen tat weh.

* * *

In der Küche erwartet uns die bekannte Stille, sie ist in jeder Ecke, wohin man blickt, wohin man sich setzt. Als Rettung der Tee. So oft hat er uns schon gerettet, hat uns Gelegenheit zum Aufstehen gegeben, zum Eingießen, Umrühren, Hinschieben, in den Händen drehen, Schlürfen, Mmmm-Sagen.

Ich trinke ein paar Schlucke, länger halte ich es nicht aus, ich stehe auf und gehe in mein Zimmer, sollen sie doch allein zurechtkommen, sie sind genauso erwachsen wie ich. Ich rufe Szymon an, hör zu, es tut mir leid, aber für morgen muss ich auch noch mal Urlaub nehmen, eine Familienangelegenheit, ist das okay? Klar, natürlich. Vielen Dank.

Eigentlich könnte ich schon zurückfahren, doch Großvater sieht nicht gut aus, vielleicht wird man ihn zum Arzt bringen müssen. Aber vielleicht will ich auch hier bleiben, weil ich co-abhängig bin – von der ganzen Atmosphäre in Kwilno, vom Geruch des Hauses, von Vaters Anblick, anderen Dingen. Hi, ich heiße Saturnin und leide am EKS-Syndrom, ich bin ein erwachsenes Kind der Scham. »Hi, Satuurniin!«

* * *

Das Wissen, dass fast alle Kraftsportler Doping anwenden, hat sich mir nicht in einem konkreten Moment erschlossen, es ist eher zwischen Scherzen, Kommentaren und Gesprächen in der Garderobe allmählich in meinen Kopf gesickert. Die erste Testosteron-Spritze hat mir ein drei Jahre älterer Sportler gegeben, ich war damals siebzehn und hatte nicht das Gefühl, es sei etwas Besonderes: Alle machten das, es konnte also nicht falsch sein.

Der erste Zyklus bestand nur aus Testosteron und Metanabol, Peanuts gegenüber dem, was ich später in meinen Körper pumpte; doch weil mein Körper auf diese zusätzliche Hormondosis nicht gefasst war, fühlte ich mich, als würde ich fliegen. Ich schlief nur fünf Stunden und war erholt wie nie zuvor, der Schmerz in den Schultergelenken und die hartnäckige, unablässige Müdigkeit, die vorher ständig unter der Oberfläche meines Bewusstseins geschlummert hatte, verschwanden.

Vor dem Wettkampf, zu dem Vater kommen sollte, plante ich einen Zyklus, der für ein Pferd gereicht hätte. Test, Deca, Wachstumshormon, Winstrol und Primobolan, dazu Meta in Tablettenform und ein bisschen Insulin.

In der Scheune trainierte ich an Tagen, in denen Mutter und Großvater beschäftigt waren, und in der Schule nach dem Unterricht, wobei ich Herrn Koligot versprach, ich würde nur Übungen für die Beine machen. Ich schluckte zwei Tabletten Paracetamol und umwickelte den Arm mit einer dicken Schicht aus elastischen Binden. Von den Gewichten, die ich stemmte, hätte ich nicht einmal träumen dürfen. Hätten all die, die ich während der polnischen Meisterschaften plattgemacht hatte, gewusst, wie ich trainierte, hätten sie den Sport für immer aufgegeben – ich an ihrer Stelle jedenfalls hätte das getan.

Beim Kniebeugen stemmte ich dreihundertvierzig, auf der Bank eine Viertel Tonne, trotz des Schmerzes, und beim Kreuzheben zweihundertzehn. Mein Rücken sah aus wie der Landeplatz eines

Hubschraubers. Ich war zwanzig Jahre alt und radioaktiv, ich war ein Monster.

Ich wusste, dass nach so einem Zyklus, selbst wenn ich danach ganz brav Entgiftung gemacht hätte, Nebenwirkungen auftreten konnten, im Übrigen floss aus den Brustwarzen auch schon etwas Flüssigkeit, und auf dem Nacken hatte ich Pickel, so groß wie Johannisbeeren, aber das war wahrhaftig kein Preis, ich war bereit, wesentlich mehr zu zahlen.

Der Tag vor dem Wettkampf war ausgefüllt von Angst und Selbstsicherheit, für etwas anderes war kein Platz mehr. Ich ließ meine Gedanken nicht von dem Turnier abschweifen, in der Überzeugung, dass andernfalls alles umsonst wäre. Jede Variante außer dem Sieg würde das totale Scheitern bedeuten, einen zweiten oder dritten Platz gab es für mich nicht, es gab nur den ersten Platz oder die Niederlage.

Ich lag auf dem Bett, ich streifte durch den Hof, ich machte einen Spaziergang. Frühstück, Mittagessen, Abendessen. Mutter und Großvater hatten keine Ahnung, dass ich am folgenden Tag nach Włocławek aufbrechen würde, um alle ärztlichen Ratschläge in die Tonne zu treten. Mein Kopf schwirrte nur so von allen möglichen Szenarien. Denn es konnte alles passieren, ich kannte Dutzende Arten von – mehr oder weniger schrecklichen – Verletzungen, die auch einem geübten Profi zustoßen konnten, und von einem geübten Profi war ich meilenweit entfernt.

»Ich fahre dann mal zu Papa.«

Auf dem quietschenden Fahrrad sitzend, ringsum Felder und oben ein Himmel wie eine Betondecke, dachte ich: Mein Leben hat sich, keine Ahnung wann, in zwei Hälften geteilt – auf der einen Seite Mutter und Großvater, auf der anderen Vater und Großmutter. Ich lehnte das Fahrrad an die Wand, in der Küche roch es nach Kaffee.

Großmutter. Großmutter wollte ich auch lieber nichts sagen, für den Fall, dass sie gerade jetzt einen Besuch in Kwilno plante, was eher unwahrscheinlich, aber auch nicht ausgeschlossen war. Sie sah auf, und ihr Gesicht nahm weichere Züge an, wie immer beim Anblick eines Menschen, selbst eines fremden, neben den sie sich im Bus setzte.

»Schaut, schaut, was für ein Hurrikan hier kommt.«

Sie fragte, ob ich etwas essen wolle.

»Nein, danke. Ist Papa da?«

Er kam lange nicht aus dem Zimmer, konnte die Zigaretten nicht finden, die er erst seit Kurzem rauchte. Vielsagend sah er mich an und tat vor Großmutter so, als wäre es ein Abend wie jeder andere.

»Morgen ist der große Tag«, sagte ich.

Er grinste, wie ein Verschwörer einen anderen angrinst. Als er an mir vorbeiging, klopfte er mir ein paar Mal auf die Schulter.

»Ich drück die Daumen, Satek. Es wird klappen.«

»Es muss!« Sofort war mir mein Enthusiasmus peinlich. Ich Idiot, Idiot, Idiot. Hat Mike Tyson je vor einem Kampf so gegrinst?

Tags darauf musste ich sehr früh an Ort und Stelle sein. Es fuhr mich Herr Koligot, der seit einiger Zeit mit resigniertem Blick meine Bärentatzen und den Nacken von der Größe eines Lochziegels betrachtete, aber immer noch glauben wollte, dass ich kein Doping nutze. Als er mit dem typischen Schritt eines ehemaligen Sportlers, der nicht mehr aktiv ist, zur Toilette ging, lief ich auf den Parkplatz, hockte mich hinter einen Lieferwagen und setzte mir eine Spritze mit einem Schmerzblocker.

Weiter. Das Kniebeugen absolvierte ich schweigend, erlaubte mir nicht das leiseste Stöhnen vor Anstrengung. Die drei Versuche waren eine Meisterleistung an Gewalt gegen meine Rivalen, mit diesen drei Bewegungen zerstörte ich ihre dummen, naiven Träume vom Sieg.

Weiter. Die mit rotem Stoff bespannte Bank. Wie ein Grab, in das ich mich gleich freiwillig legen würde. Ich schlug mir ein paarmal mit beiden Händen ins Gesicht. Es interessierte mich nicht, ob ich nach diesem Wettkampf je wieder den linken Arm würde bewegen können. Nur das Jetzt zählte, das ganze Weltall war für diesen einen Augenblick geschaffen.

Beim ersten Versuch spritzte aus meinem Ellbogen ein Schmerzstrahl in den ganzen Körper und reichte weit über das Gebiet hinaus, in dem die Blockade wirkte. Auf das Kommando ließ ich das Gewicht sinken, beim nächsten Kommando explodierte alles in mir und stieß es von der Brust weg. Ein Schmerz wie ein Gegenstand, wie etwas, das man berühren kann. Vor den Augen schwarz. Vater war hier, auf der kleinen Tribüne, wo ich nicht hinschaute, weil ich so tat, als wäre das nur ein weiterer normaler Wettkampf. In jeder Sekunde spürte ich seinen hoffnungsvollen Blick auf mir.

Doch der linke Arm hörte auf, mein Arm zu sein, er gehörte mir nicht mehr, ich hatte ihn nicht unter Kontrolle. Ich spürte, wie da drinnen etwas knackte. Blitzartig knallte mir die Stange auf den Brustkorb, und in diesem Moment war ich mir sicher, das Gewicht werde mir Rippen, Lunge, Wirbelsäule und Herz zerquetschen, und diese Gewissheit erfüllte mich mit überwältigender Erleichterung.

Die drei Männer, die mich absicherten, reagierten rechtzeitig, und die Stange berührte nur leicht mein Brustbein, als wollte sie sagen: »Na gut, diesmal hast du vielleicht Glück gehabt, aber nächstes Mal gehörst du mir.«

Den zweiten Versuch trat ich keine zehn Minuten später an und versaute ihn genauso wie den ersten. Ich erhob mich von der Bank und wollte die Turnhalle verlassen, das ganze Gebäude in den Händen zermalmen und schlucken. Vor den Augen dunkle Flecken. Das Klirren von Metall. Herr Koligot sah mich an wie jemand, der statt auf der Hochzeit bei der Beerdigung des Brautpaars gelandet war. Ich ging in die Toilette und betrachtete lange meine zitternden Hände.

Den linken Arm konnte ich nicht richtig ausstrecken, und die Finger wurden immer tauber. Verdammte Scheiße, das passierte wirklich.

Weiter. Dritter und letzter Versuch. Wenn ich ihn nicht schaffte, würde ich nicht zum Kreuzheben übergehen und überhaupt nicht gewertet werden können, was nicht in Frage kam. Das kam nicht in Frage.

Okay. Ruhig bleiben.

Ein Versuch war alles, was ich brauchte. Seit ich aus der Toilette gekommen war, bewegte ich ununterbrochen den linken Arm und wärmte den Ellbogen auf, ignorierte Herrn Koligots Stimme, der ständig wiederholte:

»Hör mal, ich weiß nicht, ob das eine gute Idee ist.«

Ich schloss die Augen, um ihn nicht ansehen zu müssen. Kraftdreikampf und gute Ideen liegen an zwei entgegengesetzten Enden unserer Galaxie.

Jetzt. Ich legte mich auf die Bank. Ich roch meinen Schweiß und den der anderen. Der Schiedsrichter zog die Braunen hoch. Ihr versteht doch alle nichts, verdammt. Zur Sicherung stellten sich fünf Burschen auf, einer bei der Stange in der Mitte und je zwei bei den Scheiben. Ich hatte den Eindruck, alle halten den Atem an, Vater auch.

Ich nahm die Stange vom Ständer. Der Schmerz im Arm war so stark, dass ich erschrak, denn er hätte mich von allem abschneiden, hätte bewirken können, dass ich ohnmächtig werde. Weiter, weiter.

Nach dem ersten Kommando senkte ich das Gewicht und hielt es auf dem Brustkorb. Zweites Kommando. Aus meinem Bauch kam ein Brüllen, und ich folgte ihm. Der Ellbogen war ein Tier in einer Schlinge, er biss und zerrte, um irgendwie zu entkommen, aber diese Schlinge war ich, und ich hatte nicht die Absicht, ihn loszulassen. Wie konnte man solche Laute von sich geben? Die Welt war komplett ausgeschaltet.

Plötzlich spürte ich, dass meine Arme ausgestreckt waren. Ja, ja, ja. Das dritte Kommando. Mit Getöse legte ich die Stange auf dem Ständer ab. Während ich mich erhob, erlaubte ich mir keinerlei Zeichen von Freude, kein Lächeln, es gab keinen Grund für Glück, dieser Sieg stand mir zu, er gehörte mir genauso wie meine Arme, wie mein Ellbogen, wie der Schmerz, der im schnellen Rhythmus des Herzschlags pulsierte.

Weiter. Die Stühle an der Wand. Die Blockade wirkte noch, aber es war zu hören, wie bei jeder Bewegung etwas hin- und hersprang, und ich konnte auch nicht so tun, als sähe ich nicht, wie dick der Arm um den Ellbogen wurde.

Weiter. Kreuzheben. Mühelos absolvierte ich den ersten Versuch, und niemand konnte mich mehr überholen. Ich hätte die weiteren zwei Versuche auslassen können, doch das kam nicht in Frage, ich war nicht hierhergekommen, um zu gewinnen, sondern um alles plattzumachen und eine Stille zu hinterlassen wie nach dem Weltuntergang. Ich begann mich umzusehen, hielt Ausschau nach Vater auf der Tribüne. Ja, da links. Seine Jacke, die Hose, die ich kannte.

Die letzten beiden Versuche, es kamen noch zwanzig Kilo dazu. Auf der Toilette Tränen, viele Papierhandtücher, Atemzüge. Ich nahm die Medaille und die Urkunde in Empfang, ich schüttelte mehrere Hände.

Ich schaute mich um, am Ausgang drängten sich die Leute. Ich hoffte, dass Vater die Fotos nicht von der Tribüne aus gemacht hatte, denn da wäre nicht viel zu sehen gewesen, sondern dass er näher herangegangen war. Dann hätte ich mir eines der Bilder selbst entwickeln können.

Jetzt war er hinausgegangen, eine rauchen. Ich musste ihn finden. An der Tür gratulierte mir ein Typ zu dem »phänomenalen Ergebnis«. Ich nahm das Handy und ließ den Blick über den Parkplatz schweifen. Nach fünf Tönen nahm er ab.

»Hallo, wo stehst du? Hast du gesehen?«

Im Hörer ein langgezogener Atemzug, dann Vaters Stimme.

»Was ist denn?«

...

..

.

Im Hintergrund Omas gedämpfte Stimme:

»Willst du noch einen Nachschlag?«

Manchmal ist es fast, als wäre ich dort, in Kwilno. Ich mache die Augen auf, und schon bin ich da. Jetzt zum Beispiel. Zwei silberne Pfützen auf dem Weg, das Gras hoch, auf dem Dach ein neuer Schornstein. Die Ruine des Schweinestalls wie eine Zahnlücke. Man riecht das Heu und die starke Ausdünstung des Scheunentors, das ein bisschen modert. Der fröhliche kleine Hund, Bezo, läuft im Kreis herum, sobald man ihn anschaut. Siehst du mich etwa, du alter Schelm? Du siehst mich, du alter Schelm, was, na was, was bin ich so tollpatschig, so tollpatschig, ja, schon gut, ist ja gut. Und er rennt ins Gebüsch.

Das Küchenfenster hat in der linken unteren Ecke einen Sprung, von einem Steinchen, das unter dem Reifen des Motorrads hervorschoss, mit dem einmal der Elektriker kam. Hinter der Fensterscheibe, in meiner beige gestrichenen Küche, sitzen sie zu dritt. Tadzios Tochter, die Hanna heißt, sitzt aufrecht da, sie hat sich die Zunge mit Tee verbrannt und spürt, dass sie wieder mal der Ischias zu plagen beginnt. Sie würde sich gern um die Männer hier kümmern, sie einhüllen, ihnen zu essen geben, für sie sorgen, um sie dann, wenn sie rundum eingehüllt und versorgt wären, in die Wüste zu schicken.

Ihr gegenüber Witold, rasiert, geduscht, doch trotzdem schon wieder verschwitzt, obwohl er neulich bei Rossmann in Radziejów extra ein sehr starkes Deodorant verlangt hat, also sollte er eigentlich hinfahren und es zurückgeben, denkt er sich, obwohl er weiß, dass er das nicht tun wird. Er überlegt, ob er wohl heute Nacht werde schlafen können, er ist müde und hasst sich ein bisschen weniger als am Morgen, was nicht heißt, dass es wenig ist. Er schielt nach seinem Sohn Saturnin und möchte gern wissen, was der von ihm hält, obwohl er sich das denken kann, aber sich etwas »denken können« und »wissen« liegen in völlig verschiedenen Teilen des Kopfes, also würde er es gerne wissen.

Saturnin dagegen ist eine tickende Bombe, die nie explodiert. Im Moment hat er ein schlechtes Gewissen, weil er den zweiten Tag um Urlaub gebeten und weil er wegen eines so banalen Grundes ein schlechtes Gewissen hat. Eine Weile denkt er an die junge Frau aus der Apotheke, die ihm seit einiger Zeit gefällt, und wird noch zorniger, denn seinen Urlaub sollte er für Frauen verwenden (die er nicht hat), und nicht dafür, mit seinen Eltern, die nicht reden können, in der Küche in Kwilno zu sitzen.

Und nur zwei Wände weiter, unter demselben Dach, mit leicht geöffnetem Mund, mit verschwitztem Nacken auf dem frisch gewaschenen Kissen, liegt mein Tadzio und ist wieder eine Schlange. Im Traum, wunderbar verjüngt, mit einem Kopf, der den Menschen noch zuhören kann, ohne Grimassen zu schneiden, durchlebt er immer wieder, was schon vorbei ist und was er seiner Meinung nach nur für mich getan hat.

Und plötzlich weiß ich das, denn offensichtlich bin ich hin und wieder auch dort, zusammen mit ihm, wenn er in Gräben schläft, wenn er Leute verfolgt, jagt und ihnen den Schädel abbeißt und all das tut, als versteckte er sich die ganze Zeit hinter geschlossenen Augen, die er nur manchmal öffnet, um sie gleich wieder zu schließen.

Und während er wieder dort ist, in klebriger Uniform, ewig am Rennen, keuchend, sitzen die drei – Hania, Witold, Saturnin – weiterhin in der Küche über ihren Tassen mit einem Rest Tee und wünschen sich ein Ende dieser Szene. Ich bin sie alle, ich bin Hania, die sagen will, rutscht mir doch alle den Buckel runter, und die sagt:

»Dann schneide ich mal ein bisschen Wurst.«

Worauf Witold fast antwortet: Hania, ich bitte dich um Verzeihung, es ist nicht meine Schuld, ich hätte auch lieber, ich möchte auch gern, aber was soll ich machen, wenn ..., dann aber sagt:

»Ja, Wurst, sehr gerne.«

Saturnin, der Enkel meines Bruders, hat nicht die Absicht, etwas zu sagen, nein, nein, er will schweigen und seinen Eltern in dieser Situation nicht helfen, wobei folgendes rauskommt:

»Ja, ich hab auch schon Hunger.«

Und so sitzen sie und stecken sich Gurken und Wurst in den Mund, schief geschnittenes Brot, und sie entlocken dem Essen Ausdrücke, denn es ist üblich, dass man das tut, es gehört sich so; unterdessen versinkt mein Bruder immer tiefer in sich selbst, und da ist eine ganze Menge an Dingen, die wir lieber nicht sehen würden; doch wir sehen sie jetzt beide.

Zum Beispiel, wie er nach der Schlacht am Fluss endlich nach Kwilno zurückkehrt, mager, hungrig, in einem Helm aus getrocknetem Blut, und einen Mann trifft, der einen ganzen Hausstand auf dem Fahrrad transportiert, und wie er dann erfährt, was mit mir passiert ist.

TEIL VI

Kapitel 1

Mager, in einem Helm aus getrocknetem Blut. Im Getöse von Schüssen, unter dem von den Bäuchen schwerer deutscher Bomber zerschnittenen Himmel, watet er gegen den Strom von müden Soldaten, Zivilbevölkerung, Kindern, Tieren und Fuhrwerken.

Hauptsächlich in den Wäldern unterwegs, begegnet er vielen, die sich wie er hartnäckig gegen den Gedanken wehren, das Morgen werde in keiner Weise dem Gestern ähneln. Er isst Dinge, von denen er früher nicht gedacht hätte, sie jemals anzurühren. Manchmal übergibt er sich, dem ungehorsamen Körper gehorsam. Die Leute, denen er begegnet, haben verbissene Gesichter oder sind laut und überzeugt, im Recht zu sein. Er erfährt viel von ihnen. Dass sie nur Rauch, Asche und Stille hinterlassen hätten. Dass er umkehren und fliehen sollte. Dass die Deutschen ganz nahe, bald hier sein würden, manchmal schon nachts zu hören seien. Dass er sich vorsehen sollte, weil an Leuten wie ihm schnell Selbstjustiz geübt werde.

Zwei Tage nachdem er die beiden Männer getötet hat, sieht er tatsächlich auf der Straße einen Reiter, der mit zwei Nagant-Revolvern zwischen die Bänder der Flüchtlinge reitet, abzuschätzen versucht, wer ein Spitzel sein könnte und wer nicht, Letzteren einen gnädigen Blick zuwirft und Ersteren einfach zwischen die erstaunten, verschreckten Augen schießt. Tadeusz zieht sich in den Wald zurück und geht weiter Richtung Kwilno, das schon recht nahe ist.

Dem Mann, der einen ganzen Hausstand auf dem Fahrrad transportiert, begegnet er am Rand einer Lichtung, wo er in einer ausgebuddelten Mulde schläft, bedeckt mit einem Sack, den er gefunden hat. Als er kurz nach Morgengrauen aufsteht, ist der Mann schon da. Er raucht eine Zigarette und sieht sich um, als könnte er sich nicht entscheiden, wohin er nun gehen soll.

Neben ihm türmt sich ein Berg von Kleidern, Töpfen, Kissen, Kisten, Säcken, Flaschen, Päckchen und Bündeln, und all das ist auf fast unmögliche Art und Weise an dem Fahrrad befestigt, auf dem der Ankömmling sein Hab und Gut durchs Land fährt.

»Geben Sie mir auch eine«, fragt oder besser sagt Tadeusz.

Der Mann zieht ein paar gedrehte Zigaretten aus der Tasche und gibt ihm eine, wobei er ihn kaum mit dem Blick streift. Sie setzen sich nebeneinander auf die Erde, für die Zeit des Rauchens sind sie ein bisschen anders, ruhiger. Zeit, die nur von einem abgerissenen Gezwitscher in den Bäumen gemessen wird, vom Knacken der Zweige. Der Mann kommt aus Thorn. Er ist zur Arbeit in die Fabrik gegangen, und als er mittags zum Essen nach Hause kam, war da kein Essen, und auch seine Frau und die zwei kleinen Kinder waren nicht da. Er lief von einem Nachbarn zum anderen, doch in der ganzen Straße war fast niemand mehr, alle sind vor Angst weggelaufen, nein, niemand wusste etwas. Er hat aufs Fahrrad geladen, so viel er konnte, in der Überzeugung, er werde seine Familie wiederfinden, und jetzt sucht er seit einer Woche und wird von der Flüchtlingswelle immer weiter nach Osten gedrängt.

»Sind Sie nicht durch Kwilno gekommen?«

Der Mann schüttelt den Kopf.

»Aber ich würde nicht erwarten, dass es dort anders ist als überall.«

Dann macht er sich auf, beschließt, in die Richtung zu gehen, aus der Tadeusz gekommen ist. Er redet sich ein, die Seinen seien sicher genau in diese Richtung geflüchtet, spätestens morgen, übermorgen werde er auf sie treffen. Im Gehen gibt er Tadeusz noch eine Zigarette.

* * *

Und dann der graue Himmel, der graue Rauch, das graue Bett, er weiß nicht mehr, welcher Himmel, welches Bett, er weiß nur, dass er in diesem Grau von einem Ufer seines Lebens ans andere geworfen wird und nur im Rhythmus seiner Herzschläge auftaucht, so wie jetzt, als er schon in Kwilno ist, mitten in dem, was er kennt; er geht am Haus der Karmowskis vorbei, am Haus der Pieczabas, beide verlassen und still. Am Teich beugt er sich hinunter und trinkt, und sein Gesicht, zerschnitten von den Falten des Wassers, ist hässlich, knochig, niemand in seinem Alter sollte so ein Gesicht tragen.

Über seinem Elternhaus steigt eine Rauchfahne auf, es muss kalt geworden sein, was er selbst nicht spürt. Auf dem Feld weht ein verlorenes Laken, ein Stück weiter, an der Straße, ein offener Koffer, noch nass vom Regen. Fast wie neu.

Der Hof unverändert. Er würde sich gern hinlegen, aber er hat keine Zeit. Er geht schneller, betritt die Diele, die Küche, dort friert der Sekundenzeiger an das blasse Zifferblatt der Wanduhr neben dem Fenster. Auf Mutters Gesicht ein paar Falten mehr, auf Jadzias Gesicht, die mit einem Messer und einer Möhre ihr gegenüber sitzt, glänzt zarter Flaum in der Sonne, und ihr Haar liegt schlaff am Hinterkopf. Als der Sekundenzeiger sich wieder in Bewegung setzt, springen die beiden von den Stühlen auf und laufen auf ihn zu, werfen ihn fast um vor Freude und Erstaunen. Mutter weint, noch bevor sie ihn umarmt.

Die Bettfedern im Zimmer quietschen, das heißt, Vater steht auf – unmöglich, er legt sich doch tagsüber nie hin, und doch kommt er tatsächlich aus dem Nachbarzimmer, beschleunigt den Schritt und drückt seinen Sohn an sich, als wollte er ihn zerquetschen, nicht begrüßen.

Mietek kommt herein, leicht, mit roten Wangen, als gäbe es keinen Krieg – vielleicht gibt es ihn für Mietek auch nicht, solange er ihm nicht so nahe kommt, dass er nicht mehr wegsehen und sich keinem Spiel mehr zuwenden kann.

»Ich hab dich gesehen! Wie du da drüben gegangen bist!«

Sie reden gleichzeitig, alle durcheinander, du bist wieder da, Tadzio, du lebst, guckt nur, aber mager bist du, Kind, Gott sei Dank, du bist zurück, Tadzio. Fast alle sind jetzt da, denn auch Janek haut ihm plötzlich auf die Schulter, das ist seine Art zu zeigen, wie sehr er sich um den Bruder gesorgt hat – auf die Schulter hauen. Fast alle sind da, ja, Tadeusz dreht sich um, sieht sich lächelnd um, denn er weiß, wie gern sie Blödsinn macht, wie irritierend sie sein kann, irritierend und dumm.

»Und Irka?«

Vater legt ihm die Hand auf den Nacken und drängt ihn zum Tisch.

»Setz dich, Tadek.«

Mietek verliert seine Leichtigkeit, Janek setzt und räuspert sich.

In Tadek zerreißt etwas, zerreißt und will sich auf den Sekundenzeiger stürzen, ihn wieder ans Zifferblatt kleben oder ihn abreißen, zermalmen, soll doch nie wieder etwas vorwärtsgehen. Aus seinem Mund kommt nur ein trockenes:

»Allein ist sie doch sicher nicht gegangen?«

»Setz dich, Tadek«, wiederholt Vater.

Und Mutter. Sie ist ganz um ihn herum, ihre Hände, ihr Pulli, ihr Haar, der Geruch ihrer Müdigkeit. Er möchte eintauchen und so verharren, doch er muss noch hören, was er nicht hören will, und er lässt sich auf den Boden sinken, als Jadzia sich über ihn beugt und lügt, lügt, lügt:

»Irka ist nicht mehr da.«

* * *

Er will nicht hören, was sie ihm sagen. Von dem großen Deutschen, von Irka, hitzig wie immer, denn das sind Lügen, Lügen, Lügen, also läuft er in die Diele, reißt die verdammte, verschissene, verfickte Trompete von der Wand, geht ins Wäldchen und verbuddelt sie mit den Händen, so tief wie möglich.

Danach geht er lange Zeit nicht aus sich heraus.

Im Grau fühlt er sich wohler, und das Grau findet man am leichtesten in Müdigkeit, Schnaps, Hunger und Einsamkeit, also ist er müde, betrunken, hungrig und einsam. Herausgerissen aus dem Grau wird er von den Händen der Mutter, der Schwester, des Vaters, von Janeks Geschrei und Mieteks Weinen, und manchmal steckt er den Kopf heraus, um sich an der Oberfläche umzusehen, und er sieht das Fuhrwerk, Möbel auf dem Fuhrwerk, Gesichter, verhärtet von dem, was auch sein Gesicht verhärtet hat. Die Worte, die er ständig hört, hallen als Echo sogar unter der Oberfläche wider:

»Tadek, wir müssen gehen.«

Er wird nirgendwohin gehen. Er wird warten, suchen, er wird reparieren, was durch ihn zerstört worden ist, und wenn er es nicht schafft, dann wird er mit sich machen, was er mit der Trompete gemacht hat, und in sein Grau springen, so tief wie möglich. Er sagt es ihnen immer wieder, und als Mutter weint, Vater ihn schüttelt, als Janek die Zähne zusammenbeißt und Jadzia seinen Blick meidet, geht er fort, über die Felder in den Wald, und legt sich auf ein feuchtes Lager.

* * *

Das nächste Mal taucht er aus dem Grau auf, als er in einem Heuschober im Kuhstall der Karmowskis steckt und draußen flaumiger, weicher Schnee liegt. Tadeusz scheint runder geworden zu sein um den Bauch, er muss gegessen haben, und die Haare sind kurz, als hätte er sie vor kurzem geschnitten. Das Gedächtnis ist wie der alte Topf, den er im Frühjahr endlich an die Vogelscheuche gehängt hat. Da bleibt nichts drin.

Die ersten paar Schritte schmerzen. Die Erde verhärtet, uneben und zerfurcht, durch die Löcher in den Stiefeln dringt der Schnee. Die Leute, denen er auf dem Heimweg von der Bzura begegnet ist, hatten Recht: Stille und Rauch sind geblieben. Er würde gern eine Zigarette rauchen.

In der Ferne das Elternhaus, heil, unverändert, mit den schwarzen Kämmen aus Balken und Mauern, wie die Häuser der Rybaks und Medyńskis, die in der grauen Zeit abgebrannt sind. Aus dem Schornstein, zwischen den Ästen der Akazie, steigt weiß-grauer Rauch auf. Tadeusz geht schwankend in diese Richtung, vielleicht ist ja das, woran er sich erinnert, gar nicht wahr, vielleicht wird er das Haus betreten, und alle werden da sein, auch Irka. Doch als er endlich an Ort und Stelle ist, als er die zwei Stufen erreicht, geglättet von den Füßen seiner Familie und seinen eigenen, pusten ihn fremde Stimmen von der Treppe, Stimmen mit harten Kanten, ähnlich wie die, die er damals im Wald gehört hat.

Es ist also doch alles wahr.

Er flüchtet hinter die Scheune und kriecht hinein, unter dem Brett, das er vor langem, in der Zeit vor dem Grau, mit Janek zusammen gelockert hat. Drinnen ist es genauso kalt wie draußen, auf dem Boden in der Ecke glänzt eine kleine gefrorene Pfütze. Tadeusz richtet sich auf und sieht vor sich den Trümmerhaufen seiner Vergangenheit: zerschlagene Möbel, Geschirr, ein paar

Bilder, die Kleider der ganzen Familie, den Schürhaken, die Heilige Schrift. Er erinnert sich an den Mann mit dem ganzen Hausstand auf dem Fahrrad, und erst jetzt denkt er, dass das sicher auch nur ein Bruchteil gewesen ist, dass die meisten Dinge, die dem Mann gehört haben, irgendwo auf einem ähnlichen Haufen liegen.

Im Rhythmus des langsamen Atems kommt ein Dampfwölkchen aus seinem Mund und verfliegt. Auf dem Dachboden ist ein riesiger Haufen Heu, das er selbst einen halben Tag lang mit der Gabel dort hingeschafft hat. Wann war das? Die Zeit hat sich verknotet und ist nicht mehr zu entwirren.

Die Pfütze auf dem Boden glänzt wie ein Plättchen Silber. Der Hunger wringt den Körper von innen aus. Tadeusz klettert die schmale, schwankende Leiter hinauf, vergräbt sich im Heu und wartet.

***

Nachts geht er hinaus.

Kwilno ist vom Halbmond erleuchtet. Der Hof, ein Häufchen Sterne über dem Dach, auf den Zweigen Schnee. Er geht, er kriecht, lange betrachtet er die neue Farbe an der Tür. Das Haus ist nicht verschlossen. Die Tür knarrt, aber er weiß, wie man sie öffnen muss, damit sie leiser knarrt. Im Halbdunkel wartet er, an die Wand geklebt, auf die Geräusche horchend. Er geht durch die Küche, derselbe Tisch, doch eine andere Kredenz, derselbe Herd, neue Stühle.

Er bewegt sich weiter, reibt am Türrahmen, an der Wand. Die Hand mit dem Messer schwitzt, die zweite streckt er aus, als erwartete er Spinnweben in der Luft.

In dem Bett, in dem seine Eltern geschlafen haben, liegen jetzt zwei andere Personen. Er hat helles Haar und einen Schnurrbart über der vollen Oberlippe, sie ist eine zierliche brünette Frau und liegt auf der Seite, die rechte Hand unter dem Kissen. Ihr Mund ist leicht geöffnet, sie schläft fest, sicher ist sie müde. Unter der Decke lugt der Fuß des Mannes heraus, die Haut auf der Sohle ist dick, von Furchen durchzogen. Ein lebendiger, echter Körper.

Der Atem der beiden ist ungleichmäßig, seiner passt nicht zu ihrem, alle paar Minuten treffen sie sich, dann gehen sie auseinander, denn der Mann atmet ein wenig schneller. Tadeusz horcht lange, wie auf ein Lied, das er auswendig lernen möchte.

Zuerst sollte er ihn beißen, dann schnell sie. Das wird am besten sein. Die Zähne sind bereit, er hält sie in der verschwitzten rechten Hand. Er beschließt, es zu tun, wenn die Atemzüge sich wieder treffen. Er wartet.

Schließlich macht er einen Schritt nach hinten, will um das Bett herumgehen, um an den Mann heranzukommen, da scharrt er mit der Sohle über den Boden. Das Geräusch ist kaum zu hören, das Knarren der Tür war sicher lauter – trotzdem.

Die Frau schlägt die Augen auf.

Kapitel 2

Als wäre sie aus Lehm. Nur die Augen gleiten über sein Gesicht, als suchte sie dort eine Erklärung. Hellwach, als wäre sie von einer Explosion erwacht und nicht von einem leisen Scharren. Tadeusz, ebenfalls reglos, kann den Blick nicht von der Frau wenden und fragt sich, ob sie über die Unebenheiten des Bettes hinweg sein Messer sehen kann. Er glaubt – ja. Langsam setzt er den linken Fuß zurück, verlagert das Gewicht auf ihn.

Die Frau dreht den Kopf, um ihn besser erkennen zu können, sie öffnet den Mund, will etwas sagen, doch es kommt nichts. Wäre sie zehn Sekunden später erwacht, wäre alles anders verlaufen. Alles wäre gut gewesen. Vielleicht hätte sie nicht einmal etwas gespürt. Doch die Welt hat ihm diese zehn Sekunden nicht gegeben.

Die Decke über ihrer Brust wölbt sich von einem tiefen, schnellen Atemzug plötzlich nach oben. Der Kopf bewegt sich leicht auf dem Kissen. Nach links. Nach rechts.

Tu es nicht.

Tadeusz versucht zurückzuhalten, was in ihm hochkocht, zieht sich rasch zurück, einen Schritt, zwei, drei, und als er an der Tür ist, wendet er der Frau den Rücken zu, läuft so still wie möglich aus dem Haus, erst draußen weint er.

* * *

Wieder im Grau versunken, kann er an nichts anderes mehr denken als an den großen, gutaussehenden Deutschen, von dem Vater gesprochen hat. Er weiß nicht, wie viele große, gutaussehende Deutsche es in der Gegend gibt, oder ob er überhaupt sagen könnte, wer gut aussieht. Außerdem kann es ja sein, dass dieser Mann schon weitergezogen ist, dass der Krieg ihn in einen anderen Teil des Landes gespült hat.

Übervoll mit Fragen, fällt Tadeusz immer tiefer, er fühlt sich krank und trinkt Fusel, den er in einem Keller gefunden hat, er hat abgenommen, der Bart wächst wieder, manchmal erwacht er nachts, manchmal am Tag, er geht irgendwohin, tut irgendwas und weiß nicht mehr viel davon. Irgendwann hat er zwei Zähne verloren, irgendwo einen dicken Schal ergattert. Er liegt gern im Heu und lauscht dem über die Scheune verteilten Orchester, all dem Knirschen, Knarren des Holzes, Scharren der Mäuse, dem Wind zwischen den Balken. Das Grau ist warm, es riecht nach Schweiß und Stroh.

Das nächste Mal erwacht er aus dem Grau, als er über einem Soldaten mit durchgeschnittener Kehle steht. Nicht sehr kalt, ein später Abend, gesprenkelt von langsam rieselndem Schnee. Der Deutsche liegt auf der Seite, einen Arm nach vorn gestreckt, den anderen hinter dem Rücken. Als versuchte er, im Liegen zu laufen. Die Uniformhose aufgeknöpft, an der Wand ein Urinfleck in Form einer Schraube. Dunkles Blut schmilzt allmählich den Schnee um den Kopf.

Ein Stück weiter stehen Hallen, erfüllt von Lärm und dem Geruch nach Gebratenem, die sieht sich Tadeusz an, während er seinen rasenden Atem zu beruhigen versucht. An der Mauer, auf festgetretenem Schnee, liegt eine graue Mütze mit schwarz glänzendem Schild und einem Vogel darüber. Er nimmt sie und setzt sie auf, sie ist ein bisschen zu groß, aber nur ein bisschen. Eigentlich passt sie fast.

Er bückt sich, um das Messer an der Uniform des liegenden Deutschen abzuwischen, und so gebückt, flüstert er ihm ein Wort zu, das dem Deutschen nichts mehr nützt, aber ihm selbst nützen könnte. Dann steckt er das Messer wieder an den Gürtel, rückt die Mütze zurecht und geht.

Die ganze Nacht und einen Großteil des Tages geht er durch Felder und Wald. Als er Kwilno erreicht, tanzt die Straße vor ihm, und die Bäume schaukeln hin und her. Es gelingt ihm, in die Scheune zu gelangen und in die Nähe der Leiter zu robben. Mit dem Rücken an dem Haufen kaputter Möbel und dem Kopf auf der Armlehne eines aufgeschlitzten Sessels schläft er ein.

* * *

Eine Berührung im Gesicht weckt ihn. Maus? Hund? Etwas Lebendiges. Er hat vielleicht eine Stunde, vielleicht den ganzen Tag geschlafen, ist steif, knöchern, die Kehle wie eine Reibe. Er schlägt die Augen auf: weder Maus noch Hund.

Irgendwie kommt die Frau ihm bekannt vor. Er stützt sich ab, um aufzustehen, um bereit zu sein, doch sie legt ihm die Hand auf die Schulter, als wollte sie ihm – gefangen in guten Manieren – zu verstehen geben, dass er sich nicht die Mühe machen muss, und nach dieser Geste, die ihr leicht geöffneter Mund begleitet, erinnert er sich schließlich: Sie ist es, die jetzt in seinem Haus schläft.

Er ist auf den Beinen, bevor die Frau etwas machen kann, bleibt mit dem Kopf an einem Regal hängen, etwas fällt krachend herunter, etwas anderes platzt, Tadeusz geht weiter zurück, bückt sich und prüft, ob sie ihm das Messer weggenommen hat – nein. Hinter ihrem Rücken ist das Tor, angelehnt, in der Öffnung ein Ausschnitt des verschneiten Hofs, sonst nichts.

»Ich …« Mit diesem Wort beginnt und endet er, weiß nicht mehr, was er sagen und ob er überhaupt etwas sagen wollte.

Die Frau geht, ohne den Blick von ihm zu wenden, ganz langsam in die Hocke und legt ein Päckchen auf den Boden, hebt die Ecke einer hellen Serviette hoch. Sie tritt einen Schritt zurück, und da drängt sich ihm ein Geruch auf, fährt ihm in den Magen und lässt ihm das Wasser im Mund zusammenlaufen. In dem Päckchen liegen – Lüge, Lüge, Lüge – ein Stück Brot und ein halber Wurstring.

Nichts geschieht im ersten, zweiten, dritten Moment, nur der Wind übt unter dem Dach die Ouvertüre für das, was passieren wird, denn etwas muss ja passieren, doch vorläufig stehen sie einander gegenüber, reglos.

Und dann führt er die gleiche Folge von Bewegungen aus, den Blick auf sie geheftet, hockt er sich langsam vor die Serviette, und obwohl er glaubt, das Essen sei vergiftet, stürzt er sich darauf und schlingt es hinein, getrieben von der uralten Angst jedes hungrigen Geschöpfs, dass es ihm gleich wieder genommen, genommen, genommen wird.

Ihr Schatten macht einen Schritt zurück, dann einen zweiten, und zusammen mit ihm ist auch sie rasch am Tor. Die Frau bückt sich, um rückwärts aus der Scheune zu gehen, und als sie das Tor schließen will, nickt Tadeusz ihr zu und sie ihm.

Später, im Heu vergraben, versucht er sich an ihre Bewegungen und ihren Gesichtsausdruck zu erinnern, versucht darin mehr als Bewegungen und Gesichtsausdruck zu sehen; die ganze Zeit hält er das Messer in der Hand und wartet, und schließlich schläft er ein und wacht am nächsten Morgen wieder auf. Das Essen war nicht vergiftet.

* * *

Das nächste Mal tritt er in der Hocke aus dem Grau heraus, auf dem Grund eines Grabens, hinter einem Baum verborgen, verschwitzt. Die Uniform, die er anhat, dampft, als würde er innerlich schwelen. Ein Stück weiter steht ein Auto und wirft Streifen gelblichen Lichts, ein schlanker Opel.

Der Mann hinter dem Steuer raucht leidenschaftlich, sein Kopf ist in Schwaden von grauem Qualm gewickelt, der daneben, ebenfalls mit Zigarette, ist so groß, dass er kaum ins Auto passt. Sie trinken aus einer Flasche, reichen sie einander, ohne sich anzusehen. Was sie sprechen, ist nicht zu hören, doch sie sprechen nicht viel.

Tadeusz ist ihnen die halbe Nacht nachgelaufen, von Byczyna bis nach Piołunowo, alle paar Meter hat er den glänzenden Wagen aus den Augen verloren. In dieser Zeit haben sie drei Häuser abgebrannt. Sie parkten den Opel in einer gewissen Entfernung, nahmen Flaschen und Kanister und gingen, gebeugt unter diesem Gewicht, in die Höfe. Die Türen blockierten sie immer auf die gleiche Weise: mit einem Pflock unter der Klinke. Langsam gingen sie um die Gebäude herum und begossen die Wände.

Die Häuser brannten zuerst leise, mit kaum hörbarem Geräusch, dann knisterten und knackten sie immer lauter, in diesem Knacken dann und wann ein Dröhnen, dann und wann ein langer, plötzlich unterbrochener Schrei der drinnen Gefangenen. Die beiden Deutschen, die Pistolen in den Händen der locker herunterhängenden Arme, sahen zu in der Hoffnung, es werde vielleicht jemandem gelingen, aus dem Fenster zu springen, doch das geschah nur einmal, und auch da gab es nichts mehr zu töten.

Beim zweiten Haus hätte Tadeusz es fast geschafft, schon roch er das Benzin und hörte ihre Stimmen, doch dann begann der Motor zu knattern, und das Auto fuhr weiter.

Jetzt, nachdem sie drei – offensichtlich per Los ausgewählte – Häuser abgebrannt haben, sitzen die Männer seit einiger Zeit da. Sie trinken und rauchen, vielleicht warten sie noch auf jemanden, vielleicht ruhen sie sich aus. Tadeusz schleicht sich von hinten an, geht zum rechten Fenster, das offen ist; er hört jedes Rascheln der Uniform, jedes Körpergeräusch, er wartet nicht auf den richtigen Moment, denn den gibt es nicht, sondern richtet sich auf und steckt Kopf und Schultern ins Auto. Der Große nimmt gerade einen Schluck aus der Flasche, er muss Linkshänder sein, die rechte Hand stützt er auf dem Knie ab, er hält eine Zigarette, untypisch, zwischen Mittel- und Ringfinger. Tadeusz schlitzt ihm den Hals auf und kriecht tiefer ins Auto. Er sticht auf den am Steuer ein, mehrmals, der zappelt, hebt die Hand an den Hals, mit der anderen packt er Tadeusz, dabei fällt ihm die Mütze in den Schoß, das linke Beine schlägt von unten gegen das Lenkrad, der Mann bringt alle Kraft auf, scheint aber zu erschlaffen, sein Griff wird schwächer. Der erste, der Große, versucht immer noch, etwas zu tun, stößt Tadeusz weg, er will an die Waffe kommen, Tadeusz dreht sich, sticht blindlings zu, stößt das Messer in alles, was nicht er selbst ist.

Der Große ist eine einzige Wunde, doch während er jault und Blut spuckt, öffnet er die Tür und drückt Tadeusz hinaus, dieser zieht ihn mit, und so fallen sie in den Schnee, einander verflochten. Tadeusz wälzt den Mann von sich und schnappt nach Luft, der andere rührt sich nicht mehr, er blubbert nur, und so liegen sie da, nebeneinander. Zehn Sekunden, zwanzig und mehr, es wird immer stiller und schließlich ganz still. Tadeusz spürt eine Berührung auf den Fingern der linken Hand, die im Schnee friert. Die Finger des Mannes sind ein bisschen wärmer als seine, schnell wächst unter ihnen ein Blutfleck. Kälte. Die Hand kriecht in Tadeuszs Hand. Tadeusz schließt die Augen, der andere nicht. Schnee fällt auf die Männer, auf Uniformen und Gesichter, auf die Hände, die verflochten sind, als wollten die beiden zusammen spazieren gehen.

* * *

Er steht auf, nass, mit einem Schneepelz auf der Brust, klopft sich ab und hustet, lang, laut, gequält von Erschütterungen in seinem Körper.

Seit ein paar Minuten bewegt sich der Deutsche nicht mehr, röchelt nicht mehr, seine Hand ist aus Tadeuszs Hand geglitten und liegt rosa auf dem Schnee. Sein Blick ist auf die Äste der Bäume gerichtet, die entlang des Grabens wachsen. Tadeusz geht langsam um den Mann, dann um das Auto herum und zieht den Fahrer heraus. Der Körper ist schwer und fällt auf die Erde wie etwas, das immer schon tot war.

Zuerst knöpft er der Leiche die Uniformjacke auf und zieht daran, keuchend, versucht, überallhin zu schauen, nur nicht ins Gesicht. Es geht sehr schwer, ein paarmal hat er Lust aufzugeben. Danach die Hose. Ebenfalls voller Blut, aber immerhin in besserem Zustand als die Uniform des Mannes, der im Graben liegt. Der hier hat eine dicke Narbe am Knie, vielleicht ist er einmal als Kind von einem Baum gefallen, vom Fahrrad gestürzt oder an einen scharfen Felsen gestoßen, als er mit Freunden im Fluss schwimmen war. Er muss einen Vornamen gehabt haben. Hans? Otto? Tadeusz kennt keine deutschen Namen, nur die zwei kommen ihm in den Sinn, und er stellt sich vor, wie ein paar halbnackte Jungs am Ufer rufen: »Otto, Otto, komm raus! Wir machen ein Lagerfeuer!« Und er, der Mann zu seinen Füßen, nur fünfzehn Jahre jünger, geht ans Ufer zurück, um seinen Freunden die imponierende Verletzung am Knie zu zeigen.

Doch es ist fünfzehn Jahre später. Vielleicht auch zwanzig. Vielleicht zehn. Tadeusz entkleidet sich und zieht, von einem weiteren Hustenanfall geschüttelt, die deutsche Uniform an, deren Ärmel innen noch warm sind. In der Fensterscheibe sieht er sich in einem weißen Schneetreiben, sich, den hageren Mann in deutscher Uniform. Er weiß nicht, ob er dadurch ein anderer geworden ist oder nicht, aber ihm ist wärmer. Seine durchnässte Uniform rollt er zusammen und klemmt sie unter den Arm, dann dreht er sich um und geht fort, ins Grau.

* * *

Mit der Zeit wird es leichter. Abwarten, herantreten, abschlachten. Sich nicht umsehen, nicht fliehen. Er ist eine Schlange im Hühnerstall. Es ist ihm egal, ob sie ihn erwischen oder nicht, deshalb erwischen sie ihn nicht. Er sucht sich hauptsächlich die Großen, Gutaussehenden aus, er hat ihre Uniform an, er ist gleichgültig, selbstsicher, meistens beachtet ihn niemand. Danach geht er zurück, ins Grau, und schläft im Heu auf dem Dachboden der Scheune, fiebernd, betrunken, umgeben von den Wandergeräuschen der Mäuse.

Von Zeit zu Zeit bringt die Deutsche ihm etwas zu essen. Sie stellt es neben die Leiter. Ein paarmal begegnen sie sich im kalten Halbdunkel der Scheune, sie nach Küche riechend, aus ihrer Alltäglichkeit gerissen, er bar jeder Alltäglichkeit, zerzaust und hungrig. Nie sprechen sie miteinander. Einmal lächelt die Frau ihm im Gehen zu, wie man einem kranken Tier zulächelt. Vielleicht auch anders, Tadeusz kennt sich mit dem Lächeln nicht mehr aus, es ist die Grimasse einer fremden Gattung; er weiß nicht einmal den Vornamen der Frau.

Eines weiß er: Etwas ist nicht, wie es sein soll. Etwas ist nicht, wie es sein soll, dort an der Bzura ist etwas geschehen, das nicht hätte geschehen dürfen, denn er hat überlebt und damit alle anderen Möglichkeiten zerstört, alle anderen Lebensläufe, die er, versunken in seinem ersten Grau, gesehen hat. In diesen anderen Möglichkeiten wurde Irka alt, hatte drei Kinder, liebte dumme Streiche und las Liebesromane, sie züchtete Hühner und verdrehte unwillentlich die Namen von Medikamenten oder die Titel von Liedern. Achtzigjährig, in einem dünnen Pulli und Badeschlappen, spielte sie im Hof mit den Enkeln Ball, und ihn gab es nicht in diesem Leben, er hatte seines im Schlamm am Ufer der Bzura beendet, so hätte es sein müssen, das spürt er.

An jenem Tag, als sie sich vor dem Haus in Kwilno verabschiedeten, waren sie darauf gefasst, dass sie sich vielleicht nie wiedersehen – doch seinetwegen, nicht ihretwegen. Und jetzt ist Februar, März, April 1940, sie ist verschwunden, und er ist immer noch da, atmet, schläft im Heu und sucht einen großen Deutschen.

Alles ist nicht, wie es sein soll.

Kapitel 3

Wieder ist es öde, leer, und Tadeusz flieht. Nacht, Wolken. Die kalte Luft verletzt Kehle und Lunge, die Ärmel bis zum Ellbogen hart von Blut, das Grau erlaubt, nicht zu wissen, was er getan hat, doch er kann es sich denken, genau wie er sich denken kann, was sie tun, wenn sie ihn schnappen. Ein ganzer Haufen von ihnen jagt ihn, in der Ferne ist das Heulen eines rasenden Motorrads zu hören. Er wird nicht entwischen.

Am Waldrand kommt er an einem Hochsitz vorbei, an einer im Feld festgefrorenen Egge und einem Wegkreuz, an dessen Arm eine Leiche mit aufgedunsenem Gesicht hängt. Ein Mann unbekannten Alters, entstellt durch Zersetzung und Frost. Neben ihm schaukelt das längere Ende der Schnur, reicht bis zur Erde. Das Heulen des Motorrads kommt näher.

Tadeusz klettert hinauf und schneidet die lose Schnur ab, befestigt sie am anderen Arm, steckt das Ende hinter seinen Kragen, führt es unter den Achseln durch, bindet es und lässt sich langsam hinunter, wobei er die nach oben rutschende Uniform an den Körper presst. Er schließt die Augen, atmet flach. Er hört, wie die Bande der Verfolger am Kreuz vorbeiläuft, zuerst das Dröhnen des Motors, dann das Keuchen und den Schlag der schweren Stiefel auf der Erde. Niemand sagt etwas oder schreit. Tadeusz weiß nicht, ob alle vorbeigelaufen sind, er stellt sich nach oben gereckte Köpfe vor, Finger, die auf ihn zeigen, er stellt sich vor, dass sie langsam, leise an das Kreuz herangehen und überlegen, was sie mit ihm machen könnten – es gibt viele Möglichkeiten. Als er schließlich die Augen öffnet, ist niemand da. Die Felder ringsum sind glatt, entlang der Furchen haben sie Streifen vom Schnee. Nachdem er eine weitere

Stunde gewartet und in die Stille gelauscht hat, springt er – wund und steif – auf die Erde. Die ersten Minuten kriecht er auf allen Vieren, so gelangt er zu dem Bildstock in Osięciny, den er kennt.

Hier ist er auf seinen Spaziergängen mit Marta ein paarmal gewesen. Sauer auf sich selbst und nach drei misslungenen Versuchen überzeugt, er werde sich nie getrauen, fragte er sie neben diesem Bildstock, ob sie ihn ein bisschen gernhabe, und sie sah ihn an wie den größten Idioten im ganzen Landkreis, und um irgendetwas zu tun, zog er sie an sich und küsste sie. Eine Stunde danach, als sie zusammen auf der Wiese lagen, lachte sie darüber.

»Denkst du, ich würde mit dir spazieren gehen, Tadek, wenn ich dich nicht ein bisschen gernhätte?«

Jetzt ist er allein bei dem Bildstock, und die Hände, mit denen er damals Marta an sich drückte, sind wie landwirtschaftliche Geräte, die Felder könnte er damit pflügen und würde nichts spüren. Er sieht sich um, sucht nach den Verfolgern. Er weiß, wo er sich verstecken könnte.

Er geht geradeaus und hält nach dem Haus Ausschau, das er vom Erzählen kennt, im Osten hebt die Erde sich immer deutlicher vom Himmel ab, bald wird die Dämmerung einsetzen. In Osięciny sind angeblich mehr Polen geblieben als in Kwilno, das weiß er, obwohl er nicht weiß woher, sicher hat er es irgendwo gehört in seinem Grau. Er sieht nur ein angesengtes Gebäude im ganzen Dorf, der Krieg scheint es nur gestreift, durch Zufall umgangen zu haben.

Er erinnert sich, dass vor dem Anwesen, das er sucht, zwei große Nussbäume stehen, und er erkennt sie schon von weitem: Die Bäume neigen sich zueinander, als wollten sie sich in einer kalten Nacht wärmen. Im Hof explodiert Gebell, Knurren, und aus dem Zwielicht treten Klauen, die ihn am Hosenbein zerren. Tadeusz geht zur Tür, der kleine Hund immer noch an seine Hose gekrallt.

Es öffnet ein kahlköpfiger Mann in zerknittertem Schlafanzug, einen Pelz übergeworfen und mit einem Gesicht, das schon lange kein Lächeln mehr kennt. Sie sehen einander an, Tadeusz spürt, dass die Müdigkeit ihm den Boden unter den Füßen wegzieht, dass er jeden Moment in einem großen, letzten Grau versinkt. Er macht den Mund auf.

»Ist …?«

Weiter nichts. Seit langem spricht er die Sätze, die er sagen will, nicht zu Ende. Unterdessen erscheint neben dem Glatzkopf eine zweite, bekannte Gestalt.

»Tadek?«

Saturnin Tomczyk kommt näher und packt ihn am Kragen.

* * *

Er führt ihn in den Schweinestall, dort zerrt er ihn so am Revers der deutschen Uniform, dass die Haut an den Wangen zittert.

»Was ist das hier, verdammt?! Bist du übergeschnappt?«

Die Wärme der hier zusammengepferchten Tiere bewirkt, dass er sich in dem kleinen Stall mit den Lehmwänden fühlt, als stünde er am Ofen. Er bewegt die Finger, der Schmerz geht bis in den Ellbogen, der Boden flieht mal in die eine, mal in die andere Richtung. Bevor er antworten kann, fällt er hin.

Als er aufwacht, liegt er tatsächlich am Ofen, an dem echten, warmen Ofen im Haus von Saturnin. Er isst eine dicke Suppe, schläft wieder ein, später reden sie. Er erzählt alles: Von der Bzura, dem Schuss, von den Lebensläufen, die er gesehen hat, und von den ersten beiden, die er im Wald getötet hat, er erzählt von dem Grau, von den Fremden in seinem Elternhaus, er erzählt Lüge, Lüge, Lüge, die Geschichte von Irka und dem großen Deutschen.

Saturnin nickt, räuspert sich, bringt noch Suppe. Er selbst ist zurückgekommen, nachdem ihr Regiment zerschlagen war, als niemand wusste, wie es weitergeht, besser gesagt, ob es überhaupt ein »weiter« geben würde. Sie gingen in Gruppen, die sich unterwegs zerstreuten, jeder in seine Richtung, in eine ähnliche Zukunft. Seit kurzem arbeitet er in der Zuckerfabrik in Dobre, ist dort mit Abwiegen beschäftigt, und obwohl er – wie alle in der Fabrik – weiß, dass er damit den Deutschen hilft, so kann er doch den Ast, auf dem er und die anderen sitzen, nicht abschneiden, es gibt keinen anderen Ausweg. Sein Nachbar, der, dem sie das halbe Haus abgebrannt haben, konnte sich überzeugen, wohin der Versuch eines anderen Auswegs führt.

»Jeder Arbeiter bekommt drei Scheffel Kohle zum Preis von dreieinhalb Zloty der Scheffel, so ist die Vorschrift«, sagt Saturnin und beugt sich zu Tadek, als würde er ihm ein Geheimnis verraten. »Das wird nach einer Liste verteilt, weder mehr noch weniger. Und eines Tages kommt eine Frau zu uns, kann sich kaum auf den Beinen halten, mager, krank, zwei Kinder, verstehst du. Ob wir ihr nicht ein bisschen Kohle geben könnten, fragt sie, sonst sterben alle vor Kälte. Da hat mein Nachbar, Paraszczak heißt er, ihr etwas von seinem Anteil gegeben, damit sie was hat, damit sie mal den Ofen heizen kann, und hat selbst dann weniger genommen als die dreieinhalb Scheffel. Alles hat gestimmt.«

Als er das sagt, grinst Saturnin sein unverständliches, jeder Fröhlichkeit bares Grinsen, das Tadeusz noch aus der Zeit vor dem Grau kennt.

»Und noch in derselben Nacht sind drei zu ihm gekommen, in Zivil, einer wohnt hier in der Nähe, ein polnischer Deutscher oder deutscher Pole, weiß der Geier. Sie riefen die ganze Familie in den Hof. Stockbesoffen hielten sie eine Rede, dass er sich angeblich den Befehlen widersetzt, dass er ein Intrigant und Unruhestifter sei, dann haben sie ihn erschossen; den Söhnen und der Tochter haben sie verboten, die Leiche anzurühren, um ein Exempel zu statuieren, verstehst du, unter der Drohung, dass sie zurückkommen und den Rest der Familie umbringen.«

Alle Geschichten, die Tadeusz seit seiner Rückkehr hört, sind sich ähnlich, enden ähnlich und hinterlassen einen ähnlichen Geschmack im Mund. Tadeusz hört sich weitere Erzählungen von Saturnin an, verbringt zwei Nächte in seinem Haus, isst sechs Schüsseln dünne Sauermehlsuppe, einen Laib Brot, zwei Ringe Blutwurst, acht Kartoffelpuffer, er trinkt zwei Becher Milch, sieben Glas Wasser, einen Tee und einen Kaffee, zusammen mit dem Satz.

Abends hört er sich die langen politischen Predigten von Saturnins Vater an, der Mutter dankt er ununterbrochen: für das Essen, für die frische Wäsche, für das Waschen der Uniform und das Flicken von Rissen. Er schläft neben dem Ofen, auf dem dicken Mantel zusammengerollt, jedes Rascheln weckt ihn. Am dritten Tag geht er wieder zurück ins Grau.

Er muss den großen Deutschen finden.

Kapitel 4

Seit jener Zeit schlachtet er sie ab wie Schweine.

Wenn er je von einem Kodex des Krieges gehört hat, wenn er Regeln und Grenzen kannte, räumt er sie geflissentlich aus dem Gedächtnis. Meistens wählt er Anführer, groß und schlank. Er fällt in Latrinen über sie her, wenn sie die Hosen heruntergelassen haben, er fällt über sie her, wenn der Schlaf sie entwaffnet, bei Liebeshandlungen, wenn sie nackt und verschwitzt sind, wenn sie wehrlos sind, betrunken, abgestumpft, müde.

Er schneidet ihnen die Kehle durch und geht. Er durchsucht sie nicht, er sagt nichts, wartet nicht, bis sie aufhören zu röcheln. Manchmal muss er fliehen, versteckt sich wochenlang an einem Ort, manchmal entdeckt ihn dieser oder jener, und Tadeusz muss sich prügeln, kämpfen, beißen, treten, um sich stechen, manchmal schwört er sich, es sei jetzt Schluss, nie wieder, und einmal treffen sie ihn von weitem in den Arm, die Kugel geht durch.

Die Deutschen nennen ihn »die Schlange«. Angeblich hat jemand gesehen, wie er aus dem Gebüsch kriecht, ein anderer hat im Schnee eine breite, an ein Band erinnernde Spur gefunden, die vom Ort des Verbrechens in den Wald führt. Einige behaupten, er existiere gar nicht, andere bestehen darauf, ihn eigenhändig getötet zu haben, und dann gibt es welche, die glauben, die Schlange sei nicht ein einzelner Mann, sondern eine Abteilung Partisanen, die im Wald leben. All das erfährt Tadeusz von Saturnin, den er jetzt regelmäßig besucht; der wiederum hat seine Informationen von der jungen Buczykówna, die mit einem Offizier schläft.

Saturnins Vater lädt Tadeusz nicht mehr zum abendlichen Erzählen ein, die Mutter begrüßt ihn anders, wie einen peinlichen

Verwandten bei einer Hochzeit. Alles, was er getan hat und noch tut, verdichtet sich und muss bald explodieren. Tadeusz kommt jetzt nur nachts, klopft an die Fensterscheibe der Stube, in der Saturnin schläft, bringt Worte und nimmt andere mit, in der Regel ist er müde, blutbeschmiert, bekommt zu hören, er müsse sich ausschlafen, und sagt, ja, er werde sich ausschlafen, versprochen.

Saturnin fragt nicht nach Dingen, über die Tadeusz nicht sprechen will, er gibt keine Erklärungen ab, bringt die Ereignisse, von denen er hört, in keinerlei Ordnung – er ist nur ein großes Gefäß, immer bereit für einen neuen Tadeusz und seine Geschichten. Sie loszuwerden, zu erzählen, was er wem angetan hat, erinnert Tadeusz an das Abhusten von Schleim. Er tritt nicht aus dem Rahmen seiner Erzählungen heraus, sagt nichts über sich, nichts über die Deutschen; nur einmal, als er sich vor dem Fenster windet und das Gewicht von einem Fuß auf den anderen verlagert, zischt er Saturnin an:

»Ohne dich würde ich … da gäbe es gar nichts mehr.«

Als er nach einem dieser Besuche nach Kwilno zurückgeht, kommt er an dem angesengten Anwesen der Paraszczaks vorbei. Er wird später nicht sagen können, warum er nicht den geraden Weg wählt, sondern abbiegt, das Wort »warum« hat vielleicht in der Zeit vor dem Grau etwas bedeutet, jetzt bedeutet es nichts. Er betritt den Hof, einen gewöhnlichen, schneebedeckten Hof mit einem Anhänger in der Ecke, einer Hundehütte, einen Hof, in dem mittendrin die verdrehte Leiche eines dicken Mannes liegt. Er hat ein Loch in der Stirn, rechts von der Mitte. Daneben steht eine Kerze, etwa zur Hälfte abgebrannt und ein wenig schief.

Tadeusz betrachtet den Mann, der sich in der Zuckerfabrik nicht drei Scheffel Kohle, sondern ein bisschen weniger abgeholt hat, weil er dieses bisschen einer hungernden Frau geben wollte.

Er versucht in dieser Geschichte Ursache und Wirkung herauszufinden, aber nichts passt zusammen, die Welt ist aus den Fugen geraten, und vom einen Ufer kann man das andere nicht sehen. Unterdessen kommt eine ihres Alters beraubte Frau aus dem Haus, sie kann ein Mädchen oder eine Greisin sein, kommt heraus und blickt mit den Augen eines Menschen, der auf alles gefasst ist. Sie drückt ein wimmerndes Kind an die Brust, vielleicht schläft sie seinetwegen nicht um diese Zeit, vielleicht aus einem anderen Grund.

»Die Deutschen haben Zivilisten erschossen, betrunken.«

Tadeusz nickt. Er geht auf die Straße zurück, doch sie redet weiter, ohne ihn anzusehen, gleichsam zu sich selbst, als würde sie diese Sätze für einen wichtigen Auftritt üben.

»Sie haben befohlen, ihn nicht anzurühren, er soll so daliegen, hat einer gesagt, nur eine Kerze habe ich anzünden dürfen.«

Tadeusz bleibt stehen, weiß nicht, was er sagen könnte, denn das wusste er auch vor dem Krieg meistens nicht, und jetzt ... jetzt bin plötzlich ich in seinem Kopf, in diesem vollgestopften Netz von kaum mehr lebendigen Erinnerungen, die mein Tadzio mit dem Grau totzuschlagen versucht, mit Schlaf, mit Alkohol. Er dreht sich zu der Frau um und sagt:

»Geh schlafen.«

Und das war's, typisch für ihn, typisch für dich, mein Bruder.

* * *

In dieser Nacht schläft er nicht, vielleicht wird er mich noch hören in seinem Kopf? Er klammert sich an dieses »vielleicht« wie jeder andere Mensch, doch es kommt nichts mehr, kein Wort, also geht er vor Morgengrauen wieder an den Teich. Schnee knirscht unter seinen Füßen und rieselt ihm von den Bäumen auf den Kopf.

Der Teich sieht aus wie ein Feld, das leicht poliert ist, kaum zu erkennen unter dem Schnee. Tadeusz zieht den Kopf zwischen die Schultern, versteckt die Hände in den Taschen, am liebsten würde er alles irgendwo verstecken. Bis zum Jahr 1950 sind es noch 116 Monate und zwei Wochen, doch er weiß, dass die Welt es bis dahin vielleicht gar nicht aushält.

Er schreit, flüstert, stöhnt, fleht, würde mit dem Schädel das Eis durchschlagen, wenn es etwas bringen würde, doch ich bin nicht mehr in seinem Kopf, ich bin nirgendwo, da ist nur er, auf das gefrorene Wasser starrend, horchend, auf ein Zeichen wartend, noch nicht wissend, dass es keine Zeichen gibt.

* * *

In der Zeit vor dem Grau wetteiferte er gern mit Janek beim Steinewerfen: auf die Bohnenstangen im Garten, auf den Schornstein, auf ein Rebhuhn im Feld; vielleicht gelingt es ihm deshalb, in der Nähe von Radziejów einen Soldaten auf dem Motorrad zu treffen, direkt an den Kopf. Er holt ihn ein und tut, was er immer tut, und als er sich erhebt, mit einem verstauchten Finger und einem Biss am Handgelenk, hört er, dass der Mann trotz der durchgeschnittenen Kehle etwas zu sagen versucht. Er kann ein paar Wörter Polnisch und fügt sie irgendwie zusammen. Vom Adamsapfel bis zum Ohr aufgeschlitzt, röchelt er etwas von »in den Himmel kommen.« Und von einem guten Leben. Er sagt den Satz nicht zu Ende, der letzte Atemzug unterbricht ihn.

Später versucht Tadeusz zu verstehen, ob dieser Mann wirklich geglaubt hat, was er sagte. In aller Augen sieht er den heftigen Wunsch, an etwas zu glauben – an was auch immer. Er hat gelernt, diesen Wunsch zu verstehen. Das Leben ist eine kurze Zeitspanne zwischen einem Grau und dem nächsten, die jeder mit Bedeutung füllen möchte, denn je näher das zweite Grau kommt, desto schwerer wird es, sich mit dem dröhnenden Fehlen dieser Bedeutung abzufinden. Er, Tadeusz Markiewicz, wird, wenn er nur den großen Deutschen gefunden hat, tief in das Grau eintauchen und dort für immer bleiben können.

Von Radziejów aus kriecht er über die Felder, seinen eigenen Weg von Rain zu Rain, von einer Baumgruppe zur nächsten. Von weitem sieht er eine Frau in aufgeknöpftem Pelz und Nachthemd, sieht, wie sie sich vorwärtskämpft und einen schaukelnden Kinderwagen über die Furchen und Unebenheiten schiebt. Sie kommt immer näher, zieht laut die Nase hoch, auf dem Kopf hat sie eine Mütze, unter der die schmutzigen, verstrubbelten Haare hervorquellen. Es ist die Frau, die er in Osięciny gesehen hat, die Tochter von Paraszczak, der womöglich immer noch auf seinem Hof liegt.

Tadeusz macht eine leichte Verbeugung vor ihr, weil diejenigen, die ihm beigebracht haben, sich vor einer Frau zu verbeugen, nicht wissen konnten, dass sich Menschen unter solchen Umständen, an solchen Orten, mit solchen Gesichtern begegnen könnten. Sie erwidert die Geste nicht, blickt geradeaus. Aus der Tasche des Pelzmantels schaut der dunkle Kolben einer Pistole heraus, was Tadeusz nicht erstaunt, denn etwas anderes erstaunt ihn: dass das Kind im Wagen offen daliegt, ohne Decke. Das Köpfchen nach hinten geneigt, als wollte das Kleine gleich zu weinen anfangen. Doch es weint nicht. Tadeusz wendet den Blick ab, beschleunigt den Schritt und sagt »Entschuldigung«, als wäre er der Frau in einem engen Korridor begegnet. Er erreicht seine Scheune und gräbt sich ins Heu.

* * *

Es wird warm, dann heiß, später schrumpfen die Bäume, und wieder fällt Schnee. Alles fängt von vorn an, Tadeusz verlässt die Scheune immer seltener, er ernährt sich von dem, was er irgendwo stiehlt und was ihm die Frau bringt, die in seinem früheren Haus schläft. Durch einen Spalt zwischen den Brettern sieht er ab und zu ihren Mann, einen stillen, arbeitsamen Menschen, der jeden Morgen auf den Hof tritt, langsam einen Apfel isst und die Felder beobachtet.

Ihre Tochter ist drei oder vier, folgt ihnen Schritt für Schritt und stellt laut Hunderte, Tausende von Fragen. Einmal spielte sie in der Scheune, hörte Tadeusz im Heu und lief weg, wahrscheinlich weil sie dachte, es sei eine Ratte.

Abgesehen davon steht alles still. Es ist die Zeit der Schlange, ihrer Bisse, die Zeit nächtlicher Fluchten, die Zeit der Kopfschmerzen und der Gespräche, die er mit Saturnin flüsternd am offenen Fenster führt. Die Welt ist stehengeblieben, vielleicht bin ich, Irka, zwischen ihre Räder geraten, vielleicht kommt das alles durch mich. Tadeusz jagt immer seltener, er geht nur noch zu Saturnin, sitzt am Teich oder liegt in seinem Heuhaufen. Er beginnt zuzunehmen, immer enger sitzt die Uniform. Die Jahreszeiten flimmern ihm vor den Augen.

* * *

Gegen Morgen wecken ihn Schreie. In dem Spalt zwischen den Brettern erklärt die Frau dem Mann etwas, ringt die Hände, und er dreht ihr den Rücken zu und wirft einen Sack auf das Fuhrwerk. Die Erlen schwanken leicht im Wind, in der Scheune pfeift und rauscht es. Es wird regnen.

Der Mann und die Frau laden ein paar Stunden lang auf den Wagen, soviel sie können, und ignorieren die Fragen des Mädchens.

Schließlich sieht es so aus, als würde nichts mehr hineinpassen. Der Mann geht noch auf das Feld und isst einen Apfel, da läuft die Frau in die Scheune.

In der Sonne, die durch die Tür hereinfällt, sehen ihre Haare wie Kupferdrähtchen aus. Tadeusz kommt an den Rand des Dachbodens, im Mund hat er einen sauren Geschmack. Er hört nur seinen Atem und das Pfeifen unter der Holzdecke. Die Frau zeigt auf sich.

»Hannah.«

Er hockt sich neben die Leiter. Mit Heu im Haar, stinkend, fasst er sich an die Uniform auf der Brust.

»Tadeusz.«

Die Deutsche lächelt, als hätte er mehr gesagt als seinen Namen. Tadeusz nickt ihr zu, na ja, auch er lächelt ein bisschen; und dann, bevor er dazu kommt, sich zu fragen, was er in diesem Moment noch tun könnte, geht sie hinaus und schließt die Tür hinter sich.

* * *

Er sieht, wie sie wegfahren. Durch eine Öffnung in den Brettern kriecht er hinaus und schaut hinter den Büschen hervor. Langsam entfernt sich das Fuhrwerk, schaukelt auf der löchrigen Straße. Zwischen den Wolken sickert ein wenig Sonne durch, in der Ferne hört man das gelangweilte Muhen einer Kuh. Der Mann dreht sich kein einziges Mal um, die Frau einmal.

Als sie nach Radziejów abbiegen, erblickt Tadeusz die ihnen entgegenkommende Gestalt im Pelzmantel. Sie bewegt sich schwankend, klammert sich an den Kinderwagen, den sie vor sich herschiebt. Das Fuhrwerk drosselt das Tempo, die Kuh brüllt. Tadeusz springt auf.

Die Tochter von Paraszczak aus Osięciny bleibt stehen und hebt die Hand. Tadeusz läuft so schnell, dass er kaum die Erde berührt, auf halbem Weg hört er einen Schuss. Dann den zweiten und noch ein paar. Das Pferd scheut, vom Fuhrwerk fallen, wie von unsichtbaren Fäden gezogen, der Mann, das Mädchen und die Frau, deren Namen Tadeusz vor wenigen Minuten erfahren hat.

Kapitel 5

Alles ist zu Ende, auch der Krieg. Die Sonne geht wie früher auf und unter. In den Spalten zwischen den Brettern unter dem Dach gibt der Wind ein Konzert. Die Deutschen verlassen die Häuser, kurz danach ziehen die Polen wieder ein, beladen mit den Erlebnissen der Vertreibung. Sie besuchen sich gegenseitig, tauschen sich über die Vergangenheit aus, von der ihre Münder voll sind.

Allmählich kehrt alles an seinen Platz zurück, doch Tadeusz weiß, das ist billiger Betrug. Als würde man eine Stube ausräumen und dann wieder Möbel hineinstellen, sehr ähnliche, aber nicht dieselben: der Sessel nicht so weich, der Tisch scheinbar kleiner, das Bett durchgelegen, auch der Ofen ein anderer. Die Farben sind blasser, die Gerüche weniger intensiv. Die Welt, ihres Inhalts entleert, füllt sich mit Attrappen und Imitationen.

Die Eltern kommen zurück, mit Janek, Mietek und Jadzia, voller Geschichten und Tränen. Sie drücken ihn an sich, wiederholen schöne Sätze, die sie unterwegs aufgeschnappt haben, die aber nichts bedeuten, sicher werden sie jetzt in jedem zweiten Anwesen gesagt. Schöne Sätze von Krieg, Mut und Freiheit, er hätte Lust, sie alle zu sammeln und in den Ofen zu werfen.

Ein paar Tage nach der Rückkehr kommt der alte Pieczaba zu Besuch. Alle trinken, sogar Mutter, und über dem Tisch schweben blutige Erzählungen über einen Mann, der die Schlange genannt wird. Vater nickt, etwas verträumt, in seiner betrunkenen Rührung kommt er sich ähnlich vor wie der Mann, von dem die Rede ist.

»Manche nehmen das Schicksal in ihre Hände.«

Tadeusz nickt und steht auf, um nichts mehr zu hören. Dann lebt er weiter inmitten dieser Attrappen, zwischen Verwandten,

Nachbarn, Bekannten, zwischen Frühstück, Mittag- und Abendessen, inmitten der endlos wiederholten Erinnerungen und Versprechen, die mit der Zeit kaum mehr zu unterscheiden sind.

Er misst die Zeit, die bis zum Jahr 1950 bleibt. Drei Jahre, ein Jahr, fünf Monate. In der Nacht vom 31. Dezember auf den 1. Januar steht er verfroren am Teich und hält Ausschau nach meiner Gestalt, wartet auf meine Stimme. Die Zeit vergeht ungleichmäßig, mal schneller, mal langsamer, hinter ihm bricht das Morgengrauen an, weitere Stunden verschwinden unwiederbringlich, und er wartet. Die Beine und der Rücken tun ihm weh, der Magen krampft sich vor Hunger zusammen. So vergeht der ganze Tag. Tadeusz verlässt den Ort keinen Moment lang, und ich komme nicht, spreche nicht zu ihm in seinem Kopf, gebe ihm kein Zeichen, denn Zeichen gibt es nicht.

* * *

Bald stellt er fest, dass er schon dreißig ist. Er ist schlank, wird eher gemocht, manchmal tut ihm der Rücken weh. Marta, seine erste Liebe, soll in Piotrkowo wohnen, hat er gehört, und dort die kranke Schwester ihres Vaters pflegen. Zuerst denkt er selten an sie, dann immer häufiger, schließlich jeden Tag. Er arbeitet viel, das hilft ihm am besten gegen das Denken. Er rasiert sich mit der Rasierklinge, die sein Großvater benutzt hat. Und er mag starken Kaffee.

Fünf Jahre später kehrt Marta nach Kwilno zurück. Er begegnet ihr auf der Straße und bekommt zu hören, wie sehr er sich verändert habe – sie hat sich fast gar nicht verändert. Sie heiraten im Herbst, und von da an lebt Tadeusz eher wie ein Mensch als wie ein Tier. Er isst regelmäßig, schläft in einem warmen Bett. Und er wohnt in dem Haus, das er zusammen mit dem Vater und den Brüdern gebaut hat, einen halben Kilometer von der Stelle, an der er geboren wurde. Er spürt, dass das Leben immer so sein wird, dass er für immer nur auf diesem Flecken Erde herumtreten wird, auf diesen paar Hektar – Straße, Hof, manchmal der Markt in Radziejów, manchmal der Friedhof. Er weiß, dass die Welt ein riesiger Palast mit Millionen von Räumen ist, und er steckt immer in dieser kleinen Stube; doch die anderen Räume interessieren ihn absolut nicht.

Als ihre Tochter geboren wird, sagen alle einstimmig, sie habe seine Augen, doch er ist sich nicht sicher, ob das gut ist. Jeder Tag bringt eine neue Entdeckung, eine Bewegung, ein Lächeln oder ein Wort. Hania, voller neugieriger Fragen, beginnt ihm nachzulaufen und erinnert ihn damit an ein anderes Mädchen, an die Tochter der Frau, die in seinem Haus gewohnt hat.

* * *

Er sehnt sich nach dem Grau, das er – in Spuren – nur noch in harter Arbeit finden kann. Es erscheint erst nach vielen auf dem Feld verbrachten Stunden, erst wenn er Hunger hat, schwitzt und so müde ist, dass er kaum noch stehen kann. Also arbeitet er ganze Tage, erwartet diese Momente und ist enttäuscht, wie schnell sie vergehen. Für Marta ist er selbst eine Enttäuschung, das weiß er, und er wird es auch für Hania sein.

Er versucht das, was er jetzt sein Leben nennt, von dem zu trennen, was früher war. Saturnin besucht er nicht mehr, er meidet die Scheune, spielt nicht mehr mit Pieczaba und versucht selbst daran zu glauben, dass er schon immer nur eine Schwester hatte. An die Zeit des großen Graus erinnert ihn manchmal eine Kleinigkeit, ein Detail, manchmal ein Wort, am häufigsten jedoch sein Schwager Wogólan, dieser fröhliche Mensch, den Erinnerungen nicht belasten. Wenn er an den Feiertagen oder Namenstagen zu Besuch kommt, setzt Tadeusz sich ans andere Ende des Tisches, doch auch so dringen Wogólans Geschichten, mit zunehmender Menge an Alkohol immer dichter geschmückt mit nervösen Ausdrücken wie »Mann Mann Mann« oder »Dingsda«, durch den Lärmpegel der Familie, und dann möchte er flüchten oder sich zumindest die Ohren zuhalten. Wenn er die vom Schnaps verlangsamte Stimme seines Schwagers hört, befindet Tadeusz sich wieder in dem langen Band von Soldaten, die durch den Wald marschieren, und wieder sieht er sich um, hält Ausschau nach einem bekannten Gesicht, hält Ausschau eben nach ihm, nach Wogólan.

Nach jedem dieser Geburtstage, Namenstage, Taufen und Weihnachtsfeiern, nach jedem Jahrestag oder Osterbesuch schläft er die ganze Nacht nicht und tut vor sich selbst so, als wollte er keineswegs noch einmal die Schlange sein.

***

Marta ist heiter und ruhig, häkelt gern und fürchtet sich vor Gewittern. Sie altert auf die seltene Art und Weise, die es möglich macht, sie immer noch als jung zu sehen. Sie gibt sich große Mühe, die Marotten ihres Mannes zu umschiffen und nicht wahrzunehmen, wie zahlreich sie sind, doch Tadeusz weiß, dass sie ihm manchmal Recht gibt in Situationen, in denen beide wissen, dass er sich geirrt hat.

»Warum gehst du immer an den Teich?«, fragt sie ihn fast zwanzig Jahre nach 1950. Es ist ein warmer Abend, nebeneinander gehen sie übers Feld und pflücken die Mohnkapseln von den harten Stängeln. Die Pieczabas und Jadzia mit Wogólan arbeiten ein Stück weiter, bis zur Brust in dem silbergrauen Dickicht versunken.

Begleitet vom Knacken der Stängel, vom rhythmischen Klappern der in den Sack geworfenen Kapseln, erzählt Tadeusz ihr alles, und Marta unterbricht ihn nicht, fragt nicht nach, tröstet ihn nicht. Als sie nach Hause kommen, macht sie Milch warm und gibt Honig dazu, und sie sitzen bis spät in die Nacht, ohne viel zu sprechen.

* * *

Tadeuszs Eltern sterben im Abstand von anderthalb Jahren: beide an Altersschwäche, die Mutter im Schlaf. Sie liegen in Radziejów auf dem Friedhof, auf einem Hügel, von dem aus man die rechteckigen Felder sehen kann, die sich Richtung Kwilno ziehen.

Geburtstage, Namenstage, Ernte, Weihnachten, Kartoffelroden, hin und wieder eine Hochzeit, hin und wieder Kirchweih in Byczyna. Keine Geburt und kein Tod unterbrechen mehr diesen Zyklus, es gibt keine Schlange mehr, keine an Kreuzen Erhängten, keine gefrorenen Leichen vor den Häusern und keine blutenden Soldaten im Schnee. Es gibt Geburten im Kuhstall, Milchkannen, die jeden Morgen hinausgestellt werden, Besuche des Briefträgers und warme Eier, die aus den Nestern geholt werden. Tadeusz geht nicht zu Saturnin, wie er auch nicht in die Kirche geht, er weiß, dass das eine wie das andere ihn nur wütend machen könnte. Morgens steht er gern vor dem Haus, isst einen Apfel und schaut auf die Felder, mittwochs fährt er auf den Markt, wo er seiner Tochter immer etwas Leckeres kauft.

Hania hat das Lächeln ihrer Mutter, von Tadeusz hat sie die Neigung zum Grübeln; in die Schule fährt sie mit dem Fahrrad oder dem Bus, sie ist groß und schlank, verliebt sich oft, aber nie für lange. Befreundet ist sie mit Terenia von den Rybaks, mit ihr tauscht sie ihre jugendlichen Geheimnisse, Befürchtungen und Hoffnungen aus.

Sie arbeitet auf dem Feld, versorgt die Kühe und Schweine, von den Eltern hört sie nie die Frage, was sie einmal tun wolle im Leben. Sie wird immer geschwätziger, wickelt ihre Gedanken gern in viele Worte, als fürchtete sie, dass sie sonst verderben könnten.

Ein halbes Jahr lang trifft sie sich mit einem Jungen aus Rokitki, einen Monat lang verzweifelt sie an ihm. Bei Hochzeiten tanzt sie bis zum Umfallen, und in diesen Momenten erscheint sie Tadeusz am glücklichsten.

Er selbst hat sich in der Zeit vor dem Grau des Öfteren sein Erwachsenenleben vorgestellt und es in verschiedene Richtungen gesponnen, und er hätte nie gedacht, dass es in einigen Sätzen zu beschreiben sein würde. Das kommt ihm zum ersten Mal 1983 in den Sinn, als er sich am Abend einen Krug Milch mit Honig macht, eine Gewohnheit, die er von Marta übernommen hat, und sich damit neben das Radio setzt.

Er trinkt die Milch und denkt, wie leicht er sein Leben zusammenfassen könnte. Jenseits der Wand sitzt seine neunundzwanzigjährige Tochter in ihrem Zimmer am Schreibtisch, über ein Blatt Papier gebeugt, und schreibt einen Brief an ihre Freundin.

TEIL VII

Kapitel 1

Ich erwache als Erster. Das Haus ist kühl und dunkel.

Mein Zimmer, vom Vergehen der Zeit geschrumpft, nimmt im Schein des Handy-Displays Gestalt an. Der erste Gedanke, nachdem ich mich aus dem Bett geschleppt habe, ist immer der gleiche: Ich bin dick. Ich bin dick und sollte endlich etwas dagegen tun.

Hose, Socken, Zahnbürste. Leise gehe ich in die Küche und stelle Wasser auf. Draußen sieht man die farblosen Umrisse des Hühnerstalls und der Bäume, noch zwanzig, vielleicht dreißig Minuten, und es wird hell.

Mutter, die bei jedem Geräusch aufwacht, die normalerweise um vier oder fünf aufsteht und behauptet, im Bett zu liegen, sei eine Tortur für sie, schläft jetzt und verdaut die gestrigen Ereignisse. Sie hat sich nach Mitternacht schlafen gelegt, was ihr wahrscheinlich schon lange nicht mehr passiert ist. Großvater ist früher eingeschlafen, ohne darüber nachzudenken, was wir zu dritt mit dem angebrochenen Abend machen. Wir saßen in der Küche: ich, Mutter, Vater. Familie Scham.

Das Gespräch wollte nicht so recht, schließlich kapitulierte Mutter, hörte auf, sich zu winden, hörte auf, alles in überflüssige Wörter zu hüllen, war wieder sie selbst: Sie schnitt Brot, Wurst, machte ein Glas Gurken auf, holte den Quittenlikör heraus und schenkte jedem ein Gläschen ein, ohne zu fragen.

Ich kann mich nicht erinnern, dass wir jemals so einen Abend gehabt hätten. Dass wir einfach dasaßen, etwas aßen und tranken und eine Unterhaltung führten, deren einzige Bestimmung die Unterhaltung war; denn in Kwilno muss immer alles einen Zweck haben, sogar bei den Mahlzeiten werden nur Sätze gesprochen, die zu etwas führen, die konstruktiv sind.

Sie fragten, wie es mit der Arbeit laufe. Mutter lachte, als ich erzählte, wie lange ich manchmal einen Parkplatz suchen muss. Vater aß seine Wurst und berichtete von einer neuen Sendung vom Typ Castingshow, die ihm gut gefällt. Schließlich erhob er sich langsam und vorsichtig, wie jemand, der fünfzig Kilo schwerer ist. Er gab mir die Hand, Mutter nickte er zu. Es war nach Mitternacht, wir hatten fast vier Stunden zusammengesessen.

Jetzt packe ich meine Sachen in den Rucksack, warte, bis das Wasser kocht. Ich setze mich an meinen Lieblingsplatz, mit dem Rücken zu der großen Kredenz, das Fenster zur Rechten. Der Tee mit Honig und Zitrone dampft in der breiten Tasse, und die Dunkelheit draußen beginnt sich zu lichten.

In ein paar Stunden werde ich in meine Welt zurückkehren. Lebensmitteleinkäufe, wie immer, Dusche, heiß und so lange, dass ich ganz runzlig werde, zwei Stunden mit *Football Manager* vor dem Bildschirm, dazu ein Eis, vielleicht ein Päckchen Schokokekse. Morgen der Wecker und den ganzen Tag im Auto, Hotdogs und Riegel, ein Lächeln für die Verkäuferinnen, ansprechen, anpreisen, loben, verkaufen …

»Bringst du mich zum Teich?«

Großvater steht da, die Hand an den Küchentisch gekrallt, als fürchtete er, dass er fallen könnte. Die großen Augen in dem seltsam kleinen Kopf. Der Zweitagebart, die Adern an den Unterarmen. Das Flanellhemd, in die Hose gesteckt. Eine Vogelscheuche.

»Was?«

Er kommt her, setzt sich neben mich. Ich spüre den warmen, schwer zu beschreibenden Geruch, der morgens über dem Bett hängt, wenn man aufsteht.

»Das sind nur ein paar Minuten für dich. Danach fährst du.«

Ich betrachte den Tee, von dem ich noch keinen Schluck getrunken habe.

»Opa, aber … Du solltest nicht, du bist zu schwach …«

Er greift mit dieser Klaue nach mir, in die sich seine Hand verwandelt hat, und zischt:

»Satek, wie oft bitte ich dich um etwas?«

Kapitel 2

Wir stehen am Teich. Den es nicht gibt. Es gibt nur eine Mulde im Feld, als wäre hier irgendwann ein Felsen von der Größe eines Hauses heruntergefallen. Die Sonne steigt über das Dach der Pieczabas, das man in der Ferne sieht. Es wird immer wärmer. Unkraut und Gras, eine Flasche, ein paar Kippen.

Großvater hat die Hände in den Hosentaschen und macht den Eindruck, als wartete er auf etwas. In seinem Gesichtsausdruck kann ich nichts lesen. Bevor wir aus dem Haus gingen, hat er sich mit Mutter gestritten, im Auto wollte er rauchen, was ich ihm letztendlich erlaubt habe, weil ich letztendlich immer allen alles erlaube. Jetzt starrt er vor sich hin.

»Was ist mit deiner Schwester passiert? Mit Irka?«

Bevor ich den Satz zu Ende gesprochen habe, schüttelt er den Kopf, immer schneller, wie Bezo, wenn er Wasser abschütteln will. Das ist seine einzige Antwort, eine andere bekomme ich nicht. Wieder wächst in mir das, was gewachsen ist, als wir auf dem Rückweg vom Wald waren, und ich kann nichts machen, die Hände ballen sich ganz allein zu Fäusten, der Atem rast, ich sage:

»Weißt du was, Opa? Ihr habt einfach alle den Arsch offen.«

Langsam dreht er den Kopf und sieht mich an, endlich sieht er mich an, und ich sage:

»Wenn ihr einfach mal miteinander reden würdet. Aber nein. Vater, du, sogar Mama, ihr alle seid immer geknickt, kriegt den Mund nicht auf, nur wenn ihr was braucht, wenn ihr wollt, dass man euch bei irgendwas hilft, dann ruft ihr an, hör mal, Satuś, Opa ist verschwunden, die Waschmaschine ist kaputt, wir müssen den Dachboden aufräumen, vielleicht kannst du kommen, also komme ich, verdammt, ich nehme zwei Tage Extra-Urlaub, von dem ich nur vier Tage im Jahr habe, und ich fahre los, renne rum, erledige alles, immer, egal ob's ein Rohr ist, der Ofen, Einkäufe, Opa vermisst, verdammt, egal was, aber wenn ich dann mal was von euch will, zum Beispiel reden, verdammt, oder dass man mir irgendwas erklärt, zum Beispiel hab ich bis gestern nicht gewusst, warum ich so einen idiotischen Vornamen habe, aber nein, dann seid ihr alle super unabhängig, verschlossen, sagt kein Wort, ich hab jetzt einfach die Schnauze voll, hörst du?! Ich hab die Schnauze voll!«

Es ist unglaublich, dass ich so brüllen kann – das hätte ich nie gedacht. Ich beruhige mich, jedenfalls beruhige ich meinen Atem. Und Großvater auf seine typische Art:

»So ist das nicht, so ist das alles nicht.«

Ich wende mich ab und gehe zum Auto. Scheiß drauf. Ich werde einsteigen und nach Warschau fahren. Soll er doch dastehen. Ich habe mein eigenes Leben, es ist, wie es ist, doch ich kann dorthin zurückkehren und leben, wie ich will, und er kann da stehenbleiben, wenn er so gern dasteht, wenn er mir nicht antworten will wie ein normaler Mensch.

Ich schaffe es, genau acht Schritte zu gehen, aber natürlich bin ich Herr Scham, ich bin der König der Idioten, also kehre ich um und bleibe so nahe bei ihm stehen, dass wir gegenseitig unsere Sommersprossen zählen könnten.

»Was ist nicht so? Was ist nicht so?«

Über den Akazien tanzt eine Plastiktüte wie betrunken. In der Ferne, hinter den Feldern der Karmowskis, fährt ein Auto und hinterlässt eine Staubwolke.

Großvater schluckt und erzählt mir alles.

Manchmal weiß ich alles.

Ich erinnere mich an den Geschmack unserer schwarzen Johannisbeeren, ich erinnere mich an die Lieder aus der Schule, ich erinnere mich an den Geruch der auf dem Herd gebratenen Kartoffelpuffer, und ich erinnere mich an den großen Deutschen, der in Begleitung eines Kameraden sowie eines dicklichen Polen unser Haus betrat, als wäre er hier daheim. Es war Dienstag, was in jener Zeit gar keine Rolle spielte, aber ich habe es mir gemerkt, wie ich mir gemerkt habe, dass ich an jenem Morgen keine Lust hatte, einen Zopf zu flechten, und ihn ganz unordentlich geflochten habe.

Sie knallten die Tür gegen die Wand und kamen herein. Als der Große mich ansah, da wusste ich sofort Bescheid. Sie redeten mit Vater, als hätten sie sich noch nicht an die Annehmlichkeit gewöhnt, über fremde Schicksale zu entscheiden. Jeder Satz ging von Mund zu Mund über einen dritten Mund, vom Deutschen ins Polnische und umgekehrt, wovon es noch heißer und enger im Haus wurde.

Ich war natürlich wütend. Es kann ja nicht sein, dass sie – gutaussehend oder nicht – einfach in ein fremdes Haus kommen und die lächelnden Götter spielen. Ich versuchte also so zu gucken, dass man sehen konnte, dass ich gelangweilt und zugleich angewidert war. Und ich denke, es ist mir gelungen, denn der Große wurde immer ungeduldiger und unruhiger, etwas in ihm kochte, wahrscheinlich wusste er selbst nicht was. Während er mit Vater sprach, sah er mich an, wie ein Kind einen am Teich gefangenen Frosch ansieht.

Sie fragten, wie viele wir seien, wie viel Vieh wir hätten und wie groß die Ernte sei, sie fragten nach unserem Verhältnis zu den Nachbarn und was wir vom Krieg hielten. Als könnten wir anders darüber denken.

Seit ein paar Wochen ging in Kwilno das Gerücht um, dass wir unsere Anwesen und unser Land bald verlassen müssten, dass wir hier wegmüssten und jemand anders einziehen würde. Aber die drei Männer sagten davon nichts, sie gingen nur von Haus zu Haus, zogen Erkundigungen ein, stellten Listen zusammen, schauten, zählten, schätzten. Bei uns standen sie etwa eine halbe Stunde, niemand bot ihnen Tee oder einen Sitzplatz an, bis sie ihre geheimnisvolle Prozedur schließlich beendeten und verkündeten, das wäre jetzt alles.

Sie verabschiedeten sich, der Große zwinkerte mir noch zu, was ich natürlich mit der Miene einer Prinzessin oder Gräfin ignorierte, obwohl ich nie im Leben eine solche gesehen habe. Das Wichtigste war, dass ich nicht Recht hatte, denn sie gingen ja jetzt, es war vorbei. Vater schielte nach Mutter, die reglos dasaß und die Männer anstarrte. Neben mir atmete Jadzia tief durch. Das Gefühl, dass ich nicht Recht hatte, verteilte sich in mir wie das Gefühl der Erleichterung, wenn plötzlich ein Zahn nicht mehr wehtut.

Aber es gibt immer ein »Aber«.

Als sie schon an der Tür waren, warf der Große einen Blick zurück in die Diele, unwillkürlich, und blieb stehen. Er kam näher, sagte etwas zu seinem Lakaien, und der übersetzte:

»Eine schöne Trompete.«

Worauf ich mich durchdrängelte und antwortete:

»Ja, schön, aber nicht deine.«

Der Deutsche hatte sie schon in der Hand. Lächelnd. Da hatte er seine Eintrittskarte zum Zeitvertreib, endlich würde etwas geschehen, nicht immer nur langweilige Gespräche und Zahlen. Ich wusste, wenn Tadek nicht zurückkommt, dann bleiben mir von ihm nur sein Tagebuch und die Trompete, also griff ich nach ihr und zog dran, aber der Große hielt sie fest. Ich machte eine Bewegung, als würde ich ausholen, um ihm eine runterzuhauen, ihm das Lächeln vom Gesicht zu fegen, und da sagte er etwas in seiner Sprache, was der Pole in verständliche Worte fasste:

»Er sagt … er sagt, bitteschön, du kannst ihn gern schlagen. Aber ich würde das nicht tun. Entschuldige dich, geh zurück, dann haben wir das alle hinter uns.«

Im ganzen Haus Stille. Das Lächeln des großen Deutschen wie das Kribbeln in der Nase vor dem Niesen. Und dann diese Worte, dieser dickliche, schnauzbärtige Schafskopf, dieser Verräter, der mir sagen will, was ich zu tun habe und was nicht. Was sollte ich also machen? Ich holte aus und haute dem Deutschen aufs Maul.

* * *

Was danach kam, das würde sicher jeder von uns – Vater, Mutter, Jadzia, Janek und Miecio – anders erzählen, denn es entstand so ein Tumult, so ein Geschrei, dass keiner mehr durchblickte. Ich weiß mit Sicherheit, dass der Große mich an den Haaren packte und vor das Haus zog. Vater versuchte, das zu verhindern und spürte einen Lauf an der Schläfe, Janek zappelte im Griff des anderen Deutschen, Mutter hielt sich am Türrahmen fest.

Sie setzten mich auf einen Wagen, auf dem sich Säcke, Pakete und eine Kiste Alkohol befanden, und als wir wegfuhren, schrie Jadzia, ich soll mir keine Sorgen machen, ich werde bestimmt zurückkommen. So hatte ich auch gelogen, Tadzio gegenüber. Unterdessen pfiff der Große fröhlich, sein Kollege schwieg, der Pole trieb das Pferd an. Die Trompete hatten sie in der Diele gelassen, auf dem Boden.

Der große Deutsche nahm mich mit zu sich, wir standen in einem dunklen Raum, und als er sein Hemd aufknöpfte, stürzte ich mit den Fäusten auf ihn los, da war Geschrei, hauptsächlich von mir, ich krallte ihm die Fingernägel ins Gesicht, da war Schmerz, aber ich gab nicht auf, o nein, ich, Irka Markiewicz, war eine einzige große Furie, bis er schließlich auf meinen Kopf zielte, und dann war nichts mehr.

* * *

Jetzt kehren alle zurück. Tadeusz ins Bett, Saturnin nach Warschau, Hania zu ihrer Routine, Witold zu seinen Befürchtungen. Manchmal glaube ich, ihre Zukunft zu sehen, manchmal nicht.

Zehn Jahre zuvor schaut ein anderer Saturnin, der seinen großen Sessel restlos ausfüllt, in Osięciny zum Fenster, hinter dem vor gar nicht langer Zeit nachts noch sein kleiner Tadzio stand, sein kleiner, blutbeschmierter Tadzio mit seinen Geschichten, und Saturnin denkt darüber nach, wie es verdammt noch mal sein kann, dass er plötzlich so alt ist.

Ich gehe fließend von einem Ich ins andere über, mal wenig, mal alles wissend, mal wahrhaftig, mal imaginiert, und oft kann ich gar nicht sagen, welcher meiner erinnerten Lebensläufe Wirklichkeit geworden ist.

Ich denke, wenn ich irgendwo bin, dann in diesem unsichtbaren Reich, das der Bus von Radziejów nach Kwilno gestreift hat, wenn er die auf dem Ticket ausgewiesenen überplanmäßigen zwei Kilometer zurücklegte. In dem Reich, nach dem der kleine Saturnin so oft Ausschau hielt, wenn er von der Schule nach Hause fuhr, dem Reich, das nur in seinem Kopf existierte.

Nach dem Gespräch mit Tadzio kehrt er nach Warschau zurück, und am nächsten Tag, leicht verschwitzt, so gut wie möglich angezogen, geht er in die Apotheke. Sie sind nur zu zweit, und die junge Frau schaut von einem Stapel zusammengehefteter Blätter auf.

»Sie waren lange nicht hier.«

Sie ist zwei Jahre älter als er, lacht viel, mag Dokumentarfilme und macht sich anfangs nichts aus seinen Ängsten. Mit ihr fährt er ein Jahr später zu Tadzios Beerdigung nach Radziejów. Er zieht zu ihr, sie nehmen zwei Hunde aus dem Tierheim zu sich und tun lange Zeit so, als würde nicht in einer Ecke der Wohnung seine ganze Familie sitzen.

Nach einer stillen Trennung ohne Geschrei wird Saturnin wieder zu dem, der er war, bevor er sie kennenlernte. Seinen fünfunddreißigsten Geburtstag verbringt er zu Hause, mit den Hunden. Im Winter trifft er auf dem Friedhof von Radziejów, als er von Tadzios Grab weggeht, seinen Vater, einen vertrockneten Mann mit verrückten Augen und veränderter Stimme. Während der Rückfahrt nach Warschau schreit er im Auto.

Am nächsten Tag besucht er sie an ihrem Arbeitsplatz in einer anderen Apotheke in einem anderen Stadtteil, und sie schaut genau so auf wie sechs Jahre zuvor und bittet ihn, er möge warten, bis ihre Schicht beendet ist. Er wartet, dann stehen sie lange auf dem verschneiten Parkplatz, und dann kommt ihr ganzes restliches Leben.

Nachwort
oder
»Irgendwas stimmt hier nicht«

Irka und Tadeusz haben wirklich gelebt, und die in diesem Buch beschriebene Geschichte hat sich zugetragen, wenn auch genau umgekehrt. Im wahren Leben waren ihre Schicksale so, wie sie Tadeusz als Romanfigur in dem Augenblick sieht, als er einen Schuss in den Kopf bekommt. Im Buch hat er ein Leben und Irka nicht, in Wirklichkeit war es umgekehrt.

Tadeusz war tatsächlich Sekretär des Jugendvereins in Byczyna und konnte Trompete spielen. Er ist in den Krieg gezogen, nach ein paar Tagen verwundet und abgemagert zurückgekehrt, und dann ist er ein zweites Mal gegangen und nicht mehr zurückgekehrt. Im Brief Nr. 453/203 aus dem Jahr 2019 schreiben die Archivare des Polnischen Roten Kreuzes: »Der oben angeführte Name existiert in unserer Dokumentation nicht.« Meines Wissens existiert er auch an keiner anderen Stelle, und Tadeusz Markiewicz hat nur hier, auf diesen 268 Seiten, ein Erwachsenenleben.

Irka hat das Tagebuch ihres Bruders verwahrt und hin und wieder aufgeschlagen, um darin zu lesen oder etwas hinzuzufügen. Meistens waren das gereimte Sentenzen oder witzige kleine Dinge, wie etwa eine Zeichnung, die sie selbst darstellt, wie sie an der Bushaltestelle wartet. Das letzte Mal schrieb sie vierundvierzig Jahre, nachdem er im Krieg verschollen war, Wünsche für ihren Bruder hinein.

Sie heiratete, wohnte ein paar Kilometer von ihrem Heimatdorf Kwilno entfernt und erreichte ein hohes Alter. Vor ihrem Haus, in der Ruine des Schweinestalls, wuchsen die Fliederbüsche, neben denen damals der Käfig mit den Nutrias stand. Sie hatte drei Kinder und acht Enkel. Ich bin einer von ihnen.

Den Fehler auf den Busfahrkarten, der die Kilometerzahl betrifft, gab es wirklich.

Jakub Małecki